Eufemia von Adlersfeld-Ballestrem

Die Falkner vom Falkenhof

Erster Band

Eufemia von Adlersfeld-Ballestrem

Die Falkner vom Falkenhof
Erster Band

ISBN/EAN: 9783337356385

Hergestellt in Europa, USA, Kanada, Australien, Japan

Cover: Foto ©Andreas Hilbeck / pixelio.de

Weitere Bücher finden Sie auf **www.hansebooks.com**

Die
Falkner vom Falkenhof

Roman von

Euf. v. Adlersfeld-Ballestrem

Fünfundzwanzigste Auflage

Erster Band

———————————————

Verlag von Philipp Reclam jun. Leipzig

Gedruckt 1922 in der Druckerei von Philipp Reclam jun.
Leipzig

I.

Ich sprach zur Taube: »Flieg' und bring im Schnabel
Das Kraut mir heim, das Liebesmacht verleiht,
Am Ganges blüht's, im alten Land der Fabel –« –
Die Taube sprach: »Es ist zu weit.«

E. Geibel nach François Coppée.

Bravo! Bravo! Da capo!

Ein wahrhaft frenetischer Applaus rauschte und brauste durch die weiten Räume des Opernhauses zu X. und übertäubte fast die wilden, diabolischen Klänge des Orchesters, das eine seltsame, originelle Weise spielte.

Es war die erste Aufführung der neuen Oper eines unbekannten und ungenannten Komponisten, eine phantastische Oper, »Satanella« genannt, deren Libretto dem Publikum eine jener rätselhaften »Teufelinnen« der alten Zeiten vor Augen führte, die aus ihrem unterirdischen Reich heraufgekommen war, um durch ihre Schönheit einen »minnigen Sänger« zu bestricken und in den Tod zu treiben. Von dem wütenden Volke aufgegriffen, wird sie als Hexe zum Scheiterhaufen geschleppt und an den Pfahl gebunden. Unter den Klängen eines prachtvollen Chores wird der Holzstoß entzündet, und Rauch und Flammen steigen empor, die Teufelin zu vertilgen von der Erde. Da plötzlich teilten sich die Flammen, Satanella schüttelt lachend die Fesseln von ihren Händen, das graue Büßer-

4

und Sterbehemd fällt von ihren Schultern, und sie selbst steht in Höllenpracht gekleidet vor dem entsetzten Volk. In wilden Dithyramben singt sie ihr bestrickendes Zauberlied, und mit dem jauchzenden Schluß: »Lebt wohl, ich kehre zurück zu euch, so lang die Schönheit Siege feiern wird, so lange Männerherzen sich noch bethören und betrügen lassen –« sinkt Satanella hinab in die sie verschlingende Erde.

Diesem Schlusse jauchzte das Publikum zu und konnte sich nicht satt hören an der mächtigen, süßen und metallreichen Stimme der fremden Sängerin, welche eigens gekommen war, um die »Satanella« zu singen, und konnte sich nicht satt sehen an dem wunderbar malerischen Schlußtableau mit dem brennenden Scheiterhaufen, den mittelalterlichen Mauern der Stadt mit ihren Türmen und Erkern, dem entsetzt zusammengedrängten Volke und der Gestalt der Satanella auf dem Holzstoße.

Und sie war in der That wunderbar schön, diese fremde Primadonna, Señora Dolores Falconieros – eine schlanke, geschmeidige Gestalt mit dem leuchtenden Rothaar Tizians, das in üppigen Wellen herabfiel auf das scharlachrote, seidene Gewand, das sie umschloß. Und in dem blutlosen und doch lebensfrischen Antlitz brannten große, strahlende, sammetschwarze Augen, deren Glanz noch gehoben wurde durch die sich über der feinen römischen Nase schließenden dunklen Brauen, durch die langen, seidenartigen Wimpern.

Und wie sie dort stand auf der Bühne inmitten des rotglühenden Feuers, im roten Gewand und roten Haar, in dem ein zweigezacktes Brillantdiadem blitzte und funkelte, mit der wunderbar bestrickenden Stimme ihr in seltsamem Rhythmus sich bewegendes Teufelinnenlied singend und dazu ein flammensprühendes Scepter schwingend, dessen Feuerregen bis ins Parkett hinabflog, da bot sie ein Bild, das mit leichtbegreiflicher, dämonischer Macht das herbeigeströmte Auditorium zu jenem frenetischen Beifall entfachte, welches immer wieder und wieder die »Satanella« veranlaßte, aus den Tiefen der Hölle, den Versenkungen, hinaufzusteigen, und mit dankendem Lächeln grüßend ihr verkohlendes Scepter zu schwingen.

Das Schicksal der neuen Oper war entschieden. Der berühmte blonde Tenorist als »minniger Sängerheld« und die durch den Intendanten entdeckte und sofort berühmt gewordene Fremde hatten der herrlichen Musik den Odem des Lebens eingehaucht und die Weihe erteilt, hinauszuziehen in alle Welt.

Etwa eine Stunde später hatte sich ein kleiner, aber gewählter Kreis in dem künstlerisch ausgestatteten Salon des Direktors der Akademie der Künste, Professor Balthasar, zusammengefunden. Der Hausherr, ein über die Grenzen Europas hinaus bekannter geistvoller Maler in der Blüte seiner Jahre, liebte es, nach dem Theater einen Kreis um sich zu versammeln, in welchem er und seine liebenswürdige Gattin die Honneurs machten und für leibliche und geistige Unterhaltung ihrer Gäste aufs Trefflichste sorgten.

Um den runden Tisch, dessen silbernes Theegerät von Frau Balthasar lautlos und gewandt gehandhabt wurde, saßen etwa sechs bis acht Personen mit Einschluß des Hausherrn und der Hausfrau. Da war der hochberühmte, geniale Historienmaler Richard Keppler, der feinsinnige Dichter N., die berühmte Schauspielerin Luise R., der Legationsrat Freiherr von Falkner. Ein Platz war noch leer – er harrte eines verspäteten Gastes.

»Mir summt die Melodie des Teufelinnenliedes noch im Kopf – ich kann sie nicht loswerden,« meinte Professor Balthasar.

»Das macht der dämonische Einfluß dieser Musik – es ist ein rechtes, echtes Teufelswerk,« rief die Schauspielerin.

»Ja, aber das Werk eines genialen Teufels,« entgegnete Keppler.

»Das ist das rechte Wort dafür,« sagte der Legationsrat, eine hohe, gebietende Erscheinung mit dunklem Auge und Haar und gleichem vollen Bart, »die ›Satanella‹ ist ein Werk, das aus jedem Takte einen Born von Genialität sprudeln läßt, aber eine Genialität, die ich herzlos nennen möchte, weil sie nicht das Herz, sondern nur den Geist berührt und anregt. Der Komponist ist ein Genie, das ist über jeden Zweifel erhaben, aber er ist kein Genie von Gottes Gnaden, sondern von denen Lucifers.«

»Und versteht doch so warme Herzenstöne anzuschlagen,« nahm sich Frau Balthasar des unbekannten Meisters an, »ich erinnere Sie nur an das süße Liebeslied des Troubadours im zweiten Akt.«

»O ja, es schmeichelt sich dem Gehör ein, aber nicht dem Herzen,« erwiderte Falkner kühl, »es bezaubert, aber es ergreift nicht.«

»Nun, dann erkläre ich mich befriedigt mit dem Zauber, den das Liebeslied enthält,« rief Keppler, »warum sollen wir armen Sterblichen uns nicht einmal bezaubern lassen? Wir können nur von Glück sagen, wenn dabei unser Herz nicht Schaden leidet.«

»Sie mögen recht haben, Keppler,« sagte der Legationsrat ruhig, »die Individualität eines jeden ist ja so verschieden. Für mich ist die Musik keine Musik, wenn sie nur blendet und berauscht. So erkläre ich offen, auf die Gefahr hin, für einen Vandalen gehalten zu werden, daß für mich die Mehrzahl der antiken Statuen nichts sind, als alte Marmorblöcke, deren blöde Augen uns Epigonen recht dumm anstarren, und daß das schönste Antlitz, aus dem kein Herz spricht, mich entsetzlich gleichgültig läßt. So die Musik der ›Satanella‹. Ich bewundere den elektrischen Strom der Genialität, der durch ihre Takte pulsiert, aber ich liebe sie nicht, weil nicht *ein* warmer, menschlicher Herzschlag sie durchzittert.«

Während der Legationsrat sprach, hatte sich die eine der Portieren geteilt und in ihrem Faltenrahmen erschien, nur von Frau Balthasar bemerkt, eine dunkle Frauengestalt mit rotem Tizianhaar – Dolores Falconieros. Sie legte lächelnd den Finger auf die Lippen zum Zeichen, daß sie noch unbemerkt bleiben wollte, und so stand sie noch als Professor Balthasar entgegnete:

»Nun wohl, aber was der Musik fehlt, das gaben ihr die Darsteller!«

»Wie wunderbar schön sang unser Heldentenor den Minnesänger, wie seelenvoll,« rief die Schauspielerin.

»Und wie herrlich war die Falconieros in der Titelrolle,« setzte Keppler hinzu, »es war eine unvergleichliche Leistung.«

»Gewiß, unvergleichlich in der Darstellung der grausamsten Herzlosigkeit,« sagte Falkner spöttisch, »mir war's, als spielte diese Satanella ihr eigenstes Selbst – nicht *einen* warmen Herzenston vermag diese Fremde anzuschlagen, eben weil sie es nicht kann, weil auch sie nur ganz Genie ist. Ich mag diese herzlosen Frauen nicht.«

»Aber die Falconieros –« begann der bis dahin nur zuhörende Dichter –

»Die Falconieros, wie sie sich mit ihrem nom de guerre nennt, könnte die ›Satanella‹ komponiert und gedichtet haben,« vollendete Falkner kurz und kühl.

Frau Marianne Balthasar hatte dem Gespräch mit steigendem Unbehagen zugehört und schob jetzt rasch das Theegerät zur Seite.

»Ah – die Señora!« rief sie, die peinliche Scene endend und auf die noch in dem Thürrahmen stehende Sängerin zuschreitend. Die übrigen erhoben und verbeugten sich, als ihre Namen vorstellend genannt wurden, und Donna Dolores nahm auf dem leeren Sessel zwischen dem Professor und Keppler Platz – Falkner saß ihr gegenüber.

»Vor allem Pardon, daß ich so spät komme,« sagte sie mit einem reizenden Lächeln, das ihre wunderschönen Züge noch verschönte, »aber ich mußte ja erst die Garderobe wechseln – –«

»Die Satanella aus- und das Gewand gewöhnlicher Sterblicher anziehen,« scherzte der Professor.

»Als ob ich diese Satansfarbe je ablegen könnte!« erwiderte sie und strich mit der schlanken weißen Hand über ihr jetzt hochaufgestecktes Haar. Dabei irrte ihr Blick über den Tisch und traf den des Legationsrates.

»Wie Sie nur so sprechen können, Señora,« sagte Keppler und betrachtete die Sängerin mit entzücktem Künstlerblick, »oder sollten Sie in der That nicht wissen, welch kostbaren Schmuck Sie auf dem Haupte tragen?«

»Mein Haar,« lachte sie. »Ach, das ist eine Künstlerlaune. Gewöhnliche Sterbliche nennen es Rot.«

»Ich wußte nicht, daß auch in Spanien unser germanisches Blond üblich ist,« bemerkte Frau Balthasar.

»O, ich bin ja zur Hälfte eine Deutsche,« erwiderte Donna Dolores mit ihrem reinen, aber doch fremdartigen Dialekt, »und ich betrachte Deutschland als meine Heimat, wenn auch die Sonne hier weniger sengend strahlt als in Brasilien.«

»O ja, bedeutend kühler,« sagte Professor Balthasar fröstelnd. »Wir Nordländer sind ein eignes Volk – uns ist nur wohl, wenn uns das Eis bis ans Herz steigt. Das südliche Feuer, das andere durchglüht, stößt uns ab, wenn es uns berührt.«

»Ja, wenn es Gift und Dolch, Vendetta und Lava sprüht,« warf Falkner ein.

Wieder traf ihn ein Blick aus den dunklen Augen der Sängerin, und wieder mußte er sich widerstrebend eingestehen, daß diese Augen außerhalb der Bühne einen ganz anderen Ausdruck hatten, einen freien, stolzen und dennoch weichen Ausdruck.

Der Thee war beendet, und der kleine Kreis erhob sich, um entweder an die bücherbeladenen Tische zu treten oder eine jener Mappen zu durchblättern, welche in großen Gestellen an der Wand standen und kostbare Skizzen und Stiche enthielten.

Donna Dolores setzte sich in ein Fauteuil und blätterte in einer dieser Mappen, indem sie lächelnd auf Keppler hörte, der sie um den Vorzug bat, sie als »Satanella« malen zu dürfen.

»Denn,« meinte er, »mir läßt's keine Ruhe, bis ich das Problem der Farbe gelöst, das Sie, Donna Falconieros, uns heut' Abend vorgezaubert haben. Diese wunderbare, köstliche Wirkung von Rot in Rot – ich hatte mir nie eine solche Kühnheit geträumt. Und, was die Hauptsache war – sie wirkte ästhetisch.«

»Meine Kühnheit ist durch Ihren Ausspruch absolviert,« entgegnete Donna Dolores, »denn offen gesagt, mir bangte fast, als ich heut' Abend in der Garderobe das scharlachrote Kleid anlegte und mein Haar auflöste. Und als dann gar die roten Flammen entzündet wurden und um mich lohten, da glaubte ich mich dem Urteil der Verdammung, der Ausschließung aus der Zunft der Künstler geliefert zu haben.«

»Es war ein herrlicher Anblick, diese letzte Scene der ›Satanella‹,« rief Keppler, »eine Scene, wie sie das Auge des Malers zu sehen sich ersehnt. Rot in Rot – Flammen und Gold – ich kann den Gedanken daran noch nicht loswerden und werde eher keine Ruhe finden, bis ich die Farben auf meiner Palette habe.«

Dolores sagte zu, dem Maler einige Sitzungen zu gewähren, und fuhr dabei fort, den Inhalt der Mappe zu durchmustern. Plötzlich stieß sie einen leisen Schrei aus und sah erblassend auf eine Farbenskizze, eine kleine Landschaft mit prächtigen, dunklen alten Eichen und Ulmen, zwischen denen ein altes im Karree gebautes Haus hervorsah mit Säulengängen rings herum, die vier Ecken flankiert von ebensoviel hohen, erkerbeklebten, epheuumwucherten Türmen. Auf einem derselben wehte eine grün-weiße, schachbrettartige Flagge und deutete an, daß dieses alte, graue Haus kein Kloster sei, wie es auf den ersten Blick den Anschein hatte.

Donna Dolores sah lange auf diese Skizze – ihre blassen Wangen waren noch blässer geworden und es schien, als scheute sie sich zu sprechen. Keppler sah über ihre Schulter hinweg auf das Blatt.

»Ah, das ist der Falkenhof,« sagte er. »Nicht wahr, ein malerischer Fleck Erde. Und Legationsrat von Falkner ist der glückliche Erbe desselben.«

»So –?« sagte Donna Dolores mit eigentümlichem

Ausdruck, indem sie hinübersah zu dem Genannten, der mit dem Professor in eifrigem Gespräche stand. Seine rücksichtslosen Worte über sie und ihre Leistung auf der Bühne, die sie vorhin mit angehört, hatten sie nicht so tief getroffen, wie man vermuten mußte, aber sie hatten doch eine kleine Wunde hinterlassen. Von diesem Augenblicke aber, als sie hinübersah nach dem Erben des Falkenhofes, und sein Blick wiederum über sie hinwegflog, kalt, fast verächtlich, da wußte sie's, das dieser Mann dort ihr Feind sei, oder werden mußte.

»Ein kleines Eden, dieser Falkenhof,« sagte Keppler, auf das Bild deutend, »und doch wiederum der Hintergrund für einen Kampf aus der Zeit der Bilderstürmer. Balthasar hat eines seiner berühmtesten Bilder nach dieser Skizze geschaffen, die er an Ort und Stelle mit Bewilligung der jetzigen Herren aufgenommen. Bei dieser Gelegenheit machte er die Bekanntschaft Falkners.«

»Des Erben vom Falkenhofe,« wiederholte Dolores leise wie für sich.

»Ein Mann von Geist und Wissen,« fügte Keppler ebenfalls leise hinzu, »aber mitunter absprechend und kalt bis zur Rücksichtslosigkeit. Balthasar ist so ziemlich der einzige Künstler, dessen Salon er besucht –«

»Also exklusiv und hochmütig ist er demnach,« fiel Dolores dem Maler ins Wort.

»Man ist versucht, es manchmal so zu nennen,« sagte dieser achselzuckend, »Falkner liebt wohl die Kunst und erkennt das Genie rückhaltlos an, aber er mag nichts oder wenig von den Künstlern wissen.«

»Also doch Hochmut,« warf Dolores ein.

»Vielleicht, Señora. Aber er geht den Künstlern

wenigstens nicht aus dem Wege, während er eine ausgesprochene Abneigung gegen –«

Keppler stockte.

»Nun?« fragte die Sängerin ruhig, »warum vollenden Sie nicht: während er eine ausgesprochene Abneigung gegen die Künstlerinnen hat.«

»Señora –« sagte der Maler halb lachend, halb verlegen.

»Warum nicht aussprechen, was der Betreffende so zur Schau trägt?« sagte sie achselzuckend, leicht, indem sie die Skizze fortlegte. Aber dabei entstieg ein tiefer Atemzug fast wie ein Seufzer ihrer Brust.

Sie erhob sich und nahm ihre Handschuhe.

»Wie, Sie wollen schon gehen, Señora?« rief der Professor und eilte auf sie zu.

»Es ist spät, und ich bin müde,« erwiderte sie freundlich. »Die Partie der heutigen Oper war anstrengend. Es ist gar nicht so leicht, eine ›Teufelin‹ zu spielen,« setzte sie lächelnd, fast schalkhaft hinzu.

»O Señora, singen Sie uns noch ein Lied, ein kleines Lied nur,« bat Frau Balthasar und geleitete Dolores zu dem offenen Flügel.

Donna Dolores zögerte einen Augenblick, dann setzte sie sich an das Instrument und ließ die Hände präludierend über die Tasten gleiten. Und sie sang ein einfaches kleines Lied, kurz wie ein Intermezzo.

Es hat die Rose sich beklagt,
Daß gar zu schnell ihr Duft verwehe,
Den ihr der Lenz gegeben habe.

Da hab' ich ihr zum Trost gesagt,
Daß er durch meine Lieder wehe
Und dort ein ew'ges Leben habe.

Und *wie* sang sie es! War diese süße, zauberische weiche Stimme dieselbe, die vordem das Teufelinnenlied von der Bühne herabgejauchzt? Wie eine Verheißung zog Wort und Ton durch das lautlose Gemach.

Und atemlos lauschte der kleine Kreis, als Dolores geendet hatte und leise das Nachspiel erklingen ließ. Dabei schweifte ihr Blick dahin, wo die Skizze des Falkenhofes auf der Mappe lag, und es schimmerte feucht in ihren Augen. In weichen Mollaccorden löste sie die Melodie des Liedes des Mirza Schaffy auf und ging in eine andere über –

Aus der Jugendzeit, aus der Jugendzeit
Klingt ein Lied mir immerdar –

sang sie leise wie im Traum. Herzerschütternd schwollen die Töne des schlichten Volksliedes an, und durch die einfachen Worte klang es wie ein Schluchzen –

O du Heimatflur, o du Heimatflur,
Laß zu deinem heil'gen Raum
Mich noch einmal nur, mich noch einmal nur
Entfliehn im Traum.

Keine Schwalbe bringt, keine Schwalbe bringt
Dir zurück, wonach du weinst;
Und die Schwalbe singt, und die Schwalbe singt
Im Dorf wie einst.

Die süße Stimme verklang, und die Sängerin ließ die Hände herabsinken von den Tasten. Ihr gegenüber stand Alfred von Falkner, das Auge wie gebannt auf die Fremde gerichtet, die er vorhin so hart verurteilt hatte. Und das Lied –? Es stieg vor seinem geistigen Auge empor wie eine Erinnerung in verschwommenen Umrissen, als das Lied ertönte. War dieses Lied nicht einst in den Kreuzgängen des Falkenhofes erklungen von einer frischen, hellen Kinderstimme –? Er strich mit der Hand über die hohe Stirn und sann und sann – und es war ihm fast, als müsse er in den frohen Tagen seiner Jugendzeit, in den engen Grenzen der Knabenjahre die Gestalt eines Spielgefährten suchen – ja, da war's ihm, als höre er ein kurzes, helles, spöttisches Lachen –

Und die Schwalbe singt, und die Schwalbe singt
Im Dorf wie einst –

sang Donna Dolores dort am Flügel die Schlußworte ihres Liedes – und versunken waren mit einem Male die abgeblaßten, vergessenen Gestalten – zerronnen in ein Nichts, aus dem sie entstanden.

»Das nenne ich Musik,« rief Balthasar nach einer Pause und trat auf die Sängerin zu, »das bebte durch die geheimsten Fibern der Seele, denn es war mit dem Herzen gesungen!«

Donna Dolores fuhr empor und richtete sich aufatmend hochauf. Dann lachte sie kurz, hell und spöttisch, daß Falkner zusammenzuckte, denn ihm kam dieses Lachen so bekannt vor – und ein dunkler Blitz aus ihren wunderschönen Augen huschte auf ihr Gegenüber.

»Mit dem Herzen?« wiederholte sie laut und deutlich, »Sie irren, Professor Ich spielte heut' in der ›Satanella‹ mein eigenstes Selbst – nicht *einen* warmen Herzenston vermag ich anzuschlagen, eben weil ich kein Herz habe – –«

Falkner zog die Stirn in Falten, als ihm die Sängerin seine eigenen Worte wie eine Spottdrossel wiederholte – dann zuckte er mit den Schultern, verächtlich, hochmütig.

Da sprühten ihm die schwarzen Augen einen wahren

Teufelinnenblick zu – es schien fast, als ginge ein rotes Feuer aus diesem Blick hervor – wieder lachte der feine, blaßrote Mund jenes seltsame, sinnverwirrende Lachen.

»Sie sind ein guter Psycholog und Physiolog, Herr von Falkner,« rief ihm Donna Dolores zu – es waren die ersten Worte, die sie an ihn richtete, »Ihr feines Gefühl hat Sie nicht betrogen – ich selbst habe die ›Satanella‹ komponiert!«

Ein allgemeines »Ah« der Überraschung erscholl, und Falkner biß sich auf die Lippen – er ärgerte sich mit einem Male über sein Urteil, er ärgerte sich, daß er recht hatte. Donna Dolores aber ließ ihre Hände wieder über die Tasten des Flügels gleiten, wild, wirbelnd erschollen die rauschenden Accorde, mit denen das Volk in der ›Satanella‹ den Holzstoß entzündet, um die Hexe zu verbrennen, die sich nun mit einem Male in das nimmer zu vertilgende, ewig lebende böse Prinzip, in den Fluch verwandelt, der auf der Welt seit ihrem Beginne ruht. Mächtig schwollen die Accorde an, und mächtig setzte die Stimme der Sängerin ein:

Lebt wohl, so lang der Sonne Leuchten
Verklärt des Weibes ew'ge Macht,
So lang noch Leidenschaften glühen,
So lang noch Schönheit lockend lacht,
So lang noch Männerherzen brechen
Betrogen durch ein falsches Weib,
So lang, so oftmals kehr' ich wieder,
In eurer Mitte stets ich bleib'!
Entfacht der Flamme rote Gluten,
Ihr schafft mich nicht aus dieser Welt,
Denn wo sich Männerhochmut brüstet,
Mein Scepter reiche Ernte hält.
Ich wohn' in jedes Weibes Herzen,
Ich beuge jedes Mannes Macht,
Ich bin die Schlang' des Paradieses,
Ich stifte Unheil – drum habt acht!

Sie schloß mit einem rauschenden Accorde, durch den es wie das Knistern von Flammen klang, und sprang dann empor.

»'s ist Zeit zur Ruhe – gute Nacht!« rief sie und war verschwunden, ehe sich's die anderen versahen.

Drunten vor der Thür stand das leichte Coupé der Sängerin, die Pferde stampften schon lange vor Ungeduld, und als Dolores eingestiegen war, entführten sie ihre leichte Last in raschem Trabe dem Hotel zu, das die »Brasilianerin« bewohnte, und wo ihre schwarze Kammerfrau und Duenna in einer Person, die herkulische alte Negerin, schon alles zur Ruhe vorbereitet hatte.

»Tereza,« sagte Dolores spanisch, als ihr die Negerin die Haare zur Nacht einflocht, »Tereza, wen meinst du wohl, habe ich heut' gesehen? Den ›Erben vom Falkenhof‹.«

»Alle Heiligen – den Alfred? Hat er dich erkannt, Herrin?«

»O nein – und ich hab' ihm auch kein Wort darum gesagt. Er ist ein schöner, großer Mann geworden, hochmütig und zurückweisend ernst.«

»Wie die ganze Falkenbrut,« murrte die alte Tereza. »Nun, laß ihn laufen. Du brauchst ihn nicht und den Alten auch nicht mit seinen klappernden Krücken.«

»Nein, ich brauche ihn nicht,« sagte Donna Dolores, »aber,« setzte sie mit zuckenden Lippen hinzu, »aber sehen möcht' ich den Falkenhof doch wieder.«

»So kaufe ihnen das alte steinerne Nest ab, Herrin!« riet Tereza.

»Das geht nicht,« erwiderte Dolores sinnend, »es ist ein Lehen –«

»Was ist das?«

»Das ist – ach Tereza, ich bin müde und möchte schlafen.«

17

Sie sank in die weichen Kissen und schloß die Augen.

»Der Erbe vom Falkenhof!« murmelte sie im Einschlafen.

*   *   *

Bei Professor Balthasar trennte man sich bald, nachdem Donna Dolores sich entfernt hatte.

»Es freut mich,« hatte Keppler gesagt, nachdem sie gegangen, »es freut mich, daß sie gerade die ›Satanella‹ komponiert hat, und daß sie's bekannte trotz Ihrer scharfen Äußerungen, Baron Falkner, die sie gehört haben muß.«

»Das bestätigt nur meine Worte,« erwiderte der Legationsrat, seinen Hut ergreifend.

»Nun, ich will das doch nicht so ohne weiteres zugeben,« meinte Balthasar nachdenklich, »gerade, daß sie mit ihrem Bekenntnis das gehörte harte Urteil bestätigte, beweist, daß sie es nicht zu scheuen hat.«

Falkner zuckte die Achseln.

»Hier gehen unsere Ansichten auseinander, Professor. Die Kühnheit der Falconieros blendet Sie, wie ihr Genie die Menge. Mir ist dieses laute Bekenntnis der eigenen Herzlosigkeit mehr zuwider, als ich es ausdrücken kann.«

»Halt, rechnen Sie diese kleine Teufelei der Señora nicht zu hoch an,« sagte Keppler lachend, »Sie haben sie gereizt!«

»Wie konnte ich ahnen, daß sie lauschte?« erwiderte Falkner kalt. »Überdies – es konnte ihr nicht schaden, die Wahrheit zu hören.«

»Das heißt: Ihre Ansicht, Baron,« replizierte Keppler mit Betonung. »Oder wollen Sie an Ihrer Behauptung, Donna Dolores habe kein Herz, jetzt noch festhalten, jetzt,

18

nachdem wir sie so wunderbar ergreifend singen gehört?«

Ein beinahe feindseliger Blick aus Falkners Augen streifte den Maler.

»Sie sind selbst Künstler, Herr Keppler,« sagte er kalt, »Sie sollten doch am Ende wissen, wie man Effekt macht. Ich bedaure, wenn mein Skepticismus nicht mit Ihren Ansichten harmoniert, aber es ist mir unmöglich, an die Wahrheit der so schön vorgetragenen Gefühle einer Sängerin von Profession zu glauben.«

»Das also ist Ihr Schlagwort?« Eine feine Röte flog über das geistreiche Gesicht des Malers. »Eine Sängerin von Profession! Sie denken sich natürlich darunter nur ein Wesen, das möglichst viel Kapital aus ihrer Stimme schlägt, und wie der Schuster seinen Pechdraht, allabendlich ihre Gesangspartie abarbeitet? Ich beneide Sie nicht um diese gewonnene Erkenntnis, Baron Falkner, und freue mich, daß ich naiv genug geblieben bin, an die Heiligkeit eines wahren Künstlertums zu glauben.«

»Chacun à son gout,« erwiderte Falkner leicht, »ich bekenne, daß mir ein so starker Glaube fehlt, wenn ich auch zugestehen will, daß es in *früheren Zeiten* solche um der Kunst willen wirkende Künstler gegeben hat.«

»In jedem Fall ist die Grundidee der ›Satanella‹ eine tief durchdachte,« mischte sich der Professor in das Gespräch.

»Meinem Geschmacke nach zu tief durchdacht für eine so junge Dame, wie diese deutsche Brasilianerin,« unterbrach ihn Falkner nicht ohne Hohn.

»Nun, nun – einmal hat sie nur die Musik gemacht und nicht die Worte, und dann abstrahiere ich von der Person und zolle gern dem Werke die gebührende Anerkennung,« rief Balthasar lebhafter werdend.

19

»Und ich vermag die Person von dem Werke nicht zu trennen, da sie mit demselben durch ihren Individualismus verbunden ist.«

»O Sie Barbar,« rief Frau Balthasar, lachend zwischen die Herren tretend, deren Dialog sie allzuscharf zugespitzt fand, »wie können Sie so hart sein? Aber wir wollen Ihnen verzeihen, wenn Sie das Zugeständnis machen wollen, daß Señora Falconieros eine ungewöhnlich begabte, hervorragende Frauengestalt ist.«

Falkner verbeugte sich.

»Ich gebe das gewiß zu,« sagte er, »aber mir fehlt das Verständnis und der Geschmack für dergleichen ›ungewöhnliche und hervorragende Frauen‹, die in unseren Kreisen, gottlob, nicht üblich sind.«

Abermals eine Verbeugung, und Falkner verließ den kleinen Kreis.

»Das sind empörende Ansichten,« brach nun Frau Balthasar los. »Ich begreife nicht, wie ein Mann von der geistigen Bedeutung des Barons so engherzig sein kann.«

»Liebe Marianne, es mag sehr schwer sein, sich aus den festgeschnürten Wickelkissen gewisser Vorurteile *selbst* herauszuarbeiten,« entgegnete der Professor kaltblütig. »Auch wir mögen unsere Vorurteile haben, ohne daß wir es wissen, und auch wir mögen bei der Verteidigung der von uns aufgestellten Ansichten aus Eigensinn und angeborener Rechthaberei weiter gehen, als wir vordem beabsichtigten. Überdies kann kein Mensch gegen seine Antipathien.«

»Die Äußerungen Falkners gegen Dolores deuten auf mehr als auf bloße Antipathie.«

»Das ist noch kein Grund, weshalb sich die beiden nicht

noch einmal fabelhaft lieben sollten,« sagte Balthasar humoristisch.

»Nonsens.«

»Was willst du? Wie sagte Julia, als sie sehr rasch die Bekanntschaft ihres Romeo gemacht?

> So große Lieb' aus großem Haß entbrannt!
> Ich sah zu früh, den ich zu spät erkannt.
> O Wunderwerk! ich fühle mich getrieben,
> Den ärgsten Feind aufs Zärtlichste zu lieben.«

Frau Marianne lachte.

»Du vergissest nur, lieber Mann, daß weder Baron Falkner das Zeug dazu hat, ein Romeo zu sein, noch Donna Dolores, unsere Satanella, sich in eine schmachtende Julia verwandeln wird.«

»Weshalb nicht?« meinte Keppler, dem Paare »Gute Nacht« bietend, »die Natur spielt wunderbar, und am Ende hat jede Frau soviel von einer Julia in sich, wie jeder Mann von einem Romeo.«

Inzwischen hatte Falkner seine Wohnung erreicht, aber er konnte noch keine Ruhe finden. Er trat ans Fenster, öffnete es und ließ die kalte Nachtluft in das Zimmer strömen, denn obwohl der Winter sich seinem Ende zuneigte, und man auf den Straßen schon die ersten Frühlingsboten in Gestalt winziger Veilchen- und Schneeglöckchensträuße verkaufte, so war des Winters Herrschaft doch noch nicht gebrochen, und noch zeigte er manchmal empfindlich seine Macht.

Falkner war erregt, und daß er's war, ärgerte ihn um der Ursache willen.

»Um eine Sängerin,« murmelte er verächtlich, und doch konnte er das Bild dieser Sängerin nicht loswerden – es gaukelte ihm vor den Augen und blendete ihn.

»Ich hasse rote Haare« – sagte er sich, indem seine Phantasie die goldenen Haarmassen der Satanella in jene fuchsige Farbe tauchte, die im Verein mit wässerigen Augen und fleckigem Teint so abstoßend wirkt.

»Sie werden bei Tageslicht so aussehen,« sagte er sich »und die dunklen Brauen und Wimpern werden die Spuren der Farbe zeigen –«

Aber die Augen! Nein, die zu färben war ja ein Ding der Unmöglichkeit.

»Hüte dich vor denen, deren Haarfarbe von der der Augen absticht,« sagte er vor sich hin und mußte gleichzeitig lächeln über die ausgekramte Kinderfrauenweisheit. Und am Ende, was ging ihn die »Brasilianerin« an, die vielleicht in ihrem Privatleben den seltenen Namen Jette Müller oder Gustel Schulze führte. Der Gedanke daran machte ihn lachen.

»Donna Dolores Falconieros,« sagte er mit pathetischem Spott, »ich werde Ihnen aus dem Wege gehen. Zum Glück habe ich gar nichts mit Ihnen zu schaffen und werde es auch voraussichtlich nicht. Unsere Wege führen sehr weit auseinander.«

Mit diesem Entschlusse glaubte Alfred von Falkner die Sache erledigt zu haben. Aber da fiel ihm das Lied ein:

> Aus der Jugendzeit, aus der Jugendzeit
> Tönt ein Lied mir immerdar –

Er kannte das Lied, aber wer hatte es gesungen, wann war es gesungen worden und von wem? Er sammelte seine Erinnerungen und dachte an die längstvergangenen Kinderjahre. Wen hatte damals der Falkenhof beherbergt? Er

22

erinnerte sich nur eines prächtigen, grünen Papageien, der ihm den Mittelfinger der rechten Hand durch und durch gebissen hatte, daß man die Narbe heute noch sah. Damals hatte ihn jemand verlacht mit hellem, lustigem Lachen und ihm gesagt: »Es geschieht dir schon recht, denn wer hieß dich, den armen Rio zu reizen!«

Er hörte plötzlich ganz deutlich die Worte wieder. Ganz recht, Rio war der Name des gelehrten Vogels, der, wie er sich deutlich erinnerte, in drei Sprachen zu schimpfen verstand und dabei maliziös genug aussah. Rio! Nach jenem Biß und dem unbarmherzigen Lachen war er, Alfred Falkner, zu dem Oheim und Lehnsherrn des Falkenhofes gelaufen und hatte sich bitter beklagt, und seine Mutter, die damals noch Witwe seines Vaters war, hatte ihm tröstend den blutenden Finger verbunden und dazu finsteren Angesichts über das »herzlose fremde Ding« gemurrt, das seine Freude habe an den Schmerzen anderer.

Aber wer war die Gescholtene?

Der Lehnsherr vom Falkenhofe hatte zwei Brüder, eigenwillige, unbeugsame Naturen, wie sie das Falkengeschlecht nur jemals aufzuweisen hatte. Der jüngere der beiden, Alfreds Vater, hatte sein und seiner Gattin Vermögen während der Dauer, daß er des Königs Rock trug, total verschwendet und starb kurz vor dem drohenden Ruin. Der Freiherr von Falkner nahm nun die Witwe mit dem Knaben zu sich und hielt letzterem einen Gouverneur, der es verstand, seine Stellung derartig zu befestigen und sich unentbehrlich zu machen, daß ihm schließlich die immer noch stattliche Witwe die Hand reichte. Da sie nun auf dem Falkenhofe seit mehreren Jahren die Pflichten einer Hausfrau versah, weil der Lehnsherr unvermählt geblieben war, so wollte der Freiherr die Schwägerin, welche seine Interessen vortrefflich zu wahren verstand, nicht mehr missen und sich von ihr trennen, und so geschah es, daß sie mit ihrem Gatten einen Flügel des Falkenhofes zu dauerndem Aufenthalte bezog.

Der ältere Bruder des Lehnsherrn war ein unruhiger Kopf gewesen, dessen erinnerte sich Alfred Falkner genau. Aber da er ihm im fünfzehnten Jahre seines Lebens schon aus den Augen geschwunden war, und auch kein Mensch mehr seinen Namen genannt, so wußte er nichts mehr von ihm. Zwanzig Jahre sind eine Zeit, in der man vergessen kann, besonders wenn der Gegenstand des Vergessens totgeschwiegen wird. Je mehr indessen Alfred Falkner der entschwundenen Erinnerung nachsann, desto mehr fand er davon wieder, und nun trat auch die hohe, blonde Erscheinung des Oheims wieder vor sein geistiges Auge. Er erinnerte sich dunkel, daß der seltsamerweise niemals mehr Erwähnte gleich ihm der diplomatischen Carriere angehörte und jahrelang einer Gesandtschaft attachiert war, die er jedenfalls im Süden suchen mußte. Undeutlich zwar, aber doch mit Bestimmtheit besann er sich, ein Gespräch zwischen seiner Mutter und dem Lehnsherrn belauscht zu haben, in welchem letzterer sich bitter darüber beklagte, daß der Bruder in einer zornigen Aufwallung seinen Dienst quittiert und obendrein noch sein Vermögen beim Fall eines Bankhauses verloren hatte.

Der Fall eines Bankhauses! Diese Redefigur hatte damals auf Alfred einen tiefen Eindruck gemacht, denn er konnte sich gar nicht vorstellen, »wie ein Bankhaus fallen könnte,« und seine Phantasie spielte seitdem oft dieses Spiel.

Nun erinnerte er sich ganz deutlich, daß der Oheim mit Kind und Kegel, mit Sack und Pack auf dem Falkenhofe seinen Einzug hielt, dem er von einem Mansardenfenster aus mit atemloser Neugier zugesehen, denn er hatte gehört, daß der Herr des Hauses von einer Mulatten- und

Negerwirtschaft gesprochen, die nun die altdeutschen Räume des Falkenhofes entweihen würde.

Das hatte in seiner jungen, unternehmungslustigen Knabenseele gezündet, und er hatte glühend vor Erregung die Mutter gefragt, ob denn der Oheim ein Fürst aus dem Morgenlande sei, daß er mit Mulatten und Negern komme. Frau von Falkner hatte ihm lachend geantwortet, daß der Onkel höchstens ein Bettlerfürst sei, aber seine Frau, die Tante, wäre wohl eine Mulattin oder etwas ähnliches, jedenfalls eine »Fremde.«

Und nun kam der Onkel Bettlerfürst an, aber es war nur eine einzige große Negerin mit ihm, vor der sich Alfred natürlich entsetzlich fürchtete wie vor dem leibhaftigen Teufel. Die Tante war jedenfalls nicht schwarz von Angesicht, das war schon ein Trost. Sie brachten auch ein kleines Mädchen mit, hell und licht wie eine Elfe, dem ein prächtiger Papagei, Rio genannt, auf der Schulter saß und den Hausherrn sofort mit einem kräftig schnarrenden ›Filou! Filou!‹ begrüßte, was jedenfalls im Lande der Mulatten eine Höflichkeitsphrase war, wie Alfred damals dachte, und sich sehr wunderte, daß der also Begrüßte blaß wurde vor Zorn und seine bissigsten Redeweisen gleich in der Stunde der Ankunft hervorkramte.

Damals hatte er jenes helle, seltsame Lachen, dessen er sich so genau zu erinnern wußte, zum erstenmal gehört, er hatte gesehen, wie das kleine Mädchen den vorlauten Vogel gestreichelt hatte, worauf er, ermuntert und angefeuert durch den gespendeten Beifall, seiner ersten Äußerung noch ein lebhaftes »Caracho« folgen ließ.

Nach dieser wichtigen Begebenheit wurden seine Erinnerungen wieder dunkler. Er entsann sich nur, daß das kleine Mädchen, das damals halb so alt als er selbst sein mochte, sein Spielkamerad wurde und unaufhörlich an seiner Seite blieb, bis jener Biß Rios in seinen Mittelfinger und das Lachen seiner kleinen Cousine der Freundschaft einen unheilbaren Riß beibrachte. Er kümmerte sich nach Knabenart nicht mehr um sie und um die fremden Bewohner des Falkenhofes, von denen er sich nicht besinnen konnte, sie überhaupt viel gesehen zu haben. Nur bisweilen hörte er die helle Stimme der Kleinen durch die Kreuzgänge hallen.

Mit seinem fünfzehnten Jahre, als sein Präceptor seine Mutter heiratete, kam er auf ein Gymnasium, um dort sein Abiturientenexamen zu machen. Zwei Jahre lang, während deren er den Falkenhof nicht wiedersah, dauerte sein Studium, dann legte er sein Examen ab und trat sofort seine Reise nach der Universität an. Nach den ersten zwei Semestern seines Studentenlebens besuchte er zum erstenmal die Heimat wieder. Er fand dort alles in hastender Thätigkeit vor – die »Fremden« sollten den Falkenhof verlassen. Es war ein entsetzlicher Streit unter den beiden Brüdern ausgebrochen, welcher das Verhältnis sofort trennte – was vorgefallen war, darüber erfuhr er keine Silbe. Man war nicht sehr mitteilsam auf dem Falkenhofe.

Der Oheim hatte schon einige Tage früher das Haus seines Bruders verlassen, seine Familie folgte ihm jetzt nach, und Alfred entsann sich genau der hoch aufgepackten Wagen, die bei seiner Ankunft vorläufig noch unbespannt vor dem großen Thore ihrer Insassen harrten.

Als Alfred am nämlichen Abend noch allein durch die Kreuzgänge des inneren Hofes schritt, die Cigarre im Munde, und das Mondlicht beobachtete, wie es durch die doppelten Säulenreihen der mit Epheu und Kletterrosen umsponnenen gotischen Bogen huschte und sich in breiten, fahlgrünlichen, glänzenden Streifen auf die Steinfliesen legte, da hörte er plötzlich eine wunderschöne, wenn auch

noch kindlich klingende Stimme ein einfaches Volkslied
singen:

Er hatte das Lied hundertmal gehört und wohl auch selbst gesummt, dennoch aber veranlaßte es ihn diesmal, still zu stehen und den süßen Tönen zu lauschen. Der nächste Gedanke galt der Sängerin – wer und wo war sie? Er brauchte nicht lange zu suchen. Die Gebäude umschlossen ein viereckiges Stück Land, auf dem von jeher ein herrlicher Blumenflor grünte und blühte. Inmitten des Gartens befand sich das Bassin eines großen Brunnens, und vier kräftige, krystallhelle Wasserstrahlen schossen aus ebensoviel dräuenden Delphinenköpfen in das graue, steinerne Becken, das außen mit grünen Farnen und Huflattich üppig umsäumt war. Die vier mächtigen Schweife der Delphine vereinigten sich in der Mitte des Brunnens zu einem säulenartigen Gewinde, das sich nach oben vasenförmig öffnete und eine ehemals vergoldet gewesene, mächtige, siebenzackige Freiherrenkrone trug.

Auf dem Rande des Bassins saß, oder schwebte die Sängerin des ergreifenden Liedes – eine weißgekleidete Mädchengestalt, ein Kind, mit lang herabwallenden Haaren, die im Mondlicht glänzten wie flüssiges, mit Kupfer gemischtes Gold.

Alfred meinte an jenem Abend eine jener Lichtelfen zu sehen, wie das Märchen sie beschreibt, so duftig und zart wie aus Mondschein gewoben. Er wagte es nicht, sich zu rühren, aus Furcht, die Elfengestalt am Brunnenrand könnte in Nebel zerfließen, wie es die Art und Weise dieser holden Geister ist.

Und die Schwalbe singt, und die Schwalbe singt
Im Dorf wie einst – –

verklang das Lied. Die Sängerin aber erhob sich und stand

im nächsten Augenblick auf dem Rande des Bassins, einen Kranz von Rosen und dunklem Blattwerk in den Händen – sie hatte ihn während des Liedes gewunden.

Mit sicheren schnellen Schritten lief sie rings um den schmalen Rand des Bassins herum, als sei sie an solche handbreite Pfade gewöhnt.

Da tönte eine erschreckte Stimme aus dem im Schatten liegenden Flügel des Falkenhofes hervor:

»Bei allen Heiligen, Kind, halt ein, du fällst!«

Und nun lachte die Elfe als Antwort. Ein lustiges, helles Lachen, das einen Anflug von Spott hatte.

»Laß mich nur machen,« rief sie zurück, »ich habe hier einen schönen Kranz gewunden, meinen Abschiedsgruß dem Falkenhof! Den will ich der Steinkrone da droben überwerfen, damit sie auch einmal etwas spürt von Rosenduft – –«

»Kindereien – komm ins Haus, es ist spät!« tönte die strenge Stimme zurück.

»Ich komme schon – aber erst den Kranz,« antwortete die Elfe im Mondlicht, »er kann der alten, verwitterten Krone dort nicht schaden, der frische Schmuck, wenn er auch morgen früh schon welk ist. Vielleicht blüht er noch einmal auf!«

Sie hob den Arm und warf den Kranz, und warf ihn so sicher, daß er richtig über die Krone fiel und ihre sieben, perlengezierten Zacken wie mit Purpur umsäumte.

»Wie schön,« – rief die Elfe triumphierend, aber in dem nämlichen Moment glitt ihr Fuß auf dem schlüpfrigen Gestein aus – ein Schrei aus dem Dunkel des Hauses, und die weiße Gestalt verschwand in dem hochaufspritzenden

Wasser des Bassins.

Mit einem Sprunge war Alfred in dem Hofe und am Brunnen – sein kräftiger Arm zog die leichte Gestalt des Mädchens aus dem Wasser und setzte sie vorsichtig auf den Boden. Sie war nicht bewußtlos, kaum erschrocken, und ihre Augen, die ihm im Mondlicht seltsam dunkel erschienen, sahen ihn fragend an.

»Bist du – sind Sie verletzt?« fragte er stockend.

Da lachte sie schon wieder.

»O nein,« sagte sie, »der Oheim drinnen hat mir's hundertmal gesagt, ich sei eine herzlose Person – und denen geschieht nichts, wenn sie ins Wasser fallen, sie können nicht untergehen. Nur Menschen, die ein Herz haben, zieht's hinunter in den Grund.«

»So? Und was klopft denn da bei dir an der Stelle, wo bei anderen Menschen das Herz sitzt?« fragte Alfred amüsiert.

»Da?« sie legte die Hand auf die Stelle. »O, da liegt bei mir ein hohler Muskel!«

»Wirklich? Und fühlt der Muskel nicht?«

Sie sah ihn groß an.

»Nein –« sagte sie langsam, »es muß wohl nicht sein, denn der Oheim sagt, ich sei herz- und fühllos – ein Satanskind!«

Und nun lachte sie wieder auf, daß es wie der Ruf der Spottdrossel durch den Garten und die Kreuzgänge klang, raffte ihr triefend nasses Kleid zusammen und floh in das Haus.

Am nächsten Morgen, als er hinaustrat ins Freie, waren die Wagen verschwunden. Die »Fremden« waren abgereist und »es krähte kein Hahn nach ihnen,« wie Mamsell Köhler, die Beschließerin, sagte, als sie an das Inordnungbringen des verlassenen Flügels schritt.

Nein, es krähte kein Hahn nach ihnen, denn nicht mit einer Silbe wurden sie erwähnt von dem Oheim, der Mutter und deren Gatten.

Nur einer vermißte das »Satanskind« – das war der Verwalter des Gutes, ein mittelalterlicher Hagestolz, dem es tausend und abertausend lustige, kleine Streiche gespielt, wie allen im Hause, nur daß drinnen es mit Empörung und sittlicher Entrüstung über den »schlechten Charakter« des Mädchens erfüllte, während er darüber lachte. Dafür sang sie ihm abends, auf dem Fensterbrett seines Häuschens hockend, eine Auswahl von Liedern zur Mandoline vor. –

Alfred von Falkner seufzte tief auf – er war mit seinen Erinnerungen fertig. Es war nicht viel und nur sehr Unklares, da man ja auf dem Falkenhofe das niederdrückende System des »Totschweigens« praktizierte und unliebsamen Personen keine Silbe gönnte, aber er war dennoch zufrieden, denn er wußte nun, wo er das Lied gehört hatte, das die »Komödiantin« heut' Abend gesungen.

Bei dieser Erkenntnis fuhr ihm ein jäher Schreck wie ein glühender Strom durch das Herz – ihm war, als gliche die »Satanella« des heutigen Abends der kleinen zarten Elfe von damals, als sie ihn im Mondlicht am Brunnen ihrer Herzlosigkeit ernsthaft versicherte.

Im nächsten Moment aber mußte er sein Erschrecken belächeln.

»Unsinn,« sagte er vor sich hin, »meine Nerven sind erregt von der Satansmusik dieser im Grunde

31

geschmacklosen Oper. Es war das Lied, das mir den hirnverbrannten Gedanken eingab – denn das kleine Mädchen, das es vor vierzehn Jahren sang, war am Ende doch eine Freiin von Falkner.«

Mit diesem beruhigenden Gedanken suchte er sein Lager auf, aber die schlichte Weise spukte noch in seinen Träumen fort:

> Aus der Jugendzeit, aus der Jugendzeit
> Tönt ein Lied mir immerdar.

*   *   *

Die Zeit verging. Abend für Abend wurde die »Satanella« aufgeführt, und Abend für Abend zog die Oper eine unabsehbare Schar von Schau- und Hörlustigen in die strahlenden Räume des Opernhauses.

Natürlich ward das Geheimnis der Autorschaft bald ein öffentliches, und so geschah es, daß diejenigen, die sich eigentlich nur für die Sängerin interessiert hatten, dieses Interesse nun auch der Oper zuwendeten, und umgekehrt.

Donna Dolores konnte selbstverständlich nicht jeden Abend die anstrengende Partie der »Satanella« singen und alternierte in dieser Rolle mit der Primadonna der Oper, deren Gast sie war. Sie war eine geheimnisvolle Persönlichkeit, über die viel gesprochen wurde, man befragte den Intendanten, in dessen Hause sie wie eine Tochter verkehrte, aber er verriet ihre Herkunft nicht. Niemand hatte gehört, daß sie vorher anderswo aufgetreten war, sie war gekommen und hatte gesiegt – ein Mädchen aus der Fremde im Reiche der Kunst. Man brannte überhaupt darauf, mehr von ihr zu wissen, mehr über sie zu erfahren – vergebens. Denn die schwarze Tereza, ihre Kammerfrau, war unbestechlich, und ihr Kammerdiener und Sekretär in einer

Person, Señor Ramo Granza, ein kleiner, nußbrauner und geschmeidiger Brasilianer, war noch unzugänglicher, sowohl Geld als guten Worten, und zugeknöpft von seiner weißen Krawatte bis herab zu den glänzenden Lackstiefeln.

An den Abenden, an welchen Donna Dolores die »Satanella« sang, war auch regelmäßig Alfred von Falkner in seiner Loge zu finden. Er wollte die Musik studieren, fand aber keinen Blick für die Bühne, wenn Donna Dolores auf derselben stand.

»Man sollte meinen, Sie fürchteten sich vor den fascinierenden Augen der ›Satanella‹,« sagte Richard Keppler eines Abends zu ihm. Denn auch der Maler fand sich regelmäßig ein und war immer wieder aufs neue entzückt von der plastischen Darstellungsweise der Fremden.

Alfred zuckte die Achseln.

»Sie hat eine wunderbar schöne Stimme, und ich komme, sie zu hören,« erwiderte er kühl, »aber das verpflichtet mich nicht, die Sängerin anzusehen, deren Erscheinung mir unsympathisch ist.«

Dagegen ließ sich natürlich nichts einwenden.

Es war etwa einen Monat nach jenem Abend beim Professor Balthasar, als Donna Dolores bei dem Atelier Richard Kepplers vorfuhr.

Señor Ramo sprang vom Bock und öffnete seiner Dame die Wagenthür. Die Sängerin, wie gewöhnlich in Schwarz gekleidet, verließ das Coupé und betrat das Vorzimmer des Ateliers, das sich Keppler hier, inmitten des grünen Stadtparks, selbst erbaut hatte, und zu dem die reisende Welt, vulgo Ateliermarder, strömte, um sogar die Frühstücksreste des Meisters zu bewundern und vor dem halbvollendeten Bilde eines Schülers in

Entzückungsrhapsodien auszubrechen, in der Meinung, vor einer Schöpfung des Genialen zu stehen.

Donna Dolores durchschritt die wohldurchwärmte, komfortabel und künstlerisch ausgestattete Vorhalle und öffnete die Thür, ohne anzuklopfen. In dem mit Oberlicht versehenen Raume stand Keppler, Pinsel und Palette in der Hand. – Aber das gewaltige Historienbild, an welchem er bisher arbeitete, hatte er zurückschieben lassen – eine andere Staffelei war herbeigerollt und darauf stand im prächtigen goldenen Renaissancerahmen das halbvollendete, lebensgroße Porträt der Satanella.

Der Meister war so versenkt in den Anblick des Bildes, in das Studium desselben, daß er's nicht einmal hörte, wie das Original hinter ihm erschien, und so bot Dolores ihm auch keinen guten Tag, sondern huschte lautlos durch die purpursamtne Portiere in das Nebenzimmer, dem buen retiro des Meisters, wo in einem Korbe verpackt das Satanellenkostüm lag.

Lautlos und schnell warf sie ihr schwarzes Kleid von sich und das andere über, dann löste sie die Haare und trat mit einem Male neben das Bild. Keppler erschrak beinahe, dann irrte sein Auge von der Leinwand auf die Sängerin, er verglich die Wirklichkeit mit der Kunst. Fast ängstlich prüfte er die Wirkung des farbensatten Bildes – dies feuerfarbene Kleid von starrer Seide im Schnitt der Renaissance, gerafft über einem Rocke von Goldbrokat. Und über die rauschenden, roten Falten wogte das goldrote Haar in üppigen Massen in jenen wunderbaren Reflexen, wie sie eben nur dieses Haar hat. Das zweizackige Brillantdiadem raffte die schweren Wellen zurück nach dem Nacken und funkelte über der weißen Stirn mit diabolischem Leuchten, denn die zwei rückwärts gebogenen Zacken flammten wie kleine Hörner, das Wahrzeichen Satanellas.

Mit einem Seufzer der Enttäuschung warf Keppler die Palette zur Seite. »Ich bin ein Stümper,« sagte er traurig, »denn ich stehe ratlos vor der Natur. Mir fehlen die Farbentöne, die rechten Tinten für Ihr farbensattes Bild, Madonna Diavolina!«

»Zinnober, Meister, viel Zinnober, Karmin und Ocker,« scherzte die Sängerin.

»Und Sie damit rot anzutünchen wie den Hans Styx im Orpheus von Offenbach! Ja, wenn ich allein vor dem Bilde stehe, dann sieht mein Auge diese Übergänge vor sich, dann weiß ich's, wie Ihr weißer Nacken, Ihr Antlitz sich hervorheben muß aus dieser Flut von Rot und Gold – stehen Sie selbst aber neben dem Bilde, da möcht' ich schier verzweifeln, dann verwirren sich meine Begriffe – ich werde farbenblind!«

»Das macht, weil Sie mit dem Kopfe begonnen haben –!«

»Nein, das machen Ihre Augen,« rief er heftig. »Ich war ein Thor, Ihre Stellung so anzuordnen, daß Sie mich ansehen müssen – mit diesem Ausdruck ansehen müssen!«

Sie lächelte gezwungen.

»Ich werde an eine weidende Gänseherde denken,« sagte sie, »vielleicht daß dieses Bild den Ausdruck meiner Augen verändert.«

»Sie spotten und haben recht,« entgegnete Keppler finster, indem er die Palette wieder aufnahm. »Die Satanella muß diesen Ausdruck im Auge haben – wie wäre sonst die Rolle denkbar, die sie im Leben spielt?«

Er beugte sich nach seinem Farbenkasten, und Donna Dolores stieg auf das Empor, um ihre Stellung einzunehmen: ein halbes Abwenden der Figur, das die volle

Pracht des goldigen Haarmantels zeigte, aber das Haupt zurückgeworfen mit dem Lächeln der Siegerin auf den Lippen.

»Ich bin bereit, Apelles,« sagte sie.

Keppler warf einen flüchtigen Blick auf sie und begann dann zu arbeiten, stumm, die Lippen aufeinander gepreßt. Endlich richtete er den Blick auf sie.

»Ein schlechter Maler, der sein Modell langweilt!« sagte er.

»Sie sind verstimmt,« erwiderte Dolores, »ich kenne das. Es giebt schwarze, trübe Momente in unserem Künstlerleben, wo uns das eigene Schaffen nicht genügt, wo wir uns gestehen müssen, daß wir noch nicht dem Ideal nahe sind, das in unserer Brust lebt.«

Keppler erwiderte nichts. Er mischte seine Farben und setzte dem Bilde einen neuen Ton auf. Prüfend trat er einen Schritt zurück und stieß dann einen leisen Schrei aus.

»Ich hab's –!« rief er erfreut. »Ich habe den rechten Ton gefunden, der das Goldhaar mit dem roten Kleide harmonisch verbindet, habe ihn gefunden, ohne daß ich ihn gerade jetzt gesucht –«

»Auch in die dunkelste Stunde dringt der siegende Lichtstrahl der Kunst,« sagte Donna Dolores nicht ohne Vorwurf in der Stimme, »sie verläßt ihre Jünger nicht, und wenn sie verzweifeln wollen, so sendet sie ihnen das Gelingen.«

»Und hier habe ich auch den goldig-roten Reflex des Haares,« sagte Keppler froh. Dann trat er vor die Sängerin hin.

»Sie haben ein gutes Wort gesprochen, madonna mia, das Wort von der Kunst, der treuen Kunst. Ich hatte nicht gedacht, daß Satanella sie so tief erfaßt!«

Es flog ein spöttisches Lächeln um ihren feinen Mund.

»Auch du, Brutus?« sagte sie. »Meister, Sie sind ein feiner Menschenkenner, Sie senken Ihr klares, unbeirrtes Auge so tief in des Menschen Seele, und dennoch halten Sie mich für eine jener Künstlerinnen, denen die Kunst nur eine Goldquelle, nur ein Mittel ist zum Zweck?«

»Sie sind für mich ein Diamant, der in hundert verschiedenen Facetten strahlt, Donna Dolores, jeden Tag in einer anderen! Sie sind mir ein Rätsel, das ich noch nicht erraten habe, das verschleierte Bild von Saïs, das ich so gern entschleiern möchte, und mich doch davor scheue, weil ich die entsetzliche Wahrheit fürchte, die es vielleicht bergen könnte!«

»Den Pferdefuß,« schloß sie spöttisch.

»Ja, wenn Sie diesen Ton anschlagen, dann könnte man daran glauben,« erwiderte Keppler, weiter malend, »das ist der rechte Satanellenton. Und mir ist's lieber, Sie schlagen den an, denn gegen ihn finde ich immer noch eine Waffe, die des Zweifels an Ihnen.«

»Daran thun Sie recht,« erwiderte sie kaltblütig.

Er sah voll zu ihr empor.

»Sie nennen mich einen guten Menschenkenner – Sie haben unrecht, Madonna. Denn so oft ich meinte, das Rechte in Ihnen gefunden zu haben, so oft fühle ich mich betrogen. Ich weiß nicht, ob Sie sehr edel sind oder sehr böse!«

»Sehr böse,« sagte sie lächelnd und sah zu ihm herab, eine Welt voll Mutwillen in den leuchtenden Augen.

Keppler warf die Palette aufs neue hin und trat mit gekreuzten Armen vor Dolores. In seinem charakteristischen, scharfgeschnittenen, bartlosen Antlitz arbeitete eine mächtige Bewegung, sein sonst so klares Auge blickte düster.

»Pausieren Sie,« sagte er, »ruhen Sie aus – inzwischen will ich Ihnen ein tolles Märchen erzählen.«

»Ein Märchen?« Sie sah ihn befremdet an.

»Ja, ein Märchen. Oder meinen Sie, es geschähen keine Dinge mehr auf Erden, die von anderen Leuten Märchen genannt werden? Nur giebt es Märchen für kleine und große Kinder.«

»Wohlan, ich höre!«

Donna Dolores trat von dem Empor herab und setzte sich in einen der altertümlichen Sessel, wie sie in allen Arten in dem Atelier standen. Keppler lehnte sich gegen einen Pfeiler, Dolores gegenüber.

»Es war einmal ein armer Bauernjunge,« begann er, nachdem er seine Bewegung etwas bemeistert, »der mußte die Ziegen und Gänse des Dorfschulzen hüten, von früh bis Abend. Und während sich seine Schützlinge an den frischen, grünen Halmen und Kräutern labten mit lautem Schnattern und Meckern, da lag der arme Junge in seinen zerrissenen und dürftigen Kleidern im hohen Riedgras und träumte mit offenen Augen von einer fremden, neuen, schönen Welt, die seine Seele ahnte, aber nicht begriff. Eines Tages mußte er hineinlaufen in die Stadt mit einer Botschaft – sie betraf kuhwarme Milch für die brustkranke Frau eines großen Malers, und der Junge drang mit seiner Botschaft direkt hinein in das Atelier des Meisters. Da stand der Gänsehirt mit weitoffenen Augen vor der Herrlichkeit, die im Goldrahmen auf einer Staffelei vor ihm lehnte, und er vergaß Ziegen, Gänse und Milch.

»Acht Tage später lief der arme Junge seinem Brotherrn davon und zu dem großen Maler, den er um Gottes willen bat, ihn bei sich aufzunehmen und zu seinem Schüler zu machen. Zum Glück für ihn war der Maler ein liebevoller Menschenfreund mit tiefem Blick, der es gleich gewahrte, was tief unter den rohen Schlacken dieser Seele schlummerte. Er läuterte sie und lehrte den Knaben selbst – und ehe er starb, legte er den ersten Lorbeerkranz um des Schülers Schläfe. Und der schritt weiter auf seiner Ruhmesbahn, unaufhaltsam, aber einsam. Da trat plötzlich eine Fee aus dem Dunkel hervor – das heißt, er hielt sie für eine solche, und sogleich spann sie ein Netz von goldroten Haarfäden um sein Herz – ein Netz, das er nicht zerreißen konnte, so dünn war es –«

Keppler brach ab und schlug beide Hände vor sein Antlitz – er stöhnte laut.

Dolores war blaß geworden.

»Es war nur ein Irrlicht, was Ihnen eine Fee deuchte,« sagte sie, sich erhebend.

Da trat er ihr entgegen und faßte ihr Handgelenk, um sie am Gehen zu hindern.

»Es *ist* eine Fee,« rief er fast flehend, »o nehmen Sie mir nicht den Wahn! Dolores, ich bin nicht mehr jung – mehr als vierzig Jahre bin ich durchs Leben gepilgert. Und wenn ein Mann in diesen Jahren liebt, dann liebt er zu gewaltig, zu mächtig, um diese Liebe ersticken zu können im Keime. Woran ich jahrelang nicht gedacht, jetzt will mir's nimmer aus dem Sinn – jetzt sehe ich durch die Räume meines Hauses eine Künstlerfrau schweben, eine Künstlerfrau wie zu Tizians Zeiten mit goldrotem Haar und dunklen Augen – Dolores, glauben Sie an solche Träume?«

»Nein,« sagte sie tonlos.

»Dolores –!«

»Ich glaube nicht daran –« fuhr sie fort, »denn es giebt kein solches Glück! Ich hab' mir's gelobt, nur dann mich zu vermählen, wenn's hier in meinem Herzen anfängt zu sprechen. Aber es spricht nimmer – hat noch nicht gesprochen – weil ich kein Herz habe. Wo es bei anderen pocht und glüht und pulsiert, da bleibt's bei mir kalt und still – eine Künstlerfrau ohne Herz, das wäre ein Unglück für Ihr Haus, mein Freund!«

Keppler ließ ihr Handgelenk los und wandte sich ab. Er war sehr blaß geworden.

»Dolores, Dolores, was haben Sie mir gethan?«

»Ich habe Ihnen Schmerz bereitet – aber besser zu frühen, als zu späten Schmerz,« erwiderte sie leise und fest. »Sie haben mir viel geboten, ein Herz, eine Hand, ein Heim, und Sie wissen nicht einmal, wer ich bin, ob ich nicht einen erborgten Namen führe, woher ich stamme –«

»Ich weiß nur, daß in dem Namen Dolores das Glück meiner Zukunft ruhte.«

»Und Dolores heißt der ›Schmerz‹. Wär' ich die Teufelin, die ich auf der Bühne darstelle, dann hätte ich vorgegeben, an die Realisierung Ihrer Träume zu glauben – dann würde Ihr Heim binnen kurzem eine Hausfrau haben. Aber es könnte sein, daß doch einstens noch ein zündender Funke in meine Brust fiele und mein Herz erwachte – was dann? Nein, mein Freund, nicht im ›Schmerze‹ suchen Sie Ihr Lebensglück – es liegt anderswo.«

»Und meinen Sie, es sei *kein* Schmerz, entsagen zu müssen?« fuhr Keppler auf.

»Er ist geringer als der Schmerz, sich betrogen zu wissen. Und ich hätte Sie betrogen, wenn ich Ihnen von Liebe gesagt hätte, von der meine Seele nichts weiß.«

»Wie Sie grausam sind – Sie reichen mir in dem Korbe nicht einmal den bittersüßen Bissen von ›ewiger Freundschaft‹ – ›Achtung‹, und wie diese Korbtrabanten sonst noch heißen mögen –« rief Keppler finster.

Es zuckte wie ein Lächeln um ihre Lippen.

»O, wenn Sie sich danach sehnen –« sagte sie halb weich, halb spöttisch.

»Gut, gut, verlachen Sie mich noch!« rief er heftig. »Das ist ja dein Gewerbe, Satanella!«

»Richard Keppler – hüten Sie sich –!«

Zornsprühend, flammend vor Entrüstung stand sie vor ihm, hochaufgerichtet, schön wie noch niemals. Da beugte er sein Knie vor ihr und verbarg sein Haupt in den rauschenden Falten ihres Kleides.

»Nicht so, Dolores, nicht so,« sagte er mit gebrochener Stimme. »Wissen Sie nicht, daß das Herz im Übermaße seines Schmerzes selbst das schmäht, was es liebt? Wohlan – gehen Sie Ihren Pfad weiter – ich will Sie nicht auf den meinigen lenken. Ich will Ihnen *entsagen* – aber *vergessen* kann ich nicht –«

»Sie werden ein Weib finden, das besser ist, als ich –«

»Wer sagt Ihnen, daß ich ein solches will? Dolores, Sie haben heut' die Blüten von dem Baume meines Lebens gebrochen zum – Verwelken!«

»Ein neuer Lenz wird neue Blüten treiben – unverwelkliche,« sagte sie leise und beugte sich zu ihm herab. »Gott segne Ihr edles Herz und – denken Sie meiner ohne Groll. Ich konnte, ich durfte ja nicht anders handeln.«

Sie reichte ihm die Hand und er drückte seine Lippen darauf – zum Lebewohl am Scheidewege.

»Pardon – ich glaubte nicht zu stören.«

Keppler fuhr empor bei dem Klange dieser tiefen, klangvollen Stimme und Donna Dolores trat erblassend zurück – denn dort, in der Thür stand Alfred von Falkner.

»Man sagte mir nicht, daß Sie Sitzung hatten –« fuhr er fort und die Ironie in dem Worte »Sitzung« klang doppelt schneidend in seinem Munde, »sonst wäre ich nicht hier eingedrungen.«

»Sie stören nicht mehr,« erwiderte Keppler gefaßt, »der Satanellentraum ist für heut' ausgeträumt – und für immer,« setzte er leise hinzu.

Falkner trat vor das Bild hin und musterte es lange.

»Das wird wieder ein Meisterwerk,« sagte er endlich, »ich sah selten ein solch flammendes Farbenmeer in so wunderbare Harmonie vereint.«

»Mein Verdienst dabei ist nur das des Farbenmischens,« erwiderte Keppler einfach, »das Bild gab mir der künstlerische Geschmack der Donna Dolores Falconieros.«

Falkner wendete sich halb um zu der Genannten, die noch bleich und wortlos an dem Sessel lehnte, umwogt und umrauscht von Farbe, Licht und Glanz.

»Es wird schwer, beim Anblick Ihres lichten Haares an Ihre südliche Abkunft zu glauben, Señora,« sagte er leicht.

»Ich habe kein Interesse daran, irgend jemandes Glauben in dieser Beziehung beeinflussen zu wollen,« erwiderte sie kühl.

»Ach, das klingt sehr stolz, wie –«

»Komödiantenstolz« – vollendete sie ruhig.

»Wenn Sie es selbst so bezeichnen wollen –« erwiderte er achselzuckend, »so muß ich natürlich mit meinem Vergleiche schweigen.«

Nun zuckte sie die Achseln, und zwar so unendlich gleichgültig, daß Falkner die Augenbrauen zusammenzog und sich auf die Lippen biß.

»Ich gehe, um mich umzukleiden,« sagte Dolores zu Keppler gewendet und war im nächsten Moment hinter der roten Portiere verschwunden.

»Ich komme mit einer Bitte, Maëstro,« begann Falkner nach einer Weile, während welcher der Maler regungslos vor der Staffelei stand, »aber ich werde sie heut' nicht aussprechen, denn Sie scheinen verstimmt zu sein. Mein unberufenes Kommen vorhin –«

»Ich sagte Ihnen schon, daß Sie *nicht* störten – man kann nicht stören, wo nichts zu stören ist,« fiel ihm Keppler ungeduldig ins Wort.

»Gut, ich beuge mich,« erwiderte Falkner sarkastisch, »Sie übten mit Donna – wie heißt sie doch – ein lebendes Bild, eine Scene aus der ›Satanella‹.«

»Was soll das, Herr von Falkner? Sie würden mich verbinden, wenn Sie meinen Namen mit dem der Donna Dolores ganz außer allem Konnex ließen.«

»Ihr Wunsch genügt,« entgegnete Falkner.

»Wenn Sie sich indessen wundern sollten –« begann Keppler wieder.

»O nein,« fiel ihm der andere ins Wort, »das ›Wundern‹ muß man sich abgewöhnen, wenn man Künstlerkreise, besonders aber Ateliers besucht.«

Keppler biß sich auf die Lippen und schwieg.

»Und Ihre Bitte?« sagte er endlich, »doch ich errate sie – irgend eine Zeichnung meiner Hand für einen Wohlthätigkeitsbazar – nicht wahr?«

»Nein, das nicht,« entgegnete Falkner belustigt, »man vertraut mir solche Brandschatzungsgänge nicht mehr an, seitdem ich diese Ehre einmal, aber sehr bestimmt abgelehnt habe. Natürlich ist es aber auf Ihre Kunst abgesehen. Unser Nachbar vom Falkenhof, der Herzog von Nordland, der allsommerlich sein Waldschloß auf ein paar Monate bezieht, wünscht sich und seine Töchter von Ihrer Meisterhand gemalt zu sehen und ladet Sie zu diesem Zweck feierlichst durch mich ins Waldschloß ein.«

»Ich habe andere Pläne für diesen Sommer –« entgegnete Keppler – »kann man gegen diesen fürstlichen Wunsch, vulgo Befehl nicht ankämpfen?«

»Schwerlich,« erwiderte Falkner, »eine Ablehnung wäre hier eine – Unart.«

»Und deshalb muß man eine langgeplante Reise aufgeben?« seufzte der Maler unmutig. »Den leichten Kittel an den Nagel hängen, um im Frack vor der Staffelei zu stehen? Und dazu der Zwang des Hoflebens!«

»Dieser Zwang wird im Waldschlosse ganz abgelegt, der Herzog und seine Töchter bewegen sich so frei und ungezwungen, wie Landedelleute. Und überdies – die Motive lohnen sich Ihres unsterblich machenden Pinsels.«

»Die Prinzessinnen sollen reizend sein, ich hörte davon,

indes –«

»So überlegen Sie,« schloß Falkner. »Ich reise in einigen Tagen nach der Hauptstadt von Nordland ab und bringe dann dem Herzog Ihre Antwort. Man erwartet Sie übrigens keinesfalls vor dem Mai im Waldschloß, und da wir jetzt im März leben, so haben Sie noch Zeit, Ihre Satanella zu vollenden.«

Hier trat Donna Dolores wieder umgekleidet ein. Sie hatte den Hut schon aufgesetzt und hielt eine juchtenüberzogene Kassette in der Hand.

»Ich fahre jetzt ein wenig spazieren und kann deshalb meine Garderobe nicht mitnehmen,« sagte sie zu Keppler gewendet, »draußen wartet mein Coupé – addio Maïstro!«

Sie reichte dem Maler die Hand und neigte ihr Haupt eine Linie tief vor dem Freiherrn, indem sie der Thür zuschritt. Doch indem sie den letzten Knopf ihres Handschuhes zuzuknöpfen versuchte, entglitt die Kassette ihren Händen und fiel zu Boden. Der Deckel sprang auf, und heraus rollte nebst verschiedenen juwelenblitzenden Nadeln, Ringen und Spangen das seltsam geformte Diadem der Satanella. Es fiel hart an die Kante eines Sessels und eine der hornartigen Zacken brach ab dabei. Die Herren eilten herzu und lasen die schimmernden Dinge vom Boden auf.

»Das sind echte Diamanten –« sagte Falkner unwillkürlich, indem er den Reifen an die zerbrochene Zacke zu hängen suchte, »Diamanten von wunderbarem Feuer!«

»Glaubten Sie, daß ich unechte Steine tragen würde?« – Der Ton, in dem Donna Dolores es sagte, klang fast beleidigt.

»Sie sind wenigstens üblich für Theaterschmuck, Señora!« erwiderte Falkner, »aber ich begreife Ihre Caprice. Nur ist sie sehr kostspielig –«

»O, mein Vorrat reicht hin, um mich als ›Selica‹ in Feuergarben zu hüllen,« meinte sie mit natürlicher Freude, ohne eine Spur von Prahlerei.

»Dann erlauben Sie mir, Señora, Ihnen zu Ihrer ungewöhnlich guten Ernte zu gratulieren,« sagte der Freiherr mit verletzendem Spotte in dem Tonfall.

Dolores richtete sich hoch auf und sah ihm fest ins Auge.

»Ich bedaure, Ihre Gratulation nicht annehmen zu können, denn ich singe weder um Geld noch um Diamanten!«

Falkner verbeugte sich leicht und reichte ihr den Diamantreifen.

»Pardon, Señora! Aber mein Irrtum ist wohl ein verzeihlicher gewesen –«

»Ein sehr verzeihlicher,« nickte sie, »denn Sie kennen mich ja nicht anders, als im Nebelschleier Ihrer Vorurteile.«

Noch ein leichtes Nicken und Donna Dolores war verschwunden.

»Sesam, öffne dich,« rief Falkner, als das Coupé davonrollte und er selbst an der Schwelle des Ateliers zum Fortgehen bereit stand, »diese Theaterprinzessin giebt schwere Rätsel auf zum Raten und – verlangt einen starken Glauben. Klappern gehört zum Handwerk, Donna Rothaar, so viel wissen wir Laien auch!«

In seiner Wohnung angelangt, fand Falkner ein Telegramm vor, in welchem seine Mutter ihn unverzüglich wegen des nahen Todes des Lehnsherrn, seines Oheims, nach dem Falkenhof berief.

*   *   *

Wo der rauschende Laubwald des deutschen Nordens kühlen, wonnigen Schatten giebt, wo noch keine Axt sich gerührt, die Eichen und Buchen zu fällen, um an ihrer Stelle rasselnde, qualmende Fabriken zu errichten, wo weit und breit nichts zu sehen ist, als Himmel, Wald und lauschige, glitzernde kleine Seen, da liegt der Falkenhof.

Der große vierflügelige, graue Steinbau mit seinen vier runden, epheubewachsenen, hoch und steil bedachten Türmen lehnt sich dicht an den grünen Wald an, der hier zum Park umgeschaffen ist, während vor seiner Front sich ein mächtiger Rasenplatz, umsäumt mit Monatsrosen und mit Gruppen der edelsten Rosen bepflanzt, ausdehnt. Die Wirtschaftsgebäude verbergen sich hinter dichtem Strauchwerk und Baumgruppen, so daß der Falkenhof einsam zu liegen scheint im grünen Wald – ein grauer, steingewordener Traum aus längst vergangenen Tagen.

Der Bau selbst entstammte dem sechzehnten Jahrhundert und war ursprünglich für ein adeliges Damenstift bestimmt gewesen, das daselbst nur eine kurze Existenz gefristet und sich dann aufgelöst hatte. Da die Stifterin und Erbauerin eine Falkner gewesen, so fiel die Besitzung an die Falkners zurück als Lehen, und ein Zweig dieser Familie ließ sich dauernd daselbst nieder. Im Laufe des nämlichen Jahrhunderts starben die anderen Linien des alten Geschlechts aus, und die des Falkenhofes führte den Namen weiter bis heute.

Es waren viele junge Falken flügge geworden seitdem, – viele hatten ein friedliches Nest gefunden; andere hatten sich zu hoch gewagt im Fluge und ihr Leben mit versengten Flügeln und gebrochenem Sinn beschlossen; wieder andere waren verschollen, verdorben und gestorben – während

47

einzelne kühn emporflogen zu sonnigen Höhen – – wie es das Leben so giebt und fügt in großen Familien im Laufe der Jahre und Jahrhunderte.

Jetzt war das stolze Falkennest nur schwach besetzt – der alte Freiherr und sein Neffe, der Legationsrat, das waren die letzten männlichen Glieder des alten Stammes, und da ersterer mit einem Fuße im Grabe stand und letzterer noch unvermählt war, so stand die Existenz der Falkner auf schwachen Füßen.

Daran dachte der Freiherr Alfred, als er von der Bahnstation der Heimat seiner Kindheit entgegenfuhr. Er hatte schon oft daran gedacht und dennoch vermochte er sich nicht zu entschließen, sich zu vermählen, einfach aus dem Grunde, weil die jungen Damen, welche er kannte, sein Herz noch nicht erweckt hatten. Wenigstens fesselte keine der Damen ihn so, daß er sie zu seiner Gemahlin hätte wählen mögen. Nicht, daß er blasiert gewesen wäre, denn vor dieser Krankheit des gepriesenen neunzehnten Jahrhunderts bewahrte ihn – sein Verstand; aber die Hohlheit des Hauptes und des Herzens, die ihn aus all' diesen hübschen und schönen Gesichtern, die ihm zulächelten, aus eben diesem Lächeln angrinste, hatte ihn immer wieder zurückgeschreckt.

»Der Wahn ist kurz, die Reu' ist lang,«

hatte ihm eine warnende Stimme oft zugeflüstert, wenn er gemeint hatte, das Rechte getroffen zu haben, dann hatte der furchtbare Gedanke, das ganze Leben neben einer unsympathischen Gefährtin dahinwandeln zu müssen, ihn wieder befreit von der drohenden Fessel. Darüber war er achtunddreißig Jahre alt geworden und Legationsrat obendrein, denn daß nur sein Geist ihn so schnell befördert, konnte niemand dem »schönen Falkner« ableugnen, der die

Wonne und Sehnsucht aller Mütter mit reifen und überreifen Töchtern war.

Er hatte ernste, fast strenge Ansichten vom Leben und von seinen Pflichten, und die diplomatische Laufbahn, in welche der Oheim, seine Mutter und sein Stiefvater ihn gedrängt, war nicht nach seinem Geschmack – ihn lockte die Wissenschaft mehr zu sich heran, und er war auch gewillt, sich ganz zu ihr zu wenden, sobald er frei sein würde. –

Jetzt fuhr er dieser Freiheit vielleicht entgegen, durch sonnige Felder, schattige Waldwege und duftende Wiesen, aber er konnte die winkende Freiheit nicht froh begrüßen, denn erstens mußte sie dem Oheim, der ihn an unzerreißbaren Fesseln hielt, den Tod bringen, und dann – – –

Den zweiten Gedanken dachte er nicht aus, vielleicht weil es nicht gut ist, jeden Gedanken auszudenken, oder auch, weil der Wagen eben in den breiten Kiesweg einbog, der von beiden Seiten von hohen Buchen beschattet, dem südlichen Seitenportal des Falkenhofes zuführte.

Als der Wagen unter der gedeckten Einfahrt hielt, trat Alfred Falkner sein Stiefvater entgegen – eine hochgewachsene Männergestalt mit klugen, ausdrucksvollen Zügen, das schlichte, halbergraute Haar glatt nach rückwärts gekämmt, so daß die eigentümliche runde, katzenkopfartige Bildung des Hauptes vortrat. Seine Augen bedeckte eine Brille, der starke Bart auf der Oberlippe war tief dunkel, wie die dichten Brauen, welche die Augen beschatteten. Das war der Herr Doktor Ruß, der »Magister,« wie ihn die Leute vom Falkenhof heut' noch nannten, eine unleugbar bedeutende Erscheinung, deren peinlichste Ordnungsliebe wie in allen Dingen, so auch in seiner Kleidung angenehm hervortrat – er schien zu jeder Stunde bereit das Parkett eines Hofes zu betreten, so sorgfältig und

49

tadellos war seine Toilette.

»Willkommen, geliebter Sohn,« rief er mit leiser, sympathischer Stimme und streckte dem Freiherrn beide Hände entgegen, »wir haben deiner lieben Gegenwart mit Ungeduld entgegengesehen!«

Falkner legte seine Rechte flüchtig in eine der ihm entgegengehaltenen Hände – er hatte den Mann vor sich nicht leiden gemocht, als dieser noch sein Lehrer war. Als Doktor Ruß sich mit seiner Mutter vermählte, wurde das Gefühl gegen ihn noch bitterer, denn halberwachsene Söhne tragen Stiefvätern meist Mißtrauen entgegen, und weder er noch Doktor Ruß vielleicht selbst hatten die leidenschaftlichen Ausbrüche vergessen, mit denen der damalige Jüngling die Nachricht begrüßte, seine Mutter habe seinen Lehrer zum Gatten gewählt, der obendrein jünger war als sie selbst. Das damalige feindliche Verhältnis hatte im Laufe der Zeit einem ruhigen Begegnen Platz gemacht, was die Welt freundschaftlich nannte, aber Falkners Abneigung gegen den Mann seiner Mutter war nicht ganz gewichen, und in seinem Inneren bäumte sich jedesmal ein unbezähmbares Gefühl empor, wenn Doktor Ruß ihn Sohn nannte.

»Steht es schon so schlimm mit dem Oheim?« fragte er als Antwort auf die Begrüßung seines Stiefvaters.

»Es war gestern schlimmer,« entgegnete der Doktor und lud den Freiherrn ein, mit ihm die Treppe hinaufzusteigen. »Der alte Herr hatte einen bösen, asthmatischen Anfall, wonach er deine Gegenwart hier begehrte und die des Justizrats Müller aus B. Am Abend verlor er das Bewußtsein, das jedoch zum Teil heut' wiederkehrte. Aber ich fürchte, ich fürchte« – –

Und Doktor Ruß schüttelte bezeichnend mit dem Kopfe.

Oben an der Treppe ward der Ankömmling von seiner Mutter begrüßt, einer stattlichen Frau, der man das Plus ihrer Jahre über denen ihres Gatten kaum ansah. Sie mußte einst schön gewesen sein, aber ihre Züge waren hart, ihre kalten blauen Augen ohne Güte, und ein erkältender Zug von Hochmut lag in den herabgezogenen Mundwinkeln. Im Gegensatz zu ihrem Gatten trug sie sich einfach, unmodisch und fast nachlässig, wie man es oft bei älteren Damen findet, welche einsam leben und mit der Jugend auch jene Nettigkeit ablegen zu dürfen glauben, welche ein weibliches Wesen bis ins höchste Alter niemals entbehren kann.

»Guten Tag, Alfred,« sagte sie kurz, denn sie haßte Gefühlsäußerungen wie Euphemismen, aber ein weicherer Strahl aus ihren kalten, durchdringenden Augen bewies, daß die Ankunft des Sohnes sie freute vermittelst jenes Naturinstinktes, der auch bei der Wölfin Mutterliebe genannt wird. »Du siehst angegriffen aus,« setzte sie ebenso kühl, in demselben Tonfall hinzu, indem sie in das düstere Zimmer voranschritt, das sie für gewöhnlich bewohnte, und auf dessen großen Mitteltisch sie eine Erfrischung hatte stellen lassen.

Alfred Falkner wußte, daß die Gefühlstemperatur im Falkenhof stets auf dem Gefrierpunkt stand, deshalb konnte ein derartiger Empfang ihn nicht mehr enttäuschen, und doch gehörte er zu den warmherzigen, warmfühlenden Menschen, wenn er auch zu jener Species zählte, die ihr Fühlen und Empfinden hinter der eisernen Maske des Stolzes verbergen. Und daß diese Maske nicht gefallen war, konnte nicht ihm zur Last gelegt werden – er hatte eben das Hochfeuer noch nicht passiert und nicht in jener thauwindartigen, lösenden Temperatur gestanden, welche warmfühlende Menschen um sich verbreiten, denn die sanftklingenden, milden Worte des Doktor Ruß hatten nie ein Echo in ihm wachgerufen.

Während er sich an den Tisch setzte und die gebotene Erfrischung annahm, umfaßte sein Stiefvater zärtlich seine Frau und küßte liebevoll ihre große, weiße Hand.

»Mein geliebtes, gutes Weib,« sagte er salbungsvoll, »es ziemt sich zu betrachten, wie der Herr die Geschicke lenkt. Dein Kind steht vor einem großen Wendepunkt seines Lebens.«

»Und ich nicht minder,« sagte sie leise, und mit fast erschreckender Leidenschaftlichkeit im Ton, die man unter dieser eisigen Hülle nicht gesucht, fügte sie hinzu: »Nach Jahren, Jahren, Jahren der Abhängigkeit, der Demütigung und des Gnadenbrotes!«

»Das letztere war dein Wille, geliebtes Weib,« erwiderte Ruß mit gleicher Sanftmut. »Hättest du nicht so heftig opponiert, ich hätte eine Professur gesucht und gefunden, die uns unabhängig gemacht hätte – aber die Rücksicht und der Hinblick auf deine Zukunft, Alfred, hieß uns hier bleiben und ausharren.«

»Deine Professur hätte meine Zukunft wohl kaum beeinflußt,« sagte Falkner ruhig.

»Doch – unsere Liebe zu dir gebot uns zu bleiben und dein Erbe für dich zu verwalten und zusammenzuhalten.«

Jetzt erhob sich Falkner.

»Das wäre geschehen auch ohne Erbschleicherei,« sagte er unbewegt.

Doktor Ruß hustete – dabei aber schoß ein böser Blick unter den Brillengläsern hervor auf die Reckengestalt seines Stiefsohnes, dem mit süßen Reden absolut nicht zu nahen war.

»Du bedienst dich starker Ausdrücke,« sagte er indes mit

gewöhnlicher Milde, etwa wie man einem unbezähmbaren Kinde gegenüber thut.

Auf der Stirne Falkners schwoll die Ader bedenklich an, aber er beherrschte sich wie immer.

»Wann kann ich den Onkel sehen?« fragte er nur.

»O, du magst gleich hineingehen,« entgegnete Frau Ruß. Und ohne ein weiteres Wort verließ der Sohn das Zimmer.

»Das wird ein strenger Herr auf dem Falkenhof werden,« meinte der Doktor, indem er sein rundes Haupt sinnend wiegte.

»Eigensinnig und hartköpfig ist er, wie alle Falkners,« erwiderte sie achselzuckend. »Mir fiel nur der Ernst auf, den er diesmal in erhöhtem Maße mitgebracht – das sieht fast aus wie Schwermut.«

»Daran denkt nur dein Mutterherz, Liebe. Ihr Mütter nehmt oft für Schwermut, was vielleicht nur – Schulden sind,« sagte der Doktor mit leisem Lachen.

»Möglich,« entgegnete sie kühl.

Indes schritt Alfred Falkner den Korridor des Südflügels entlang und bog nach dem östlichen Teil des Hauses ein, in welchem der jetzige Herr des Falkenhofes wohnte. Und wie er dem entgegenschritt, sah er durch die von schlanken Säulen getragenen Spitzbogen, welche die kreuzgangartigen Korridore nach innen begrenzten, während die Wohnräume nach außen lagen, hinab in den geräumigen Hof, dessen graue Mauern bis zu den steilen Giebeldächern hinauf mit Klematis, Kletterrosen und Epheu umsponnen waren. Da blühten die Rosen wie ehemals auf dem smaragdgrünen Rasen, und aus dem Brunnen mit den Delphinen, deren zusammengewundene, sich nach oben bäumende Leiber die

Freiherrnkrone trugen, rauschten die krystallhellen, kühlen Wasserstrahlen wie damals, als in der Nacht die Feengestalt mit dem goldenen Haare an dem Rande des Bassins schwebte, einen Kranz flocht und dazu sang.

Warum er nur immer dieses Mädchen mit der Gestalt der Sängerin der Satanella zusammenschmolz? Er blieb einen Augenblick stehen und sah hinab in den Hof, der jetzt ganz von Sonnenschein erfüllt war, und es kam ihm der Gedanke, ob der Rosenkranz, den sie damals nach der Krone geworfen und der in ihren Zacken hängen geblieben war, schon ganz zu Staub geworden? Ärgerlich wandte er sich ab und schritt weiter – zu welch' absurden Gedanken läßt sich doch der Mensch mitunter hinreißen!

Er betrat den östlichen Frontflügel, der, parallel mit dem westlichen laufend, die anderen Flügel an Länge bedeutend überragte, so daß das ganze Gebäude ein längliches Viereck bildete. Hier wohnte der Schloßherr, und hier in der sogenannten Bibliothek, die aber mehr Familienarchiv war, brachte er den größten Teil seines Lebens mit heraldischen und genealogischen Forschungen zu. Aber der lange, weite Raum, dessen Büchereien die Familienpapiere bargen, so daß eigentlich nichts in ihm an eine Bibliothek mahnte, war leer. Die schweren dunkelblauen Plüschvorhänge der drei Bogenfenster waren herabgelassen. Den Schritt dämpfend, durchmaß Falkner den weiten Raum, und öffnete leise die Thür, die nach dem Wohnzimmer des Onkels führte – und dort, vor seinem offenen Sekretär saß er, die wohlbekannte, verkrüppelte Gestalt mit dem Höcker, tief in den grünen Saffiansessel vergraben, rechts und links die Krücken, mit denen er sich so schnell und gewandt fortzubewegen verstand, zum sofortigen Gebrauch an den Sessel gelehnt. Aber das gelbe, vertrocknete, häßliche und bartlose Gesicht mit den langgezogenen Zügen, dem spitzen Kinn und den boshaften Augen, wie sah es dem Eintretenden jetzt verändert entgegen! Uralt und wie aus Pergament gepreßt hatte dieses Antlitz ja immer ausgesehen, selbst in den Tagen der Jugend seines Besitzers, aber heut' war doch ein ganz besonderes Etwas darin zu finden – die Runen des Todes.

»Ah, der Musjö Alfred,« schnarrte der alte Herr trotz dieser drohenden Zeichen in seinem Antlitz mit dem gewohnten spöttischen Tone dem Neffen entgegen. »Was verschafft mir die hohe Ehre deines Besuches!«

»Meine Mutter schrieb mir, du seiest krank, Onkel – da wollte ich doch einmal selbst nach dir sehen,« erwiderte Falkner herzlich und reichte dem armen reichen Krüppel die Hand.

Kichernd wie ein Kobold kitzelte der alte Freiherr mit der Fahne der Gänsefeder, welche er in der spindeldürren, großen gelben Rechten hielt, die Fläche der ihm gebotenen Hand.

citierte er mit blinzelnden Augen.

Sofort zog Falkner seine Hand zurück und schickte sich an, das Zimmer zu verlassen.

»Hoho, wohin?« rief ihm der Kranke nach.

»Zurück nach B.,« entgegnete der Legationsrat lakonisch, ohne sich umzuwenden.

»Hier geblieben,« kreischte der Freiherr, und als sein Neffe zögerte, setzte er bissig hinzu: »Ist das eine Art, mit einem umzugehen? Ist das die Manier, sich einem Erbonkel angenehm zu machen?«

Falkner ergriff einen Stuhl und setzte sich dem Kranken gegenüber.

»Ich bin gekommen, nach dir zu sehen, weil Pietät und Pflicht mir dies gebieten,« sagte er abweisend. »Das ›Angenehmmachen‹ überlasse ich – anderen Leuten!«

Der Schloßherr vom Falkenhof lachte, daß ihm die Augen übergingen.

»Anderen Leuten!« wiederholte er ganz außer Atem. »Gut, sehr gut! Anderen Leuten! Warum machst du eine Pause vor dieser kostbaren Umgehung des Namens Theobald Ruß, Dr. phil. etc., he?«

»Lassen wir den Doktor Ruß aus dem Spiele, Onkel,« erwiderte Falkner unmutig über die Äußerung, zu welcher ihn die Art des Kranken hingerissen hatte. »Sage mir lieber, wie du dich fühlst seit dem gestrigen, bösen Anfall?«

Der alte Herr überhörte diese Frage vollständig. Mit ganz gleichgültiger Miene ergriff er ein Federmesser und begann an seiner Feder herumzuschnitzeln.

»Nun, mein Junge, erzähle mir, was man in B. thut und treibt,« sagte er dabei jovial. »Ist es wahr, daß man eine Weltausstellung daselbst plant? Schöner Gedanke, aber wo nimmt man das Geld her? Ich gebe keinen Deut dazu!«

So wenig ihm der Onkel sympathisch war, hier überkam es Alfred Falkner doch wie ein Weh bei dem forcierten leichten Ton des armen Krüppels, um dessen Mund und Augen sich schon solch schreckliche Linien zogen. Was war das Leben dieses Mannes gewesen? Ein schneckenartiges Fortbewegen an Krücken, ein reicher Besitz und ein Zusehen an den Lebensfreuden anderer – ein Dasein voll Entsagung, Verbitterung und der Freude, seine Umgebung mit seinen Bosheiten zu peinigen. Warum muß es solche Menschen geben?

Die zitternden gelben, krallenartigen Hände sanken müde mit ihrem Spielwerk in den Schoß, und die stechenden Augen des Kranken richteten sich forschend auf die ernsten Züge seines Gegenüber.

»Was haben sie dir drüben über mich gesagt?« flüsterte er plötzlich leise, schnell.

»Nur die Thatsachen, Oheim,« erwiderte Falkner, aber der Unwille über das von den Seinen Gehörte stieg dabei wieder in ihm auf.

Eine Weile war es still in dem Krankenzimmer, so still, daß man nur die Fliegen an den geschlossenen Fenstern summen hörte.

»Höre, Alfred,« nahm endlich der Schloßherr wieder das Wort, und es war merkwürdig, wie unsicher die scharfe Stimme plötzlich klang, »ich glaube, ich habe ein Unrecht an dir gethan!«

Erstaunt sah der also Angeredete empor. – Lauerte hinter diesen sonderbaren Worten eine neue Bosheit, wie er sie unter der euphemistischen Bezeichnung eines »Scherzes« so gern auszuteilen beliebte?

»Es ist nämlich – das heißt,« fuhr der Kranke noch unsicherer fort, »na, als ich gestern die kleine Mahnung bekam, daß gegen den Tod kein Kraut gewachsen ist, da kamen mir plötzlich tugendhafte Gedanken – na, schließlich bist du ja alt genug, hast deinen Verstand und wirst dich darüber hinwegsetzen, nicht wahr, mein Junge?«

Falkner sah forschend nach seinem Onkel hinüber – verlor sich die Besinnung des alten Herrn wieder?

»Nun, zum Kuckuck, begreifst du denn heut' gar nicht?« platzte der Alte mit gewohnter Ungeduld heraus und setzte höhnisch hinzu: »Thue nur nicht so, als hätten die drüben dir nicht, seitdem du laufen kannst, in den Kopf gesetzt, daß du mein Erbe, der Erbe vom Falkenhof bist! Kannst du das leugnen?«

»Nein!« sagte Falkner fest.

»Nun, siehst du,« quiekte der Kranke. »Und du hast's natürlich geglaubt?«

»Ja,« bestätigte der Gefragte.

»Natürlich, solche Dinge glaubt man gern,« höhnte der Freiherr, »aber,« fügte er spöttisch hinzu, »mein Gewissen hat mir gestern deshalb geschlagen – ich hätte dir den frommen Glauben nehmen sollen, nehmen müssen, wenn du willst, Alfred. Aber es hat mir zu viel Freude gemacht, den hochgelahrten, superklugen, christlichmilden Herrn Doktor Ruß und seine holde Ehehälfte – –«

»Meine Mutter,« fiel Falkner stark ein.

»Nun ja, deine Mutter, die auf meinen Tod lauert, seitdem sie unter meinem Dache lebt, kurz, die ganze Gesellschaft am Narrenseile herumzuführen. Aber schließlich kann ich ja doch die langen Gesichter nicht mehr sehen, wenn sie erfahren, daß sie die Rechnung ohne den Wirt, d. h. ohne die Lehensbestimmungen gemacht haben, aber es ist dir doch nicht *sehr* unangenehm, Alfred, daß dir der Falkenhof so vor der Nase fortgeschnappt wird?«

»Ich verstehe dich noch nicht, Onkel,« entgegnete Falkner etwas beklommen.

Der Kranke bewegte sich unruhig in seinem Sessel hin und her.

»Du bist doch sonst nicht so schwer von Begriffen,« sagte er verdrießlich, »aber freilich, dir hat ja keine Seele etwas von den Erbfolgebestimmungen des Falkenhofes gesagt – mich wundert's nur, daß der weise Herr Doktor Ruß sie noch nicht herausgedüftelt hat – *der* muß doch seine Nase sonst in allem haben. Aber die Erbschaft schien ihm wohl *zu* sicher – –«

»Onkel –!« fiel Falkner etwas ungeduldig ein.

»Ja, ja, ich komme schon zur Sache,« fuhr der Freiherr auf und kramte etwas nervös unter den Papieren herum, welche seinen Schreibtisch bedeckten. »Da ist es,« sagte er und zog ein Dokument hervor, »das heißt, dies sind die Lehensbestimmungen vom Jahre 1563, bestätigt durch die Unterschrift und das Insiegel Sr. Majestät Maximilian II., des heiligen römischen und deutschen Reiches Imperator et Rex. Anerkannt sind sie ferner unter meinem Großvater selig durch den damaligen Landesfürsten und dessen Regierung, so daß selbst der Herr Doktor Ruß, falls er sie umstoßen wollte, kein Glück damit haben dürfte. Nun also, hier steht es schwarz auf weiß:

»Die Erbfolge auf gedachtem Lehen, der Falkenhof genannt, ist also geregelt, daß dem jemaligen Inhaber desselben, wenn er mit dem Tode abgegangen oder gerichtlich auf den Besitz Verzicht geleistet hat, sein ältestes Kind, gleichviel ob es ein Sohn ist oder eine Tochter, folgt. In letzterem Falle bleibt aber das Lehen nur so lange in ihrem Besitz, bis sie stirbt, und fällt dann an das älteste Glied männlicher Descendenz aus dem Freiherrlichen Hause Derer von Falkner zurück. Bei Mangel an Leibeserben des jemaligen Besitzers fällt das Lehen an den Ältesten des Hauses oder dessen ältestes Kind, gleichviel ob Sohn oder Tochter. In letzterem Falle gelten immer die oben angeführten Bestimmungen, daß eine Lehnsherrin des Falkenhofes ihn niemals auf ihre Kinder, falls sie sich vermählt, nach ihrem Tode übertragen kann, sondern dem ältesten männlichen Agnaten oder dessen Descendenz überlassen muß. Vermählt die Lehnsherrin sich aber mit dem ersten Agnaten oder dessen Erben selbst, so fällt das Lehen natürlich an die Kinder aus dieser Ehe und die anderen Agnaten treten vor diesen zurück.«

»Nun, was sagst du dazu?« fragte der Freiherr triumphierend, als er die Lesung des Artikels beendet.

Falkner hatte sich erhoben und war ans Fenster getreten – es kann ein Mensch sehr groß denken und erhaben sein über die Schwäche, den Besitz zu seinem Götzen zu machen, aber die plötzliche Nachricht, er sei nicht reich, sondern arm, wird ihn doch bewegen. Alfred Falkner war nicht habsüchtig, aber er war auch an ein Leben der Einschränkung nicht gewöhnt; er war aufgewachsen mit dem Bewußtsein, daß er der Erbe des Falkenhofes, des reichsten Lehens der Monarchie sei, es war ihm nie gesagt worden und er hatte nie daran gedacht, daß an diesem Bewußtsein getastet werden könnte, und nun – dem alten Herrn wurde die Pause doch zu lang und die Stille zu drückend.

»Alfred!« rief er, und in seinem Ton lag ein sonderbares Gemisch von Scheu, Trotz, Spott und Reue. »Alfred, nimm dir's nicht zu Herzen – – 's ist mir leid, daß es dir weh thut – ich habe ja aber bloß den alten Schleicher, den Ruß, ärgern wollen, nicht dich, denn im Grunde bist du mir doch der Liebste von allen. Als ich von Bruder Friedrich damals im Zorn schied, drohte ich ihm, die Lehensbestimmungen zu deinen Gunsten umstoßen zu wollen, und ich hab's auch wirklich versucht, aber es läßt sich an dem Dokument da nicht rütteln, Alfred!«

Jetzt wandte Falkner sich um und trat neben den Stuhl, in dem das boshafte, hinfällige Schattenbild eines Menschen sich krümmte unter dem geraden, vorwurfsvollen Blick seines Neffen, der so hoch und gebietend neben ihm stand.

»Kein Wort weiter, Onkel!« sagte er fest. »Gott soll mich behüten, daß je der Gedanke in mir keimte, andere um ihr gutes Recht betrügen zu wollen. Sind diese Bestimmungen rechtskräftig, so soll mit meiner Bewilligung niemand wagen, daran zu rütteln, damit ich bereichert werde. Daß du mich aber in Unwissenheit darüber gelassen, mich als reichen Erben erziehen ließest, nur in der boshaften Freude, meine Mutter zu enttäuschen und den Mann zu ärgern, den du nicht leiden magst – das sind Dinge, die du vor deinem Gewissen zu verantworten hast, nicht vor mir!«

»Alfred!« wimmerte der alte Mann, »Alfred, scheide nicht im Zorn von mir – daß ist doch ein häßliches Scheiden –«

Falkner beugte seine hohe Gestalt über den elenden Krüppel.

»Es mag schwerere Enttäuschungen geben, als diese,« sagte er, mitleidig geworden im Angesicht des Todes, der sein Opfer schon gezeichnet hatte. »Und zum Beweis, daß ich nicht grolle, findest du mich bereit, dir Beistand zu leisten, falls du ihn zur Ordnung deiner Angelegenheiten neben dem eines Juristen bedarfst!«

Der kranke Mann heftete seine stechenden, klugen Augen fest auf das männlich-schöne Antlitz seines Neffen, und dabei bekamen diese sonst vor Bosheit funkelnden Augen einen eigentümlich verschwommenen Ausdruck.

»Du bist ein guter Junge,« sagte er matt, und nach einer Pause fügte er hinzu: »Mich hat die Sache doch angegriffen und alteriert – ich hatte geglaubt, du würdest außer dir geraten – das hätte mir nicht so geschadet! Geh' jetzt und schicke mir ein Glas Wein oder sonst etwas zur Stärkung, hörst du? Bleib' aber auf dem Falkenhof, bis der Justizrat kommt –!«

Er lehnte sich erschöpft zurück, und Falkner verließ das Zimmer. In der Bibliothek aber mußte er stehen bleiben zu einem Augenblick der Sammlung an diesem Wendepunkte seiner Zukunft. Die Enttäuschung, die ihn getroffen, war groß und die Entsagung größer, denn ohne habsüchtig zu sein, läßt sich der plötzliche Verlust eines großen Besitzes, dieses nervus rerum der Welt, immerhin schwer genug tragen, selbst da, wo Jugend, Kraft und Fähigkeit sich finden, den Verlust, wenn auch nicht zu ersetzen, so doch zu mildern. Leute, welche nichts wissen von dem Luxus des Lebens, welche die vielen Dinge als Liebhabereien für Sammlungen, Bücher etc. nicht kennen, verschmerzen Verluste von Vermögen oder geträumten Erbschaften viel eher und leichter, als solche, welche sich ein mehr innerliches und einsames Dasein durch das zu verschönern suchen, was ihrem Geschmack entspricht, aber eben nur mit großen Mitteln zu erkaufen ist. Alfred Falkner gehörte nicht zu den Menschen, welche das Geld im Wahn des Leichtsinns mit vollen Händen unwürdigen Zwecken opfern, er spielte auch nicht, aber er genoß sein Leben, indem er reiste und sein Heim durch kostbare Gemälde und Kunstgegenstände verschönte. Er konnte diesen Liebhabereien frönen, denn er erhielt die Mittel dazu, und wenn er auch keine Schulden im Hinblick auf das zu erwartende große Erbe machte, so ward ihm doch manches, selbst Geld daraufhin angeboten.

Und jetzt sollte alles anders werden, jetzt sollte er den Kampf um das Dasein selbst aufnehmen und zusehen, daß er ein standesgemäßes Leben mit dem Gehalt, das er verdiente, führte. Und seine Mutter –!

Die ganze eigene Enttäuschung, die er soeben erlebt, schrumpfte mit einem Mal in ein Nichts zusammen in dem Gedanken an seine Mutter, denn wie würde sie's tragen? Für sie war's ja hundertmal schwerer, sich eine eigene Existenz zu gründen, als für ihn, der Jugend, Kraft und Fähigkeit hatte, dem Dasein goldene Früchte abzuringen. Freilich, sie hatte ja ihren zweiten Gatten! Falkner lächelte bitter vor sich hin, als ihm der Mann einfiel, der seine Mutter so beherrschte, daß er selbst ihren mütterlichen Gefühlen Zügel anlegte und sie nach seinem Gutbefinden regelte. Jetzt konnte er's beweisen, ob seine Liebe groß genug war, um für sie und sich zu arbeiten!

Doch die Zeit verrann, und der Kranke drinnen bedurfte einer Stärkung. Falkner atmete tief auf, als wolle er neues Leben mit diesem Atemzuge einsaugen, und verließ die Bibliothek. Draußen im Korridor kam ihm Mamsell Köhler entgegen, die Beschließerin, die in ihrem ewigen grauen Kleide von Mix-Lüster, der schwarzseidenen Schürze und dem schwarzen Spitzentüchelchen über den eisgrauen Löckchen, die ihr altes, verschrumpftes Gesicht einrahmten, jahraus, jahrein als ein unermüdlich thätiges Hausgeistchen durch die Korridore, Gemächer und Treppen des Falkenhofes huschte. Seit er selbst das Herrenhaus zuerst betreten, kannte Alfred Falkner die kleine Mamsell Köhler, und sie war sich immer gleich geblieben, nur daß ihre Löckchen mit der Zeit gebleicht waren. Sie trug ihre Kleider immer noch nach dem Schnitt, der in ihrer Jugend maßgebend gewesen, stets war sie in peinlichster Ordnung zu sehen, und ihr Leinenkragen, ihre Manschetten und die Strümpfe, die unter den Kreuzbändern ihrer Halbschuhe hervorleuchteten, waren stets von blendender Weiße.

Falkner hielt sie an, als sie schnell an ihm vorüberknicksen wollte, und bat sie, dem Onkel die gewünschte Stärkung zu bringen.

»Ei du mein Gott ja,« rief sie eifrig, »ein Gläschen Sherry oder Madeira werden dem gnädigen Herrn Baron gut thun. Ach,« setzte sie traurig hinzu, »er macht keine Scherze mehr mit mir, wenn ich hinein zu ihm gehe, und was schlimmer ist, er verhöhnt mich nicht mehr – da wird es wohl Matthäi am letzten sein mit ihm!«

Sie huschte die Treppe herab, und Falkner stand wieder an den säulengetragenen Bogen und sah in den Hof hinab – vielleicht zum letztenmal in diesem Leben, wie er dachte. Und dann schritt er langsam, sehr langsam nach dem düsteren Zimmer, das seine Mutter bewohnte, und in dem die Möbel so gerade und steif standen und kein Zierat Kaminsims und Tischchen schmückte.

In der tiefen mittleren Fensternische auf dem hohen Tritt saß Frau Doktor Ruß und strickte; ihr Gatte saß an dem feuerlosen Kamin, ein Buch in der Hand. Sein Blick glitt schnell und forschend über den eintretenden Stiefsohn, als suche er dessen Gedanken zu entziffern.

»Nun, wie fandest du den armen Onkel?« fragte er mit liebevollem Tone.

»Sehr verändert,« entgegnete Falkner kurz.

»Ja, es geht zu Ende mit ihm,« bemerkte Frau Ruß kühl, indem sie eine neue Nadel abzustricken begann.

Es giebt weibliche Wesen, welche immer stricken, in jeder Stimmung, nur mit dem Unterschied, daß sie es in erregter Stimmung schneller thun als sonst; Wesen, welche jede Stimmung hinweg stricken und in langen Strümpfen verarbeiten, die in Freud und Leid, in Sommerhitze und Winterkühle mit den Nadeln klappern und, wo andere Vergessen suchen, Trost oder Mitteilung, die gefallenen Maschen auflesen und Patentfersen stricken – sie gemahnen an jene grauenvollen Strickerinnen, welche zur Schreckenszeit in Frankreich um die arbeitende Guillotine saßen und zu den fallenden Köpfen gleichmütig für ihren Lebensunterhalt Strümpfe förderten.

Alfred Falkner ließ sich müde in einen der hochlehnigen Sessel am Sofatisch gleiten – noch wußte er nicht, wie er's einleiten sollte, seine Mutter in Kenntnis von dem zu setzen, was er eben droben beim Oheim erfahren.

»Du warst lange bei ihm,« bemerkte Doktor Ruß, »fandest du ihn bei vollem Bewußtsein?«

»Er war vollkommen klar,« entgegnete Falkner, »und setzte mir die Bestimmungen über die Erbfolge im Lehen auseinander –«

»Ah!« machte Doktor Ruß und legte sein Buch beiseite. Die Sache begann ihn zu interessieren.

»Nun, was ist da lange auseinanderzusetzen?« fragte Frau Ruß gleichgültig. »Du bist der Erbe, damit basta!«

»Nein, liebe Mutter, der bin ich nicht,« erwiderte Falkner, entschlossen, die Sache zur Sprache zu bringen.

Frau Ruß sah ihren Sohn einen Moment an, aber sie hörte

nicht auf zu stricken.

»Ich finde solche Scherze unpassend,« sagte sie ruhig, aber scharf.

»Nun, der Onkel könnte sich höchstens einen solchen erlaubt haben, daran erkenne ich ihn,« meinte Doktor Ruß, seinen Stiefsohn scharf beobachtend. »Vielleicht teilte er dir auch mit, wer größere Ansprüche auf den Falkenhof hätte, als du.«

»Gewiß that er das,« entgegnete Falkner gereizt wie immer, wenn der Mann mit den stets vermittelnden Honigworten dort sprach. »Erben des Falkenhofes sind rechtskräftig Onkel Friedrich von Falkner und seine Descendenten!«

»Ah –!« Frau Ruß hatte sich erhoben und das Strickzeug mitten in die Stube geschleudert – ihre kalten Augen blitzten, ihre Hände ballten sich – im Nu war aber ihr Gatte an ihrer Seite.

»Ruhig, Adelheid, ruhig mein Weib,« mahnte er sanft, ihre Hände streichelnd. »Siehst du nicht, daß dein guter Schwager sich einen Scherz mit Alfred erlaubt hat? Denn so viel ich gehört, soll Baron Friedrich in Brasilien gestorben sein, und dann besaß er nur eine Tochter –«

»Diese Tochter aber erbt den Falkenhof, und erst nach ihrem Tode fällt das Lehen, welches ein sogenanntes Kunkellehen ist, an mich oder meine Descendenz zurück,« erklärte Falkner ruhig.

Einen Moment war es still, ganz still in dem Zimmer. Das vordem so erregte Antlitz der Frau Ruß war ruhig geworden, unheimlich ruhig und steinern, die Augen leblos, als seien sie blind. Ihres Gatten Züge waren aschfahl geworden – er mußte sich sichtlich beherrschen, ehe er in seinen gewöhnlichen, leisen und milden Ton zurückfallen konnte.

»Ei, das sind überraschende Nachrichten,« sagte er langsam. »Nun, wir werden ja sehen, ob sie auch rechtskräftig sind. Ein Kunkellehen also! Und warum hat man das nie erfahren? Adelheid, geliebtes Weib, fasse dich! Ich stehe mutig dir zur Seite, dein und Alfreds gutes Recht zu wahren und zu verteidigen, falls es dessen bedarf –«

»Das heißt, falls ich dessen bedarf,« rief Falkner, sich hoch aufrichtend. »Aber ich zweifle, daß ich deines Beistandes je bedürfen werde!«

»Ah, schön – die stolze Falkennatur regt sich in deinem Sproß, Adelheid,« erwiderte Doktor Ruß gemäßigt. »Und darf man fragen,« setzte er hohnvoll hinzu, »darf man fragen, was mit uns geschehen soll, wenn der brasilianische Onkel mit seinem Neger- und Papageiengefolge wieder hier einzieht?«

»Wir würden in diesem Fall das Haus, auf das wir kein Anrecht haben, verlassen, nicht wahr, liebe Mutter?«

»Als Bettler!« sagte sie mit unbeschreiblichem Ausdruck in dem halb gezischten, halb geflüsterten Tone.

»Vis-à-vis de rien,« ergänzte Doktor Ruß.

»Ich für meinen Teil habe meinen Beruf,« erwiderte Falkner. »Ich kann mich ins Ministerium versetzen lassen und werde jedenfalls dafür sorgen, daß du, liebe Mutter, deinem Stande gemäß leben kannst!«

»Himmel, wie heroisch!« rief Doktor Ruß mit leisem Lachen, das so provozierend wie möglich klang.

Falkner maß ihn mit blitzenden Augen.

»O,« sagte er schneidend, »jetzt bietet sich dir die Gelegenheit, deine vielgerühmte Professur anzutreten und auch das deinige für die Frau zu thun, welche ihr Schicksal vertrauensvoll an dich gekettet hat – mit einem Wort, zu beweisen, daß du auch verdienen und nicht nur verzehren kannst!«

»Alfred –!« fuhr Frau Ruß auf, angestachelt durch einen innigen Handkuß ihres Gatten.

»Ich gehe auf mein Zimmer, liebe Mutter,« erwiderte Falkner ruhig. »Besprich du alles mit deinem Mann – es thut nicht gut, wenn ich dabei bin, ich weiß es, besonders jetzt, wo ich von meinem Piedestal als Erbe des Falkenhofes herabgestiegen bin!«

*   *   *

Der Zustand des alten Freiherrn von Falkner verschlechterte sich im Laufe der Stunden sichtlich; zwar verlor er das Bewußtsein nicht, aber die körperliche Schwäche nahm rapide überhand, und die Unruhe des nahen Todes kam über ihn und ließ ihn nicht rasten. Im Krankenzimmer neben dem Sessel des Sterbenden saß Alfred Falkner und hörte den Flügen zu, welche die Phantasie desselben machte und sich in bizarren und grotesken Bildern erging. Außer ihm war noch der langjährige Verwalter des Falkenhofes zugegen, Herr Engels, dessen kraftvolle, starke Hünengestalt mit dem mächtig langen, nunmehr ergrauten Vollbarte wohlbekannt war in Feld und Wald ringsum, zum Wohle der weitausgedehnten Besitzung. Die subalterne Stellung, welche er einnahm, war ihm nicht an der Wiege gesungen worden, denn als Sohn eines hohen Staatsbeamten hatte er eine gediegene akademische Bildung genossen. Da aber kam das Jahr 1848, und Karl Engels ließ sich von dem losbrechenden Sturm mitreißen, auf den

Barrikaden mitzufechten, und in Gefangenschaft geraten, konnte er von Glück sagen, daß *nur* langjährige Festungshaft seine Strafe war. Als er dann sein Gefängnis verließ, hatte er schwer mit dem Dasein ums tägliche Brot zu kämpfen gehabt, bis endlich sein guter Stern ihn seinem alten Freunde und Studiengenossen, dem »buckligen Falkner« zuführte, der ihn zuerst als Schreiber bei sich beschäftigte, und den Schiffbrüchigen des Lebens dann zu seinem Verwalter machte, was beiden Teilen zum Segen gereichte.

Es war ein eigenes Verhältnis gewesen zwischen den beiden. Das trauliche »Du« der Jugendzeit hatten sie beibehalten, aber in Geschäftssachen hatten sie sich stets steif, als Herr und Diener gegenüber gestanden, hatten trotz aller Harmonie nie dieselbe Meinung gehabt und sich mindestens zweimal wöchentlich tödlich verfeindet. Das gehörte zur Gesundheit des sonderbaren Paares und schadete beiden nicht, noch weniger aber dem Falkenhofe, der dabei trefflich gedieh, und schließlich war's ihnen so zur Gewohnheit geworden, daß sie's für ein böses Zeichen genommen hätten, wenn sie einmal derselben Meinung gewesen wären.

»Karl, wer wird dich nur ärgern, wenn ich nicht mehr lebe?« hatte der Kranke vorhin gefragt, als Engels bei ihm eintrat.

»Na, das laß dich nicht grämen,« hatte der Freund beruhigend erwidert.

»Es grämt mich aber doch,« sagte der Freiherr, der immer widersprach. »Meine Hoffnung beruht dabei aber auf dem Satansmädel, Friedrichs Tochter – die wird dir schon geigen, daß du die Engel im Himmel singen hörst, Karl!«

»Na, das ist ja schön,« erwiderte Engels, der glaubte, sein

Freund rede im Delirium, denn er wußte so wenig von der Lehenserbfolge wie Alfred Falkner wenige Stunden zuvor.

Erst als letzterer ihn im Nebenzimmer aufklärte, begriff er die Äußerung des Freiherrn.

»Thut mir leid für Sie,« sagte er und reichte Alfred die derbe Rechte, »das war nicht recht von dem da drin, Sie so lange zu täuschen! Na, überlebt er den Anfall, so will ich's ihm schon sagen, unverblümt, darauf können Sie sich verlassen. Aber freuen thut's mich doch, das Mädchen, Freiherrn Friedrichs Tochter wiederzusehen! Da war Leben drin, sage ich Ihnen, alle Wetter! Das schäumte und brauste wie in einer Sektflasche, aber die rechten Zügel fehlten, daran lag's, und der Übermut wußte nicht, wohin zuerst. Hatte sie lieb, sehr lieb, die kleine rothaarige Wetterhexe!«

Alfred Falkner nickte – er sah sie jetzt wieder deutlich vor sich im Mondschein am Brunnen, den Rosenkranz flechtend und das süße Lied von der Jugendzeit singend; denn es giebt Momente der Erinnerung aus früheren Jahren, die nie verblassen. Sie prägen sich dem Gedächtnis so fest ein, daß ihre Farben frisch bleiben, bis unser Leben selbst dahingeht – ein Augenblick im Stundenglas der Ewigkeit.

Schwächer und schwächer wurden die Kräfte des Schloßherrn vom Falkenhof mit dem scheidenden Tage; unaufhörlich fragte er nach dem Justizrat Müller, seinem Sachwalter, den er nach dem Falkenhof beordert hatte, und schon fürchteten sein Neffe und Engels, der Ersehnte könnte zu spät kommen, als er endlich nach Sonnenuntergang eintraf.

Doktor Ruß, der sich mit seiner Frau dem Krankenzimmer bisher ferngehalten hatte, trat dem kleinen, lebhaften Herrn schon im Vestibül entgegen und unterrichtete ihn von dem Zustande seines Klienten. Seine Frage, ob er in etwas sich nützlich erweisen könne, verneinte der Justizrat für den Augenblick, trotzdem aber geleitete Ruß ihn zu den Zimmern des Freiherrn und trat mit ihm bei dem Kranken ein.

»Was will *Der* hier?« raunte Engels vor sich hin, denn er und Doktor Ruß waren einander gar nicht grün, trotz der unversiegbaren Quelle von Liebenswürdigkeiten, welche letzterer auf den Verwalter herabströmen ließ.

»Nun, Justizrat, was bringen Sie mir für Nachrichten?« fragte der Freiherr eifrig, und sein halberloschenes Auge begann noch einmal aufzuflammen.

Der kleine Jurist entfaltete Papiere, die er in einer Mappe mitgebracht.

»Soll ich in Gegenwart dieser Herren sprechen?« fragte er.

Der Kranke sah Engels, Alfred Falkner und Doktor Ruß der Reihe nach an.

»Warum nicht, lieber Müller? Nur beeilen Sie sich!«

Der Justizrat putzte sein Pincenez, klemmte es auf seine Nase und räusperte sich.

»Nun denn,« begann er, »so erlaube ich mir, Ihnen vor allem mitzuteilen, daß der Freiherr Friedrich von Falkner, Ihr ältester Bruder, lieber Baron, vor drei Jahren schon in Rio de Janeiro an einer akuten Krankheit verstorben ist. Hier sind die betreffenden Papiere darüber!«

»Tot also!« sagte der Kranke leise. »Tot, gestorben vielleicht im Zorn gegen mich. Weiter!«

»Ihm folgte ein Jahr später seine Gemahlin, die Freifrau Tereza von Falkner, geborene Marquesa de Santiago, im Tode, verursacht durch ein jahrelanges Brustübel,« fuhr der

Justizrat fort. »Sie starb, ehe sie von einem alten, unvermählten Onkel, dem Grafen Silvio Fernandez, dessen große Besitzungen geerbt hatte.«

»Güter in Brasilien sind so gut wie Güter auf dem Monde,« bemerkte der Kranke verächtlich. »Nun, und das Mädchen?«

»Die Freiin Dolores von Falkner lebt,« berichtete der Justizrat weiter. »Sie kehrte nach dem Tode ihrer Mutter nach Europa zurück, und hält sich momentan in B. auf –«

»Ah,« machte der Freiherr höhnisch, »sie weiß wahrscheinlich mehr von dem Kunkellehen, als du, Alfred!«

»In B. auf,« fuhr der Justizrat fort, »woselbst sie bei der Hofoper als erste Sängerin unter dem Namen Falconieros wirkt. Als solche trat sie erst die große Erbschaft ihres Großoheims an.«

»Wie – was?« fragte der Freiherr verblüfft, während aus Alfreds Antlitz jeder Blutstropfen gewichen war. Jetzt fiel es wie Schuppen von seinen Augen, jetzt verstand er die Ahnungsschauer, die ihn so oft durchzuckt, jetzt wußte er's, daß es dieselbe Stimme, die Stimme der »Satanella« war, die damals in der Mondnacht auf dem Brunnenrande das Lied gesungen:

> Aus der Jugendzeit, aus der Jugendzeit
> Tönt ein Lied mir immerdar – –

»Die Identität der jungen Dame ist zweifelsohne,« schloß der Justizrat seine Chronik der Linie Friedrich Falkner.

»Also eine Opernsängerin, eine Theaterprinzeß, die Erbin vom Falkenhof,« sagte der Freiherr schneidend. »Man lernt nie aus, Justizrat!«

»Nein,« bestätigte dieser, in seinen Papieren kramend. »Ich

kann aber mit Befriedigung feststellen, daß Donna Falconieros einen Leumund besitzt, wie, nun, wie ihn manche unserer höchsten Damen nicht hat – er ist tadellos hinsichtlich ihres Lebenswandels. Das ist doch wohl die Hauptsache!«

»Ja, die Hauptsache für sie selbst,« entgegnete der Kranke, sich ereifernd, »für mich aber ändert sie das Faktum nicht. Opernsängerin! Nun, da mag es mit den Gütern in Brasilien nicht weit her sein, ich sagte es ja gleich! Wir müssen diese Donna Dolores von der Erbfolge ausschließen, Justizrat!«

»Geht nicht,« entgegnete der Angeredete lakonisch. »Donna Dolores ist und bleibt die erbberechtigte Freiin von Falkner. Was sie privatim thut und treibt, geht uns nichts an! Außerdem enthalten die Lehensbestimmungen keinen Passus, der uns in dieser Angelegenheit dienen könnte.«

»Sie thut und treibt ihre Singerei aber nicht privatim, sondern sehr öffentlich,« sagte der Freiherr heftig.

»Aber nicht als Freiin von Falkner,« beharrte der Justizrat. »Sobald dieser Name außer Spiel bleibt bei ihrer Künstlercarriere, kann ihr Recht nicht angefochten werden, wenigstens nicht von dem Erblasser. Allerdings steht es den Agnaten frei, gerichtlich gegen die Erbin vorzugehen, wenn sie finden, daß ihre Beschäftigung eine mit ihrem Stande unverträgliche und ehrenrührige war, respektive ist.«

»Kann ich in diesem Falle nicht finden,« ließ Engels sich vernehmen.

»Wer redet hier ungefragt?« fuhr der Freiherr auf. »Das ist meine Sache zu entscheiden! Nun, und was würde der Erfolg eines derartigen Vorgehens der Agnaten des Falkenhofes gegen die Erbin sein?«

Der Justizrat schnitt eine seiner charakteristischen

Grimassen.

»Kosten, viel Kosten,« sagte er achselzuckend.

»Unsinn,« schrie der Kranke, den Krückstock auf die Dielen aufstoßend und dann von sich schleudernd. »Der Bescheid, das Urtel? Ich frage nach dem Urtel!«

»Ja, das würde höchst wahrscheinlich dahin lauten, daß, da es der Freiin von Falkner beliebt hätte, zu ihrem Vergnügen unter anderem Namen Opernpartien zu singen, ihr dies nicht verwehrt werden könnte, und daß diese Künstlerpassion mit ihrem Besitz des Falkenhofes nichts zu thun hätte, um so mehr, als dieser Besitz doch nach ihrem Ableben an die prozessierenden Agnaten zurückfiele.«

Schon während der Replik des Justizrates hatten sich die künstlich gehobenen Lebensgeister des Freiherrn zu legen begonnen, jetzt lehnte er sich erschöpft zurück.

»Nun, meinetwegen,« sagte er matt. »Lassen Sie mich das Testament unterschreiben – Sie haben es doch mitgebracht? Alfred, deine Sache bleibt es, gegen diese Opernprinzeß, gegen die Komödiantin zu protestieren. *Sie* hat kein Recht an den Falkenhof!«

Der Angeredete schwieg – was sollte er auch sagen? Daß er im Prinzip dem Oheim beistimmte, nicht aber im Rechtspunkte. Das aber fühlte er sicher, daß er sie hassen mußte, die ihm vom Anbeginn »unsympathisch« war, und die jetzt urplötzlich seinen Pfad kreuzte, wie er es nie gedacht!

Der Kranke unterzeichnete das Dokument, das der Justizrat, sorgsam nach dem Original mundiert, mitgebracht, und Engels nebst einem Unterbeamten unterschrieben es als Zeugen. Zwei Stunden später fuhr der kleine Jurist nach B. zurück mit dem Testament, es beim

Gericht niederzulegen, aber er kam nicht mehr dazu, denn schon am nächsten Morgen erhielt er die Nachricht, daß der Freiherr Gustav von Falkner zwischen zwei und drei Uhr nachts einem Herzschlage erlegen sei.

*   *   *

Das ist eine traurige, schreckliche Stunde, wenn wir die irdischen Überreste derer, die wir geliebt, hinausgeleiten müssen zur letzten Ruhestätte unter dem grünen Rasen. Wem Gott noch diese Stunde erspart hat, der kann es auch nicht ermessen, wie es thut, wenn der Sarg, den liebende Hände mit Blumen geschmückt, hinausgetragen wird über die heimische Schwelle, wenn er langsam hinabgleitet in das frischgegrabene Grab und so allmählich den Blicken entschwindet – für immer. Das ist fast der bitterste Augenblick bei dem bitteren Scheiden, das wir den Tod nennen, und doch werden wir geboren um zu sterben, und keiner weiß, wann ihm sein Stündlein schlägt.

Als man den schweren eichenen Sarg des Freiherrn Gustav von Falkner hinabließ in die Familiengruft der Falkner, die so friedlich und schön dicht am »vielgrünen,« rauschenden Walde lag, da war es anders. Es hatte niemand den boshaften Krüppel geliebt, der jedem mit seiner bösen, scharfen Zunge eine Wunde beizubringen trachtete. Mit Haß und Rache im Herzen stand das Rußsche Ehepaar und sah dem hinabgleitenden Sarge nach – ohne Trauer, aber auch ohne Groll stand Alfred Falkner neben ihnen. Der Tote hatte ihn als Kind erschreckt, als Jüngling eingeschüchtert und entrüstet, als Mann abgestoßen, dennoch aber hatte er ein viel zu großmütiges Herz, um kleinlich zu denken und Groll hinter dem Sarge des Mannes herzutragen, der im Grunde doch sein Wohlthäter gewesen war.

Mit unbeschränkter Dankbarkeit im Herzen folgte ihm

Karl Engels, aber daß er den Toten geliebt hätte, damit konnte er sich selbst nicht betrügen; denn Dankbarkeit und Liebe sind zwar Geschwister, aber auch solche gehen gern jedes seine eigenen Wege.

Als Fünfter in diesem kleinen Trauergefolge stand Justizrat Müller, der oft nahe daran gewesen war, seinem unleidlichen Klienten den Kram zu kündigen, und als Sechste und doch Erste, allen voran stand die Erbin des Falkenhofes, Dolores Freiin von Falkner, im schwarzen Kleide, den schwarzen Kreppschleier über dem prachtvollen, goldroten Haar und dem heut' besonders marmorbleichen, klassisch schönen Antlitz, auf dem ein solch' tiefer Ernst lag, daß Alfred Falkner vergebens den berückenden Satanellen-Ausdruck darin suchte.

Wie oft hatte der Tote da unten sie »Teufelsbrut« genannt, ein herzloses, boshaftes Ding, auf das er am liebsten die Hunde gehetzt hätte, wie oft hatte er den Zorn, den er für ihren Vater, und den Haß, den er für ihre stolze, indolente Mutter gehegt, an ihr ausgelassen und ihr alle Pestilenz der Erde angewünscht – und heute stand sie als seine Erbin an der offenen Gruft und ein wehes Gefühl ging durch ihr Herz, daß der liebesarme, reiche, böse Mann dort zwischen den feuchten, dumpfen Wänden ruhen sollte anstatt unterm grünen Rasen, und daß keine arme kleine Blume von liebender Hand gespendet hinabfiel auf sein letztes, enges Haus –!

Es war vorüber, und die Leidtragenden, sowie die Dienerschaft machten der Erbin Platz zum Hinausgehen. Allein schritt sie durch die Reihen, allein schritt sie voraus der Pforte zu, wo die Wagen hielten, auf fünf Schritt Distanz folgten ihr die anderen. Die Frau Doktor Ruß hatte sich bei der Herfahrt geweigert, mit der »Komödiantin« zu fahren, sie hatte es so auffallend gethan, daß in das bleiche Antlitz der Donna Dolores eine feine Röte gestiegen war – natürlich weigerte sie sich auch, an der Seite der Nichte zu den Wagen zurückzukehren, und da sie sich sofort mit Ostentation fest auf den Arm ihres Gatten lehnte, so ward es diesem auch unmöglich, der Erbin den Arm zu reichen, der Dehors wegen. Da es Alfred Falkner durchaus nicht versuchte, sich zum Sklaven derselben zu machen, und Engels in sehr richtigem Taktgefühl es nicht für seines Amtes hielt, so mußte Donna Dolores allein schreiten, aber zwei Schritt hinter ihr folgte ihr Señor Ramo Granza, ihr Sekretär, Verwalter und Kammerdiener in einer Person, der getreue Ramo, der sie als Kind auf dem Rücken getragen und sie niemals verlassen hatte.

Er war es, der ihr jetzt in den Wagen half und sich dann mit unveränderlichem Ernst auf dem Kutscherbock postierte, zum Ärger der deutschen Diener, die den »brasilianischen Affen« schon vor Jahren, als er mit seiner Herrschaft nach dem Falkenhof gekommen war, zum Kuckuck gewünscht hatten.

So mußte sie denn allein zurück, mußte sie allein hinaufsteigen nach dem Bibliothekszimmer, wo der Freiherr vorher aufgebahrt gewesen war und wo jetzt das Testament verlesen werden sollte.

Während sie in dem für sie bestimmten Sessel Platz nahm, den Schleier zurückschlug und die Handschuhe von den vielbewunderten, herrlich geformten Händen streifte, mußte sie an die Kindertage zurückdenken, die sie hier, in den Räumen des Falkenhofes verlebt. Damals, in dem sorglosen Dahingleiten der Zeit hatte sie denselben beherrscht durch das goldene Königstum früher Jugend, wo man die ganze Welt sein Eigen nennt und speciell für sich geschaffen glaubt. Mit den Hunden um die Wette war sie durch die Kreuzgänge des Hauses und durch die schattigen Alleen des

Parkes geflogen und hatte hellauf gelacht im kostbaren Übermut der Jugend, wenn sie dabei strauchelte und fiel; aber sie hatte auch gelacht, wenn sie bei der wilden Jagd jemand an- und umrannte. Was man anderen Kindern ihrem Frohsinn zu gute hält, wurde ihr aber als Verbrechen ausgelegt, als der Vorsatz, andere zu schädigen, und aus Trotz und Übermut hatte sie sich nie verteidigt. Da gab es dann immer bittere Reden über die »Satansbrut« und den »brasilianischen Teufel,« den man sich auf dem Falkenhof entschieden schwärzer dachte, als den des Nordens. Zuletzt gefiel sich die Kleine darin, den Teufel zu spielen und jagte einmal der Dienerschaft einen tödlichen Schrecken ein, als es ihr einfiel, sich einen ausgehöhlten Riesenkürbis mit greulich ausgeschnittener Fratze über den Kopf zu ziehen und in dieser Toilette, einen roten Shawl um die Schultern geschlagen, im Mondschein in den Kreuzgängen spazieren zu gehen. Sie erinnerte sich noch deutlich, daß der Kürbis wohl leicht über den Kopf gegangen war, aber nicht wieder zurück wollte, so daß Ramo ihn erst aufschneiden mußte, um sie von ihrem geborgten Schädel zu befreien. Und wie Dolores daran dachte, mußte sie lächeln – es war ein ganz flüchtiges Lächeln nur, aber es wurde doch bemerkt, denn Frau Doktor Ruß sagte halblaut und entrüstet zu ihrem Sohne:

»Hast du sie lachen sehen, die herzlose Person? Sie freut sich ihrer Erbschaft so, daß sie nicht einmal imstande ist, ihr Vergnügen in diesem ernsten Augenblick zu beherrschen, wie es die Sitte heischt!«

Alfred Falkner nickte – er hatte nur halb hingehört, aber das Lächeln hatte er auch gesehen, weil – nun ja, weil er die Augen nicht fortwenden konnte von dem bleichen Antlitz mit den tiefen dunklen Augen, von diesem Antlitz, das ihm so »antipathisch« war, wie er dem Maler Keppler gesagt. Vielleicht sah er nur zu ihr hinüber, weil das Gesetz der

»Anziehungskraft des Abstoßenden« auf ihn wirkte – so erklärte er sich's wenigstens selbst.

So brach denn die sicher nicht an Herz-Überfluß leidende Frau Doktor Ruß den Stab über die »lachende Erbin,« und damit that sie nur, was alle Welt thut, die ja so gern nach dem Schein richtet, wenn die Wahrheit nichts zum Richten bietet. Vielleicht wäre die Frau Doktorin noch empörter gewesen, wenn sie gewußt hätte, daß Donna Dolores während dieser ernsten Stunde an einen ihrer Kinderstreiche, an einen Kürbis gedacht. Da war es schon noch besser, an eine reiche Erbschaft zu denken, denn das war doch wenigstens herzloser, wie es ja nicht anders von dieser »brasilianischen Person« zu erwarten war.

O über diese lieben Nächsten, die so gern für uns denken und stets bemüht sind, uns ihre eigenen niedrigen oder schmutzigen Gedanken unterzuschieben! Denn das sind weiße Sperlinge in der Gesellschaft, die ihre eigenen freundlichen und herzenswarmen Ideen auch anderen zutrauen!

Nur der Doktor Ruß beobachtete Donna Dolores scheinbar nicht. Er saß, das Haupt gesenkt, auf seinem Sessel und nickte manchmal seinen Gedanken Beifall zu. Seine Ruhe war durch die entschlüpfte Erbschaft nicht getrübt worden, wenigstens hatte niemand davon etwas gemerkt. Es war so recht der Moment für ihn, allen zu beweisen, wie uneigennützig er war, und wie er sich der älteren Frau nicht aus Spekulation vermählt hatte. Im Gegenteil, er hatte die Tage vorher im Schoße seiner Familie, vor den Beamten und den Dienstleuten die Vorteile eines Kunkellehens genau erörtert und bewiesen, wie viel gerechter ein solches sei, als ein Majorat, und endlich die Interessen der Erbin warm verfochten. Was er wollte, hatte er damit bewirkt. Frau Ruß pries laut den edeldenkenden

Sinn ihres Gatten. Alfred Falkner wußte nicht, was er von alldem halten sollte, denn er begriff die Motive seines Stiefvaters noch nicht, die andern äußerten sich beifällig über ihn, und der Justizrat Müller sagte sich in seinem Innern:

»Ich habe mich in dir getäuscht, Freund Ruß, und sage peccavi! Man denkt eben immer an solche Motive, wenn ein jüngerer Mann eine ältere Frau heiratet. – Sela!«

Nur einer stimmte in den allgemeinen Lobgesang über den »herrlichen« Doktor Ruß nicht ein, das war der alte Engels. Der strich sich seinen mächtigen Vollbart, kniff ein Auge zu und pfiff, wenn Doktor Ruß docierte.

»Mir machst du keine Wippchen vor,« konnte man sich das leise Pfeifen ins Deutsche übersetzen.

Endlich, nachdem die Beteiligten in drückendem Stillschweigen eine Zeitlang in der Bibliothek gewartet, erschien der Justizrat mit dem Testament und nahm an dem für ihn in den Halbkreis gerückten Tischchen Platz. Nach den einleitenden Formalitäten erbrach er das Siegel, entfaltete das Dokument und begann zu lesen.

Es kamen, nach den einleitenden Worten des Erblassers, zuerst die bekannten Lehensbestimmungen zur Verlesung, an welche der Genannte eine Ermahnung an seine Nichte knüpfte, den Falkenhof in Ehren zu halten und dem großen Besitz eine treue Verwalterin zu sein im Hinblick auf künftige Generationen. Hieran fügte er eine genaue Berechnung der jährlichen Revenuen und überließ im übrigen alles den Falkenhof Angehende der Weisheit und Einsicht der Erbin, dieser den Wunsch ans Herz legend, den Verwalter Herrn Engels entweder in seinem Amte zu belassen oder aber entsprechend zu pensionieren.

»Ein Wort, Herr Justizrat,« unterbrach den Vortragenden

hier die klare, deutliche Stimme der Donna Dolores. Sie hatte sich halb aufgerichtet und stützte sich auf die Armlehne ihres Sessels. »Steht es mir frei, zu jeder Stunde auf das Erbe des Falkenhofes ein für allemal zu verzichten?«

»Sicher, meine Gnädigste,« begann der Jurist, aber er wurde wieder unterbrochen.

»Gewiß steht Ihnen das frei,« ertönte die Stimme Alfred Falkners, »gerade so, wie es mir frei steht, Ihren Verzicht ein für allemal zurückzuweisen.«

Dolores hatte sich halberschreckt nach dem Redner umgewendet – sie wurde um einen Schatten bleicher und ließ sich wieder in ihren Sessel fallen.

»Ich danke,« sagte sie ruhig. »Wir finden wohl noch Gelegenheit, die beiden soeben aufgestellten Möglichkeiten zu erörtern. Wollen Sie die Güte haben, fortzufahren, Herr Justizrat?«

Der Angeredete verbeugte sich und nahm sein Dokument wieder auf.

»In Anbetracht dessen, daß mein Neffe, der Freiherr Alfred von Falkner, nunmehr der einzige Agnat des Lehens ist,« las er, »und meine Nichte, Dolores Freiin von Falkner, ihr Erbe schutzlos antritt ohne den uneigennützigen Beistand eines nahen Verwandten, so halte ich dafür, daß es die beste Lösung wäre, wenn mein Neffe und meine Nichte, die gedachte Erbin und der Agnat des Lehens sich miteinander vermählten. Ich empfehle beiden die Erfüllung dieses meines Wunsches auf das Dringendste.«

Hier hielt der Justizrat ein und sah sich im Kreise um. Doktor Ruß lächelte, seine Gemahlin wußte nicht recht, was für ein Gesicht sie machen sollte, Alfred Falkner heftete den plötzlich starr gewordenen Blick vor sich auf die Erde – die stark angeschwollene Ader auf seiner Stirn war das einzige Zeichen seiner inneren Bewegung. Donna Dolores selbst saß unbewegt in ihrem Sessel, auch sie verriet nur durch die zarte Röte, die ihr Antlitz urplötzlich bedeckte, daß sie gehört hatte.

Da der Justizrat keinen Einwand gegen den verlesenen Artikel hörte, so fuhr er abermals fort. Im Laufe seiner Bestimmungen hinterließ der Verstorbene seinem Neffen Alfred Falkner sein gesamtes, von dem Lehen unabhängiges Privatvermögen, von welchem der Erbe an Engels und mehrere der langjährigen Diener des Hauses Legate auszuhändigen hatte. Es blieb ihm danach so viel, um einen anständigen jährlichen Zuschuß zu seinem Gehalt zu haben – freilich war derselbe kein Äquivalent für die grandiosen Revenuen des Falkenhofes, welches der Verstorbene niemals hatte verbrauchen können, aber, anstatt sie zu sparen, wie es schließlich sein Recht gewesen wäre, zu dem Allodialvermögen geschlagen hatte.

Die Lesung war zu Ende, der Justizrat faltete das Testament wieder zusammen. Da erhob sich Dolores, dankte dem Sachwalter für seine Mühe und trat vor Frau Ruß hin.

»Ich hoffe, liebe Tante,« sagte sie gewinnend, »daß du und dein Gemahl mir die Freude machen werdet, den Falkenhof so lange als eure Heimat zu betrachten, als es euch gefällt und ihr andere Dispositionen getroffen habt!«

Frau Ruß öffnete den Mund zu einer Entgegnung, aber der Doktor schnitt ihr das Wort ab.

»Wir werden gern von Ihrer Güte Gebrauch machen, liebe Dolores,« sagte er in seiner milden, leisen Weise, indem er ihr die Hand bot.

Sie legte ihre Fingerspitzen leicht in dieselbe.

»O, Sie müssen es nicht so auffassen,« sagte sie freundlich, »es ist ja so natürlich, wenn Sie bleiben. Ich werde jetzt sehen, wo es sich am besten für mich wohnen läßt, und wenn Sie,« fuhr sie zu Alfred gewendet fort, »im Laufe des Nachmittags eine Stunde Zeit haben, Geschäftsangelegenheiten mit mir zu besprechen, so bitte ich um Ihren Besuch!«

Falkner verbeugte sich leicht.

»Ich stehe zu Befehl,« sagte er kühl, »obgleich ich glaube, daß Herr Engels in diesen Angelegenheiten besser bewandert ist, als ich.«

»Vielleicht,« entgegnete sie ruhig. »Überdies bleibt mir für persönliche Dinge ja noch der schriftliche Weg, falls es Ihnen zu große Überwindung kosten sollte, diese mit mir zu besprechen.«

»Ich ziehe das letztere der Kürze wegen vor,« erwiderte er.

Sie wendete sich mit leichtem Gruß ab, aber die zarte Röte auf ihren Wangen war verschwunden. Was für ein Recht hatte dieser Mann, sie zu beleidigen? Er hatte sich ihr feindlich gegenüber gestellt noch ehe er wußte, wer sie war, denn daß es der Erbschaft wegen sein könnte, erschien ihr für einen Mann wie Alfred von Falkner unglaublich. Und doch – Mamsell Köhler, die Beschließerin, machte einen solch tiefen Knicks vor ihrer neuen Herrin, daß diese, verloren in ihre Gedanken, fast über sie gefallen wäre.

»Ach, Fräulein Tinchen,« rief sie freundlich, das kleine, graue Hausgeistchen, das jetzt ein Trauerkleid trug, erkennend.

»Willkommen auf dem Falkenhof, gnädigste Baroneß,« sagte sie abermals knicksend – es war nächst dem stummen und warmen Händedruck Engels' bei ihrer Ankunft kurz vor der Beisetzung das einzige »Willkommen,« das Dolores gehört.

»Nun führen Sie mich, Fräulein Tinchen,« sagte sie, »und zeigen Sie mir den Falkenhof, damit ich sehe, wo ich wohnen kann.«

»Ei, eingerichtet ist alles,« meinte die Haushälterin, mit ihrem leis klirrenden Schlüsselbunde voranschreitend, »aber wenn ich der gnädigsten Baroneß gut raten soll, da möchte ich mir die Freiheit nehmen und den westlichen Flügel vorschlagen mit dem Turmgemach, das an den nördlichen Flügel stößt. Da ist's im Sommer kühl und im Winter warm!«

»Gut, zeigen Sie mir die Räume,« erwiderte Dolores.

Lautlos schritt Mamsell Köhler voran, den nach dem Hofe offenen Kreuzgang des südlichen Flügels entlang, und öffnete, in den Westflügel einbiegend, dessen erste Thür.

»Hier kommen wir nach den Zimmern der gnädigen Großmutter der Baroneß,« sagte sie etwas leiser und ging voraus, die schützenden Fensterladen aufzustoßen.

Dolores warf noch einen Blick zurück und hinunter in den Hof mit dem plätschernden Brunnen, dann überschritt auch sie die Schwelle. Der Raum, den sie zuerst betrat, war ein Garderobengemach, mit schweren, tiefen eichenen Schränken rings um die Wände besetzt, die teils zur Aufbewahrung der Kleider, teils für das Leinenzeug dienten. Der nächste Raum war ein schönes, großes Schlafgemach mit prächtig geschnitztem Bett auf einer Estrade, umgeben von schweren, rubinroten seidenen Vorhängen. Zu den boisierten Wänden paßte trefflich das schöne, geschnitzte Renaissanceameublement, dem eine kundige Hand die Umrahmung der stellbaren Psyche prächtig angepaßt hatte, so daß dieses moderne Stück inmitten der echten, alten

Möbel eben nur dem Kenner auffiel. Eine sogenannte Lade war mit Roßhaarpolstern, die mit rubinrotem Damast, wie die Vorhänge von Bett und Fenstern bezogen waren, belegt und bildete ein schönes Ruhebett. Kleeblatttischchen, niedere Schränke etc., alles paßte trefflich zu einander.

»Das ist wie geschaffen für mich,« sagte Dolores, den prächtigen Raum musternd, »meine Großmutter hat einen guten Geschmack gehabt.«

»O,« erwiderte Mamsell Köhler, und warf einen etwas scheuen Blick um sich und dann einen gleichen auf ihre neue Herrin, »die gnädige Frau Baronin bewohnten den westlichen Flügel jenseits der Bildergalerie, durch die wir noch kommen. Sie schlief im südlichen Flügel, und dieses Zimmer steht eigentlich verschlossen seit – seit zweihundert Jahren!«

»So! Wie kommt dann aber diese Psyche hier herein?« fragte Dolores.

»Die?« sagte Mamsell Köhler etwas verlegen. »Die ließ die Frau Baronin damals arbeiten, als sie dies Zimmer bewohnen wollte – –«

»Und weshalb hat sie es nicht bewohnt?«

»Ja, das hatte so seine Gründe,« meinte die Haushälterin geheimnisvoll. »Nun, Baroneß werden es sicher auch nicht bewohnen!«

»Gewiß will ich das, wenn –« sagte Dolores zögernd, und sich dann unterbrechend. »Und was ist's mit diesem Zimmer?«

»Es geht hier um!« flüsterte Mamsell Köhler geheimnisvoll, denn sie brannte darauf, ihre Geschichten auszukramen.

Dolores lächelte.

»Daraus mache ich mir nichts,« sagte sie mit einem Strahl des alten Übermutes in den Augen.

Mamsell Köhler schüttelte ihre grauen Federlöckchen mit der Würde einer Kassandra.

»O bitte, scherzen Sie nicht, gnädigste Baroneß,« flüsterte sie feierlich. »Dies hier ist nämlich das Zimmer der bösen Freifrau – –«

»Ich habe ihr ja nichts gethan,« lächelte Dolores belustigt über den Ernst der kleinen Beschließerin.

»Aber sie hat Böses gethan und muß es nun büßen, indem sie keine Ruhe findet im Grabe,« fuhr diese unbeirrt fort, entschlossen, ihre Geschichte zu erzählen.

Aber Dolores schritt der nächsten Thür zu.

»Später erzählen Sie mir's,« sagte sie, »abends beim Kamin, das ist die beste Zeit für Gespenstergeschichten.«

Der nächste Raum, den sie betraten, war etwa in der Größe eines einfensterigen Gemaches, aber nur durch ein mit Schiebevorrichtung zu öffnendes Fenster erhellt, das, breit aber niedrig, ungefähr fünf Fuß über den Boden angebracht war. Rings an den Wänden standen Regale, welche dicht mit Büchern besetzt waren; die Mitte nahm ein mächtiger Globus ein, und am Kamin stand ein steiflehniger, mit goldgepreßtem Leder überzogener Sessel, davor ein Tischchen mit Lesepult, Schreibzeug und Feder darauf.

Mamsell Köhler öffnete schnell die nächste Thür, aber sie warf bezeichnende Blicke auf das hohe Fenster, die indes von der alles mit Interesse musternden Dolores nicht beachtet wurden.

Sie betraten jetzt die Bildergalerie, d. h. einen Saal mit Oberlicht, dessen Wände mit Familienporträts dicht behangen waren. Über der Diele zog sich zunächst eine einfache, massive Boiserie etwa drei Fuß hoch um die Mauern, die mit verblichenem roten Samt bekleidet waren. Es waren Perlen der Malkunst unter diesen geharnischten, Allongenperücken tragenden, gepuderten und steifkragigen Falknerporträts, das erkannte das kunstgeübte Auge der neuen Lehnsherrin sofort, als sie es über die Wände gleiten ließ, unbekümmert darüber, daß so viele Ahnenaugen sie musterten. Plötzlich aber entfloh ihren Lippen ein leiser Ruf des Erstaunens, und schnellen Schrittes trat sie einem lebensgroßen Bilde entgegen, das die Mitte der rechten Langwand einnahm. Es stellte eine Dame dar in der Tracht der ersten Hälfte des siebzehnten Jahrhunderts, in weißem, bauschendem Damastkleide und mächtigem Spitzenkragen, der den Halsausschnitt der halbentblößten Büste viereckig umrahmte und das Haupt eben noch überragte. Der Brustlatz des Kleides war reich mit Edelsteinen verziert, um den weißen, schlanken Hals schlang sich eine Perlenschnur. Und das Haupt! Es trug kaum die schwere Masse goldroten Haares, das mit Edelsteinrosetten gehalten und von einem Myrtenkrönlein überragt wurde! Bleich war das schöne, wundersüße Antlitz mit den traurigen schwarzen Augen, über die sich feingezeichnete, tiefdunkle Brauen wölbten, und ein Zug unsäglichen Schmerzes lag um den entzückend geformten, blaßroten Mund – –

»Das könnte mein eigenes Bildnis sein,« sagte Dolores laut, zu dem Bilde emporsehend, das seine Augen auf sie geheftet zu haben schien.

»Es ist die böse Freifrau,« flüsterte Mamsell Köhler scheu. »Man zeiht sie schwerer Sünden und des Gattenmordes. Darüber ward sie irrsinnig, und wenn sie tobte, sperrte man sie in das Gemach dort mit dem hohen Fenster. Das hatte man mit Matratzen ausgepolstert, damit sie sich nicht den Kopf einrannte an den bloßen Wänden. In dem Schlafzimmer aber starb sie – leider nicht zu ihrer Erlösung, denn ihr Geist wandelt im Falkenhof umher, ein Licht in der Hand, weil sie zu den Verdammten gehört –«

»Dazu haben die Menschen sie natürlich gemacht,« spottete Dolores. »Übrigens,« fuhr sie, sich gewaltsam von dem Bilde abwendend fort, »übrigens dulde ich keine mit Licht nachts herumwandelnde ›Geister‹ im Falkenhof, das können Sie den Leuten sagen, Mamsell Köhler! Es ist schon wegen der Feuersgefahr!«

»Aber gnädigste Baroneß,« stammelte die perplex dastehende Beschließerin, »das Licht der ›bösen Freifrau‹ ist ja ein Licht aus der andern Welt, das zündet nicht!«

»Ich danke Ihnen für die Belehrung,« entgegnete Dolores spöttisch, »aber ich habe nun einmal ein Mißtrauen gegen lichttragende Gespenster.«

Mamsell Köhler verstummte beleidigt – sie hatte es so gut gemeint und der jungen Herrin so gruselig machen wollen mit ihrer Paradegeschichte. Wortlos öffnete sie die nächste Thür, und Dolores trat in einen hellen, geräumigen Salon mit prachtvoller Rokokoeinrichtung. Die Vorhänge an Thüren und Fenstern sowie der Überzug der vergoldeten Möbel waren von schwerem, lichtblauem Atlas mit eingestickten Goldbouquets, die Wände waren weiß in zierliche, goldbegrenzte Felder geteilt und trugen Ölgemälde in schweren, barocken Goldrahmen; Gueridons, kleine zierliche Kommoden, Tischchen und reizende Schreibsekretärs in wundervoll eingelegter Arbeit standen umher – das mittlere breite, deckenhohe Fenster öffnete sich auf einen Balkon mit lieblicher Aussicht auf ferne Hügelketten, prächtige Blumenanlagen und die die Landschaft links begrenzende Wand des grünen, rauschenden Laubwalds, der hier noch als Park diente.

»O wie hübsch und heiter ist's hier,« rief Dolores, sich rings umsehend. »Hier an die Fenster rechts und links müssen blühende Blumenetageren kommen, und hier in die Mitte des Salons stelle ich meinen Flügel – wenn ich hier bleibe,« setzte sie in Gedanken hinzu.

Die Beschließerin knickste zum Zeichen, daß sie den Auftrag von wegen der Blumen begriffen, und öffnete die Thür zu dem das Appartement beschließenden Turmzimmer – ein rundes, nicht zu großes und nicht zu kleines Gemach mit bunten Fensterscheiben, welche Wappenmalereien zierten. Der ganze Raum machte den Eindruck eines großen Erkers und war reich, wohnlich und lauschig möbliert im Geschmack jener Zeit, in welcher die reine Renaissance starb und der kommende Zopfstil schon in den sich verschnörkelnden Linien vorspukte. Die schwarzgebeizten, matt gehaltenen und mit Gold ciselierten Hölzer trugen nur noch den Stempel der Erinnerung an jene formenschöne Zeit, aber sie waren immerhin interessant genug für ein verwöhntes Auge, wozu der reiche, gepreßte und golddurchwirkte purpurrote, echte Utrechter Samt der Überzüge und Vorhänge nicht wenig beitrug. Es war ein Gemach so recht gemacht zum vertraulichen Plaudern, zum Träumen, zum Sinnen, Lesen und Schreiben an dem schönen breiten Schreibtisch, der quer vor dem mittleren der drei Fenster mit ihren bleigefaßten Butzenscheiben stand. Den Hintergrund nahm ein Kamin ein, mit herrlichem Aufsatz von Majolika, dessen gemalte Kacheln in erhabener Arbeit wundersame Figuren und Wappentiere zeigten.

Dolores stieß das eine der Fenster weit auf, daß die frische, würzige Maienluft tief eindringen konnte in das lauschige Gemach, und setzte sich in den Sessel, der an dem Fenster stand.

»Hier will ich bleiben,« sagte sie tief atmend, »das ist ein schönes buen retiro! Lassen Sie meinen Koffer in das Schlafzimmer drüben bringen, Fräulein Tinchen, und packen Sie ihn aus, ja? Später wird meine alte Tereza mit meinen anderen Sachen nachkommen und Ihnen den Dienst bei mir wieder abnehmen, um den ich Sie bis dahin bitte!«

Fräulein Köhler knickste wieder.

»Ich kenne meine Pflicht, gnädige Baroneß,« sagte sie gemessen. »Aber ich bitte, sich daran zu erinnern, daß ich vor dem Schlafzimmer gewarnt habe!«

»Doch nicht im Ernst, liebe Köhler?« entgegnete Dolores lachend.

»In vollem Ernst!« beteuerte die Haushälterin, indem sie ihre magern Hände zum Himmel emporhob. »In dem Schlafzimmer geht es um, und sein Bewohner kann darin Schaden leiden an Leib und Seele.«

»Nun, seien Sie ruhig,« spottete Dolores amüsiert, »ich stehe dafür ein, daß die böse Ahne mich nicht schlechter machen wird, und was meine Person anbetrifft, so können Sie noch ruhiger sein. Ramo und Tereza werden in meiner Nähe schlafen, mich zu schützen, und außerdem liegt auf meinem Nachttisch immer ein geladener Revolver – das ist Sitte in Brasilien bei Damen und Herren!«

Mamsell Köhler verbeugte sich und ging mit einem Blick nach oben, als wolle sie den Himmel zum Zeugen anrufen, daß sie ihre Pflicht gethan und die neue Herrin vor dem Familiengespenst gewarnt habe.

Draußen aber blieb sie überlegend stehen.

»Das wird eine gute Wirtschaft werden auf dem Falkenhof,« reflektierte sie, »schon darum, daß die Mulattin wieder herkommt, die Schwarze, die in ein christliches Haus doch einmal nicht gehört, von dem Brasilianer, dem Mosjö Ramo, ganz zu schweigen. Und dazu eine Herrin, die ein Freigeist ist und nichts glaubt – nun ja, das mag man auf dem Theater lernen, und etwas Teufelisches hat sie schon als Kind gehabt, wo sie mich mit ihrem Kürbiskopfe zum Schlagrühren erschreckt hat, und noch ihre Freude daran hatte! Ja ja, die roten Haare! Man soll sich vor denen hüten, die Gott gezeichnet hat.«

Der Gegenstand dieser Reflexionen, die zum Freigeist gestempelte junge Lehnsherrin, weil sie dem Schloßgeiste seine Rechte einräumen wollte, sie stand indes am Fenster des Turmgemaches, das Haupt, dem Gott seinen schönsten Schmuck verliehen hatte, gesenkt, die Hände gefaltet. Was in dieser jungen Seele vorging –?

Mamsell Köhler hätte es vielleicht gewußt, aber sie mußte herabgehen, ihrer Pflicht zu genügen. Als sie den Südflügel passierte, hörte sie in den Zimmern, welche das Ruß'sche Ehepaar bewohnte, die laute Stimme des Freiherrn Alfred zornige Worte sprechen, und gleich darauf kam er heraus und lief schnell die Treppe herab, an der Haushälterin vorüber, ohne sie zu beachten.

»Nun, nun,« meinte sie für sich hin, »da drinnen haben sie wieder einmal Feuerstein und Lunte gespielt – da hat es Funken gegeben. Meinetwegen – wer will haben gute Ruh', der seh' und hör' und schweig' dazu!«

Alfred Falkner hatte seine Mutter nach der Testamentsvorlesung in ihre Zimmer geführt, gefolgt von Doktor Ruß, der, das Haupt gesenkt, in tiefen Gedanken dahinschritt.

In ihrem Zimmer nahm Frau Ruß den Hut ab und setzte sich bequem – die Sache hatte sie angegriffen. Ihr Sohn durchmaß ein paarmal heftig den Raum, dann blieb er plötzlich vor ihr stehen.

»Du wirst natürlich diese Einladung, auf dem Falkenhof zu bleiben, nicht annehmen, Mutter?« fragte er.

»Es ist bereits geschehen, wie du gehört hast,« sagte Doktor Ruß vom Fenster her.

»Mit deiner Bewilligung, Mutter?« Die Frage wurde schwer betont.

»Nun, die Annahme meines Mannes überraschte mich eigentlich,« erwiderte Frau Ruß zögernd.

»Wir können von hier aus unsere Dispositionen für die Zukunft in aller Ruhe treffen,« fiel der Doktor ein.

Falkner wandte sich zornig ab.

»Ich möchte von ihr nichts annehmen,« sagte er, »am allerwenigsten Gnadengeschenke.«

»Das dachte ich zuerst auch,« sagte Frau Ruß, »aber da du nun doch bald selbst Herr des Falkenhofes sein wirst, so können wir ja ruhig bleiben.«

»Ich selbst bald Herr?« Falkner wandte sich erstaunt um.

»Nun ja, wenn du Dolores heiratest!« nickte sie, ganz zufrieden mit dieser ausgleichenden Idee des Verstorbenen.

»Das wird *nicht* geschehen,« entgegnete Falkner schnell und heftig.

»Nicht?« wiederholte Frau Ruß erstaunt. »Dann erkläre ich dich für unzurechnungsfähig,« setzte sie sehr kühl hinzu.

»Du hast recht damit, Adelheid,« sagte der Doktor, hinzutretend, »aber Alfred wird überlegen. Natürlich,«

fügte er begütigend hinzu, »natürlich hat es für ihn momentan etwas Unerträgliches par ordre de Moufti heiraten zu sollen, aber das giebt sich, solche Ecken schleift die Zeit ab.«

»Du dürftest dich denn doch über meine Ansichten täuschen,« entgegnete Falkner verächtlich. »Es ist nicht jedermanns Sache, um Geld zu freien.«

Hinter den Brillengläsern des Doktors blitzte es warnend auf bei diesem Stich, aber er mäßigte sich wie immer, wenn die Bitterkeit gegen ihn in Falkners Herzen überschäumte.

»Hier ist die reiche Braut aber dein Vermächtnis,« sagte er ruhig.

»Denke darüber, was du willst,« erwiderte Falkner stolz, »bleibe du meinetwegen Zeit deines Lebens auf der Bärenhaut im Falkenhof, aber,« setzte er laut und zornig hinzu, »aber laß es bleiben, für mich zu denken und zu entscheiden oder mich beeinflussen zu wollen. Die Ansicht meiner Mutter zu hören ist meine Pflicht. Sie ist in diesem Falle nicht die meinige, aber jede Überredungskunst deinerseits weise ich zurück, ein für allemal!«

Und mit diesem Ultimatum verließ Falkner tiefgereizt das Zimmer.

Doktor Ruß sah ihm lächelnd nach und rieb seine gut gepflegten weißen Hände.

»Laß den Most schäumen, Adelheid,« sagte er heiter, »er wird schon ausgären. Natürlich, der freiherrliche Stolz deines Sohnes bäumt sich hoch empor, aber selbst der heftigste Sturm legt sich einmal. Wir bleiben vorläufig auf dem Falkenhof, und ich will nicht Ruß heißen, wenn Alfred nicht über Jahr und Tag als Herr hier einzieht.«

»Nun, das wäre allerdings wünschenswert,« entgegnete sie, »aber Dolores wird nicht lange ohne Freier bleiben, und wer weiß, was geschieht, wenn Alfred in seinem Stolz zu lange fortbleibt?«

Doktor Ruß lachte leise in sich hinein.

»Laß das meine Sorge sein, liebe Frau,« sagte er, »ich habe nicht umsonst die Einladung, hier zu bleiben, angenommen.«

*   *   *

Der Freiherr war hinausgeeilt in den Park, sich durch die Luft die erregten Nerven beruhigen zu lassen. Das Testament des Oheims hatte ihn förmlich aus dem Gleichgewicht gebracht, so ungern er sich's selbst eingestehen wollte, es hatte ihn urplötzlich der Notwendigkeit einer Entscheidung gegenüber gestellt, über die er zwar nicht im Unklaren war, die sich immerhin aber schwer geben ließ.

Was ihn hauptsächlich reizte, war, daß seine Mutter ganz einverstanden damit schien, daß er Dolores heiraten sollte, einfach des Besitzes wegen, und dann war es ihm ein entsetzlich peinliches Gefühl, daß sie auf die Eingebung des Doktors hin die Einladung, auf dem Falkenhof zu bleiben, ohne weiteres acceptiert hatte. Was waren die Pläne seines Stiefvaters dabei? Denn daß er aus reiner Bequemlichkeit bleiben wollte, konnte kein Grund sein, dazu kannte Falkner den Doktor zu genau, oder besser gesagt, er mißtraute ihm zu sehr, um an die angegebenen Gründe zu glauben. Sie waren für harmlose Personen vortrefflich, konnten aber für ein so stilles Wasser, wie Ruß es in den Augen seines Stiefsohnes war, nicht genügen. Natürlich war es für ihn, der den Falkenhof heut' noch verlassen wollte, nicht möglich, diesen verborgenen Motiven nachzuforschen – plante Doktor Ruß in seinem rastlos thätigen Kopfe etwas, so mußte er eben dabei gelassen werden.

Nach etwa halbstündigem Umhergehen kehrte Falkner nach dem Hause zurück, er traf Ramo im Korridor und ließ sich bei Donna Dolores melden.

Sie empfing ihn in dem Turmzimmer, ihm unbefangen die Hand reichend, die er indes nicht zu sehen schien.

»Sie wünschten mich zu sprechen,« sagte er kühl.

»Ja,« erwiderte sie, auf den Sessel ihr gegenüber deutend, »aber offen gesagt, ich hatte gewünscht, das, was ich zu sagen habe, freundschaftlich und verwandtschaftlich zu besprechen. Habe ich Sie in irgend welcher Weise gekränkt oder beleidigt, Baron Falkner? Denn sonst müßte ich doch wenigstens als *Dame* Anspruch an Ihre Höflichkeit machen können, wenn Sie diese auch der *Verwandten* verweigern!«

Falkners Blick streifte leicht das schöne stolze Antlitz mit den blitzenden Augen ihm gegenüber – wenn sie auf der Bühne gestanden, hatte er es unausgesetzt betrachtet – hier beirrte es ihn, er wußte nicht, weshalb.

»Beleidigt, Baronin? – nicht daß ich wüßte,« erwiderte er gleichgültig, »mich stößt nur die Primadonna in der Freiin von Falkner ab.«

Jetzt lachte sie, leise und melodisch, das alte dämonische, provozierende und doch so reizende Lachen! Daß es kein Bühnenlachen war, wußte Falkner von früher her – – –

»Es ist gut, daß man nicht in die Zukunft sehen kann,« sagte sie heiter, »sonst hätten Sie mich am Ende damals nicht aus dem Brunnen gezogen, in den ich fiel – Sie wissen, in der Nacht vorher, ehe wir den Falkenhof verließen!«

O, wie ihn ihr Spott reizte!

»Wollen Sie die Güte haben, zur Sache zu kommen?« fragte er mühsam beherrscht. Sofort wurde sie ernst.

»Gewiß, gewiß,« rief sie und setzte nicht ohne Schelmerei hinzu: »Sie haben mir diese Unterredung der *Kürze* wegen bewilligt! Nun wohl, Baron Falkner, ich weiß, daß Sie mir nicht freundlich gesinnt sind, und doch möchte ich eine Bitte an Sie richten, deren Erfüllung mich so glücklich

96

machen würde –«

Sie stockte, und Falkner konnte nicht umhin zu bemerken, wie lieblich sie war mit dem niedergeschlagenen Blick, den vor Erregung sanft geröteten Wangen, auf denen die Farbe kam und ging in diesem Augenblicke, wo es ihr so schwer ward, das rechte Wort zu finden.

»Sie werden vielleicht gehört haben,« fuhr sie leiser fort, »daß ich in Brasilien große Plantagen besitze, die ich von einem Onkel erbte – leider zu spät, um meinen armen Eltern damit noch die letzte Zeit ihres Lebens zu verschönern, zu spät, um meine kurze Bühnenlaufbahn zu verhindern. Diese Besitzungen bringen viel, besonders, da sie auch ein Diamantenfeld einschließen – sie bringen mehr, als ich bei der größten Verschwendungssucht, an der ich leider nicht leide, verzehren kann. Die Verwaltung ruht in so bewährten Händen, als sich eben finden lassen; ich bleibe in fortwährendem Konnex mit derselben und vollziehe jedes Geschäft selbst, ehe es abgeschlossen wird, durch meine Unterschrift, was bei der großen Entfernung mitunter recht langwierig ist. Unter diesen Umständen ist mir der Falkenhof eine Last, die ich je eher je lieber« – sie errötete bei dieser Notlüge tief – »loszuwerden trachte. Aus diesen Gründen ist es mein Wunsch, auf die Erbschaft zu verzichten, und meine Bitte geht an Sie, Baron Falkner, mir die Übertragung des Falkenhofes an den nächsten Agnaten, also an Sie, zu erleichtern, indem Sie derselben keine Schwierigkeit in den Weg legen. Bedenken Sie,« fuhr sie schneller fort, als Falkner sich mit finsterem Blick und abwehrender Bewegung halb erhob, »bedenken Sie, daß es fast unmöglich für mich ist, dem Lehen eine ihm förderliche Herrin zu sein, daß Sie die Verpflichtung haben, dasselbe Ihrer Familie zu erhalten – bitte, nehmen Sie mir diese Last ab, die mich in den wenigen Tagen, in denen ich sie besitze, schwer genug gedrückt hat!«

Sie war aufgestanden und hatte die Hände fast flehend erhoben, ihre Augen hatten dabei einen wunderbar weichen Ausdruck – sie stand wie eine Bittende vor ihm, nicht wie eine Gebende.

Jetzt erhob sich Falkner auch.

»Ich bedaure,« sagte er kalt, »Ihren Wünschen nicht Folge leisten zu können, da ich ein für allemal ablehne, Ihren Verzicht anzunehmen, auch, wenn Sie denselben ohne mein Vorwissen ins Werk sehen wollten. Ich verlasse den Falkenhof in wenig Stunden und werde ihn nur dann betreten, wenn meine Mutter mich sehen will, natürlich vorausgesetzt, daß sie solange hierbleibt. Wenn Doktor Ruß Ihre Einladung annahm, so ist das seine Sache – *ich* bin nicht in der Lage und nicht geneigt, Ihre Güte in irgend welcher Weise in Anspruch zu nehmen, am allerwenigsten aber Ihren Verzicht zu meinen Gunsten. Ich ziehe es vor, das Lehen in der bis jetzt immer erfolgten natürlichen Weise an mich oder meine Descendenz kommen zu lassen.«

Dolores war sehr blaß geworden.

»Also nur durch meinen Tod,« sagte sie langsam. »War das Ihr letztes Wort?«

»Das war es. Ich habe ohne alle Reserve gesprochen.«

»Ja,« nickte sie schmerzlich, und setzte einfach hinzu: »Ich bitte Sie, mich entschuldigen zu wollen, daß ich jene Bitte an Sie aussprach. Ich hätte wissen sollen, daß sie zurückgewiesen werden mußte.«

Falkner verbeugte sich und schritt der Thür zu. Aber aus halbem Wege kehrte er um.

»Noch eins,« sagte er schnell, geschäftsmäßig. »Noch eins, Baronin, um klar zu sehen in allen Dingen und ein weiteres, zweckloses Pourparler zu vermeiden. In dem Testament meines Oheims sprach dieser den Wunsch aus, den Besitz des Falkenhofes durch eine Vermählung zwischen uns in die Hände beider daran Berechtigten zu bringen. Daran ist natürlich nicht zu denken, schon deshalb, weil Ihre Lebensstellung als Sängerin unvereinbar ist mit meinen Anschauungen, dann aber auch der Kommentare wegen, denen Ihr öffentliches und Privatleben ausgesetzt ist –«

»Was soll das heißen, Baron Falkner?« unterbrach ihn Dolores hochaufgerichtet mit flammenden Augen, »an meinem Leben haftet nicht so viel Makel, als im Auge Raum hat – das ist mein Stolz, den ich Sie zu respektieren bitte.«

Es war einen Moment still in dem Turmgemach, währenddem Falkners Blick die vor ihm stehende herrliche Gestalt der Herrin des Falkenhofes streifte.

»Ferner,« fuhr er scheinbar unbewegt fort, »ferner ist mir der Gedanke, nicht aus eigener Wahl mich vermählen zu müssen, so demütigend, daß –«

»Sie sprechen, Baron Falkner, als hinge das Zustandekommen dieser imaginären Testamentsheirat ganz allein von Ihnen ab,« unterbrach ihn Dolores spottend. »Ich dächte, wir endeten diese unerquickliche Konversation, schon um jenes Etwas willen, was man Zartgefühl nennt. Was Ihnen das Recht giebt, mich in jedem Worte zu beleidigen, weiß ich nicht, das aber fühle ich, daß wir besser thun, einander den Pfad nicht zu kreuzen. Adieu, Baron Falkner!«

Sie wandte sich mit einem königlichen Neigen des Hauptes ab und trat an das offene Fenster. Er verließ das Zimmer, eilte in seines und schloß sich ein. Das eine fühlte er deutlich, daß er den Abgrund zwischen sich und Dolores unüberbrückbar gemacht hatte.

Ja, er war an Zartgefühl, Würde und innerer Hoheit von ihr überragt worden, die er so tief unter sich und seinen exklusiven Gefühlen zu stehen vermeinte, um ihr von seiner Höhe herab den Standpunkt anzuweisen, auf den er sie gestellt. Und jetzt – –

Alfred Falkner war viel zu wahrheitsliebend, um sich der Täuschung hinzugeben, daß sie gering zu schätzen war, und er sah auch ein, daß es sein Stolz, seine Bitterkeit waren, die ihn dazu hingerissen hatten, ihr Worte zu sagen, die er gern ungesprochen gemacht hätte, nicht um ihretwillen, wie er sich verächtlich sagte, sondern um seinetwillen. Jetzt war es geschehen, er hatte das Tischtuch zwischen sich und ihr zerschnitten, und wenn er sein Werk krönen wollte, mußte er den Weg eines Majestätsgesuches einschlagen, um sie als unwürdig des Erbes zu erklären und als schwarzes Schaf aus dem Stammbaum der Falkners stoßen zu lassen, wie es sein Oheim thun wollte, als es schon zu spät war und der Tod ihm die Gelegenheit dazu nahm. Er errötete, wenn er daran dachte, daß der Gedanke an einen solchen Akt himmelschreiender Ungerechtigkeit die letzten Stunden des Toten befleckt hatte, daß er selbst in einem bösen Augenblick der Bitterkeit daran gedacht. Mit feinem, weiblichem Takt, und indem sie den eigenen Reichtum vorschützte, hatte sie ihm das Erbe abtreten wollen, um seine Gefühle nicht zu verletzen – und mit welcher beleidigenden Verachtung hatte er ihr vergolten.

> Ist das Wort der Lipp' entflohen,
> Du erreichst es nimmermehr
> Fährt die Reu' auch mit vier Pferden
> Augenblicklich hinterher.

Kurz, als Alfred Falkner wenige Stunden später der Hauptstadt entgegenfuhr zur Übernahme seiner Pflichten, da nahm er mit sich das unbehagliche Gefühl der Unzufriedenheit mit sich selbst. Einsamkeit verleitet gern zu einer Prüfung von Herz und Nieren auch gegen den Willen dessen, der diese Prüfung lieber umgehen möchte – und so mußte Falkner sich denn sagen, daß sein Betragen Dolores gegenüber ein selbstgeschmiedeter Panzer war gegen die schwarzen Augen und die goldroten Haare, die er so oft antipathisch genannt, und die dennoch einen Zauber auf ihn ausübten den er gern als unheilvoll bezeichnet hatte. Er erschrak bis in sein Innerstes hinein, als das allezeit der Wahrheit zuneigende Herz ihm diese Falte zeigte.

»Ich werde niemals diesem Zauber, dem Zauber einer Satanella unterliegen,« sagte er laut vor sich hin, als wollte er ein Gelöbnis aussprechen. Und im nämlichen Momente noch durchzuckte ihn der Gedanke: »Ob sie Keppler wohl abgewiesen oder ermutigt habe?«

So ist das Menschenherz – es hat alles in ihm Raum, selbst die scheinbar krassesten Gegensätze, selbst die heterogensten Gefühle, dessen war Falkner sich voll bewußt, und doch mußte er fast erleichtert hinzufügen: »Ich glaube nicht, daß sie ihn ermutigt, er sah allzu gebeugt aus. Armer Thor!«

Er nannte es also eine Thorheit, Dolores zu lieben; doch in diesem Punkte waren große Helden von ihren Piedestalen herabgestiegen, um neben ihrer Größe ein wenig Mensch zu sein und dem Herzen sein Recht zu gönnen. Nein, Falkner fühlte, daß er heut' zu keiner Ruhe gelangen konnte, und so nahm er zu dem alten Vorurteil seine Zuflucht, und panzerte sein Herz damit: »Nein, es geschah ihr recht! Wie konnte sie's wagen, mir ein Geschenk anzubieten!«

Er hatte so unrecht nicht, wenn er sich überhaupt gegen seine eigenen Gedanken rüsten wollte, die alten Vorurteile dazu zu wählen, denn diese sind ein Harnisch, durch den bis jetzt noch kein Vernunftgrund siegend gedrungen ist und so hatte er denn wenigstens den Triumph der

Selbsttäuschung, mit dem er sich gegen seine eigenen unbequemen Gefühle und Gedanken wappnen konnte. – – – – –

Dolores stand, als sie Falkner die Thür hinter sich schließen hörte, starr, bleich und bewegungslos an dem Fenster des Turmgemaches. Die klare Maienluft kam herein zu ihr und umfächelte ihre blassen Wangen, spielte mit dem krausen Haar über ihrer Stirn und brachte mit sich ganze Duftwellen von den Narcissen und Veilchenbeeten drunten auf dem smaragdgrünen frischen Rasen. Sie spürte nichts davon, sie spürte nur das Weh in sich, das die Verachtung bringt, sie spürte nur den Schmerz der scharfen, bösen Worte, die sie gehört. Und als das Weh seine erste Kraft abgestumpft, da fragte sie sich nach dem Warum, das es verursacht, aber die Antwort blieb aus, und auch sie panzerte sich gegen das ihr Geschehene mit dem Panzer ihres Stolzes und ihrer Würde. Aber unter dieser Eisenhülle wollte das Weh doch nicht schlafen – es war einmal geschehen.

> Und hüte deine Zunge wohl,
> Bald ist ein böses Wort gesagt –

Ja, das böse Wort – es ist so leicht, so schnell gesprochen, vielleicht ohne die Absicht, unheilbar zu verletzen, und doch schlägt es eine tiefe, tiefe Wunde, in der es unberechenbar wirkt, bis es das Leben vergiftet hat und die Freude am Leben getötet, und nur noch das stille grüne Kirchhofsgras Heilung bringen kann.

Dolores atmete tief auf und strich mit beiden Händen über ihre Stirn, die trocknen, brennenden Augen für einen Moment schließend und zuhaltend.

»So ist der Würfel gefallen,« dachte sie. »Wie schnell doch alles im Leben wechselt!«

Und dann wandte sie sich ab, durchschritt den prächtigen Rokokosalon und trat in die Bildergalerie ein. Dort suchte ihr Blick das Bild der »bösen Freifrau,« der Heldin von Mamsell Köhlers Geistergeschichte, und wieder war sie wie vorher überrascht von ihrer eigenen Ähnlichkeit mit der Ahne, die gar nicht böse, sondern nur so todestraurig aussah und mit den schwarzen, glanzlosen Augen beredt herabblickte auf ihr Ebenbild, die letzte Freiin von Falkner.

»Ich muß Näheres über sie erfahren,« gelobte sich Dolores, seltsam angemutet durch das Porträt.

Dann schritt sie weiter, durch das kleine, jetzt zur Bücherei gemachte Gemach und betrat das schöne, luftige Schlafzimmer, vor dem sie so gewarnt worden war. In dem Vorzimmer mit den Eichenschränken hörte sie Schritte – es waren Ramo und Mamsell Köhler, welche den kleinen Koffer, welchen sie mitgebracht, auspackten und dessen Inhalt passend in den Schränken verteilten.

»Ramo,« sagte sie, auf der Schwelle stehend, »ich habe Aufträge für dich!«

»Ja, Señora,« erwiderte der alte Diener, seiner angebeteten Herrin in das Schlafzimmer folgend; dabei wollte er die Thür schließen, aber Dolores bedeutete ihn in spanischer Sprache, daß dies nicht nötig sei.

»Da haben wir's,« dachte die kleine Beschließerin entrüstet, »da haben wir die babylonische Sprachverwirrung auf dem Halse, so daß kein Christenmensch verstehen kann, was geredet wird. Da können die da drinnen ja den Tod von einem besprechen, ohne daß man es weiß, und von Geheimnissen erfährt man überhaupt kein Jota mehr!«

Trotz dieses für sie sehr betrübenden Faktums machte sich Mamsell Köhler doch noch einiges in dem Kabinett zu schaffen, denn, man konnte ja doch noch irgend ein verständliches Wort aufschnappen, wie sie sich klassisch ausdrückte.

»Ramo, du wirst heut' noch mit dem Nachtzuge nach B. zurückreisen,« sagte Dolores freundlich auf Spanisch. »Dort sagst du Tereza, sie soll meine Sachen packen und sich bereit machen, mit dir so bald als möglich hierher zu übersiedeln. Während sie packt, gehst du zu dem Generalintendanten und giebst dort den Brief ab, den ich dir übergeben werde. Mein Urlaub läuft morgen ab, und du mußt die Konventionalstrafe zahlen, die auf meinem Kontraktbruch für den Rest der Saison steht.«

»Sehr wohl,« erwiderte Ramo, dessen schnelles, echt südliches Begriffsvermögen ihn zu dem Geschäftsführer seiner Herrin gemacht, »Señora werden also das Theater verlassen?«

»Es wäre unziemlich, während der Trauer um den Freiherrn aufzutreten,« sagte sie sinnend, »also muß ich wohl dieser Rücksicht ein Opfer bringen und der Bühne vorläufig entsagen. Mein Flügel muß sehr bald hergeschafft werden, Ramo, ich bedarf seiner dringend, und vergiß nicht, den Kasten mit dem Schmuck selbst an dich zu nehmen!«

»Ich werde ihn zu mir ins Coupé nehmen, wie immer, Señora,« entgegnete der Brasilianer. »In einer halben Stunde werde ich reisefertig sein,« fügte er respektvoll sich verbeugend hinzu.

»Gut! Du magst dir dann den Brief an den Intendanten abholen!«

Ramo entfernte sich, und Dolores trat in das Kabinett, das inkrustierte Schreibpult von Ebenholz entgegenzunehmen, das Fräulein Köhler eben auspackte und bewunderte.

»Ich muß für Ramo, der in meinem Auftrage verreist, einen Brief schreiben,« sagte sie, und fügte hinzu: »Da ich mich entschlossen habe, fürs erste auf dem Falkenhof zu bleiben, so hoffe ich, daß Sie, Fräulein Tinchen, trotz des Ihnen von dem Freiherrn hinterlassenen Legates, in Ihrer alten Stellung verbleiben, und dieselbe in der mir bekannten und sehr geschätzten Treue und Zuverlässigkeit weiter verwalten werden.«

Über das Gesicht der kleinen, verwitterten Person flog ein verklärender Freudenstrahl! – sie hatte im geheimen ihre Entlassung gefürchtet.

»O,« knickste sie, »wenn gnädige Baronin die Güte haben wollen, mir ferner das Leinenzeug, Silber und die Bewirtschaftung des Haushaltes anzuvertrauen – ich bleibe nur zu gern, denn ich bin auf dem Falkenhof aufgewachsen und grau geworden. Da wird das Scheiden schwer und die Thätigkeit ist mein Leben – müßig würde ich sterben –«

»Nun gut,« unterbrach Dolores freundlich den Redestrom, »das wäre also abgemacht, und mich freut's, daß Sie bleiben. Zum Zeichen dafür will ich Ihr Gehalt von Herrn Engels erhöhen lassen, und Sie mögen das Gleiche den alten, langjährigen Dienern des Hauses mitteilen, damit sie sehen, daß auch ich das Verdienst anerkenne und bereitwillig belohne. Besondere Wünsche will ich gern hören und prüfen, ob sie zu gewähren sind,« fügte sie hinzu und ergriff dabei ein Etui, das mit den anderen Sachen ausgepackt wurde. Als sie es öffnete, wurde die darin befindliche, geschmackvolle und schwer goldene Brosche nebst Ohrringen sichtbar. Sie reichte die Brosche der Beschließerin. »Das müssen Sie schon von mir annehmen zum Andenken und zum Zeichen, daß ich Sie nicht vergessen hatte.«

Mamsell Köhler betrat wenige Minuten später den

Korridor mit dem Gefühl, als ob sie auf Sprungfedern wandelte, so zum Hüpfen war ihr zu Mute.

»Ei, das ist ein guter Anfang, das muß man gestehen,« dachte sie vergnügt. »Erhöhtes Gehalt und ein kostbares Geschenk – ich will mir den Tag im Kalender rot anstreichen, das hat man in den Zeiten des seligen Herrn nicht erlebt. Und wie freundlich und gütig sie ist – nun, sie war immer ein liebes munteres Kind! Ja, ja! Goldenes Haar, goldener Sinn!«

Die kleine graue Beschließerin vergaß ganz, daß sie sich eine Stunde vorher selbst vor den »roten Haaren« gewarnt hatte, vor der »von Gott Gezeichneten.« – Daran ist aber nichts Wunderbares, wenn man die also Bekehrte zu der großen, weitverbreiteten Familie der Wetterfahnen zählt, die immer häßlich knarren und kreischen, wenn man sie nicht ölt. Solange das Öl vorhält, so lange drehen sie sich selbst im konträrsten Winde sanft und geräuschlos; aber Wind trocknet das Öl bekanntlich sehr schnell, und es ist auch nicht jedermanns Sache, das Ölen, damit die Fahnen sich nach seiner Seite drehen.

Dolores hatte durch ihre Großmut einen coup diplomatique ausgeübt, dessen Tragweite ihr selbst nicht ganz bewußt war, denn sie hatte ihn ganz impulsiv ausgeführt. Sie war nicht berechnend genug, um durch Geld die Leute des Falkenhofes an sich zu ziehen – das war ihr so im Moment durch den Kopf gegangen, und im Moment hatte sie den Gedanken ausgeführt, ganz ihrer raschen, lebhaften Natur folgend und nach der Eingebung des Augenblickes handelnd.

»Seid klug wie die Schlangen,« dachte Doktor Ruß, als er von diesem »Gnadenerlaß bei der Thronbesteigung,« wie er es nannte, erfuhr.

Aber auch er, der gewandte Menschenkenner, irrte sich in Dolores' Charakter, denn er maß sie viel zu sehr nach dem eigenen Maß – bei solchen Messungen kommt man nur dann gut weg, wenn der Messende in alle Falten des menschlichen Herzens zu sehen vermag, denn da ruht immer irgend ein Goldkorn, verborgen den oberflächlichen Blicken.

Dolores schrieb ihren Brief an den Generalintendanten des Hoftheaters, dem sie sich kontraktlich verpflichtet hatte, und übergab ihn dem pünktlich erscheinenden Ramo, der alsbald nach B. abreiste. Die junge Herrin des Falkenhofes aber stieg hinab und ging hinaus ins Freie. – Die Atmosphäre in ihren Zimmern war infolge des langen Geschlossenseins der Räume schwer und drückend, Dolores mußte frische Luft einatmen, sonst –

»Nein, ich will nicht weinen,« dachte sie und trocknete eine verräterische Thräne. »Es ist's nicht wert. Und daß er mir weh gethan, das soll niemand erfahren, er selbst vor allem nicht – ich will auch nicht mehr daran denken!«

Als ob es so leicht wäre, das einmal zugefügte Weh zu vergessen, oder beiseite zu legen wie ein Kleidungsstück – –

Dolores schritt hinaus in die Abendkühle des frischen Maitages. Aber die grüne Umgebung des Falkenhofes, nach der sie sich gesehnt und von der sie geträumt hatte, seit sie von dem Schlosse geschieden, freute sie nicht, nun sie die Herrin war über den herrlichen Fleck Erde. Träumend schritt sie dahin, indes die kreppbesetzte Schleppe ihres Trauerkleides den Kies auf den Gängen zusammenfegte, aber die Stille um sie her, das in kurzen Pulsen läutende Abendglöckchen drunten im Dorfe, der starke betäubende Duft des eben erblühenden Jasmins machten ihr erregtes Innere nicht ruhiger.

»Wie glücklich war ich hier als Kind,« dachte sie, trotzdem damals kein Tag vergangen war, an dem der Tote, um den sie dies schwarze Kleid trug, sie nicht gescholten wegen ihres frohen Jugendmutes und sie eine »rothaarige Satansbrut« genannt hatte, das hatte ihr damals Vergnügen gemacht und sie angespornt, nun erst recht ihre kleinen, harmlosen Teufeleien auszuüben, was ihr Renommee nicht verbessert hatte, das lag auf der Hand. Aber heut' mußte sie sich sagen, daß die damals künstlich genährte Abneigung gegen sie auf dem Falkenhof nicht abgenommen hatte, und daß man ihr jenes Mißtrauen entgegenbrachte, das man so leicht gegen »Fremde,« das heißt Ausländer hegt.

»Es muß doch in meiner Person liegen,« dachte sie traurig, »denn Alfred Falkner trat mir feindlich entgegen, ehe er wußte, wer ich war.«

Aber dann mußte sie der Huldigungen denken, die man ihr dargebracht, so oft sie auch erschienen war, ihre wunderbare, herrliche Stimme erschallen zu lassen, und verwirrt dachte sie dem Rätsel nach, warum gerade dieser eine sie haßte und verachtete, dieser einzige, an dessen –, an dessen Wohlwollen und Freundschaft ihr so viel gelegen wäre. Eine Glutwelle schoß bei diesem Gedanken in ihr bleiches Antlitz und verlieh ihm einen neuen, eigenen Reiz. – Aber schnell wie es gekommen, schwand dieses holde Erröten wieder.

> Behüt' dich Gott, es wär' so schön gewesen,
> Behüt' dich Gott, es hat nicht sollen sein!

dachte sie schmerzlich.

Hier stand sie an einem Scheidewege. Rechts führte ein Weg in das Herz des Parkes, links – ja links hinter dem Gebüsch von Buchen und Syringen lag der Pavillon, den Engels sich von dem Freiherrn zum Logis ausgebeten und erhalten hatte, als er den Falkenhof betrat. Es war eigentlich ein runder Turm, mit einem unterkellerten Stockwerk und spitzem, viergiebeligem Dach – wahrscheinlich erbaut, um der damaligen Abtei als Wachtturm zu dienen für den Thorwärter. Jetzt lag das originelle Gebäude, das lange Zeit nur Ratten, Mäuse und deren Erzfeinde, die Eulen, bewohnten, mitten im Grünen, und die Kletterrosen und Klematis rankten lustig an den Mauern empor und hätten am liebsten die Bogenfenster ganz bedeckt, wenn Herr Engels dies geduldet hätte.

O, Dolores kannte den Weg zum »Türmchen,« wie es hieß, und dieses selbst sehr genau, hier hatte sie die ungetrübten Stunden ihres Lebens auf dem Falkenhofe zugebracht. Sie trat halb hinter dem Gebüsch hervor und sah hinauf zu dem Fenster, an dem sie selbst so oft gesessen – richtig, da saß wie damals Herr Engels, die kurze Pfeife im Munde, und den mächtigen Bart streichend. Von Zeit zu Zeit pfiff er dem Dompfaffen vor und das gelehrige Tier wiederholte gewissenhaft.

Vom hoh'n Olymp herab ward uns die Freude –

klang es deutlich zu Dolores herüber, und einem ihrer gewöhnlichen Impulse nachgehend, huschte sie dem Gesträuch entlang der offenen Thür des Türmchens zu, und blitzschnell die steile, finstere Treppe hinauf.

Fröhlich erschallet der Jubelgesang –

tönte es drinnen, und leise öffnete sie die eisenbeschlagene Eichenthür. Ein betäubendes Gekläffe tönte ihr entgegen, denn dazu hielt Knieper, der Dächsel und stetige Begleiter Engels', sich einmal für verpflichtet. Seine specielle Freundin, die Hauskatze Ida, mit der er in schönster Eintracht lebte und damit bewies, daß man nicht wie Hund und Katze zu leben braucht, fuhr erschrocken aus ihren Träumen auf dem

Sofa auf, dehnte aber bald beruhigt ihr samtschwarzes Fell auf dem gewohnten Lager und blinzelte die Eingetretene mit ihren bernsteingelben Augen wohlwollend schnurrend an. Nur Knieper setzte seine gebellten Fragen nach der Identität dieses Abendbesuches fort und wollte sich durch Dolores' lachendes: »Wer wird denn so böse sein, bist ein gutes Hundel!« nicht beruhigen lassen, bis Engels, die Eingetretene erkennend, mit Donnerstimme: »Will er wohl ruhig sein!« dem Höllenlärm ein Ende setzte. Knieper zog sich knurrend zurück, indes Dolores dem Verwalter die Hände reichte.

»Da bin ich wieder zum Dämmer-Plauderstündchen, wie vor Jahren,« sagte sie bewegt.

»Willkommen wie damals,« erwiderte Engels, indem er sie zu dem gewohnten Sitz auf dem Fenstertritt führte. »Ach wie hat sich manches geändert – auch wir beiden! Sie sind eine große Dame, eine Berühmtheit geworden, und ich – nun, ich bin ein alter Kerl, der darauf wartet, bis der da droben ihn abruft –« –

»Was, so hoffe ich, nicht bald geschehen wird, denn Sie sollen mir ja raten und helfen, den großen Besitz zu verwalten, damit wir einst als ›treue Haushälter‹ befunden werden,« sagte Dolores ernst, dem Hünen die Hand reichend.

Er maß sie einen Augenblick lang.

»Ein Schuft will ich sein, wenn ich's nicht thue,« rief er, einschlagend, unnötig laut, wie immer, wenn ihn etwas rührte.

Und nun ward's einen Augenblick still in dem Stübchen des alten Junggesellen. Die Pause aber benutzte Ida, die Katze, die indes mit ihrer Prüfung der Fremden fertig geworden war; geräuschlos verließ sie das Sofa und sprang mit dem eigenen Laut dieser Tiere, den sie in freundlicher Stimmung ausstoßen und der in unserer unvollkommenen Ausdrucksweise nur mit den Konsonanten: »Mrrr« wiederzugeben, Dolores auf den Schoß.

Eine Liebhaberin aller Tiere, mit Ausnahme kriechender Geschöpfe von der Raupe bis zur Schlange, empfing sie das schöne, glänzende Tier mit freundlichem Streicheln; Ida rieb sich schnurrend an ihrer Hand, und ließ sich dann zur Fortsetzung ihrer Ruhe auf dem gastlichen Schoß nieder, was für den mit Aufmerksamkeit zusehenden Knieper ein Zeichen war, sich der also Anerkannten schwanzwedelnd zu nähern, sich mit behaglichem Grunzen von ihr streicheln zu lassen und endlich definitiv auf der creppbesetzten Schleppe zur Besiegelung der Freundschaft niederzulassen.

»So ist's recht,« meinte Engels strahlend, »denn das sag' ich: wen das Tier, das superkluge Naturforscher unvernünftig nennen, als seinen Freund mit dem feinsten Instinkt der Welt anerkannt, mit dem würd' ich sofort auch Freundschaft schließen, der ist ein guter Mensch! Ja, ja, Fräulein Dolores, so ist's! Der Herr Doktor Ruß nennt, wenn er herkommt – was Gott sei Dank, nicht oft geschieht – meine Tiere mit den zärtlichsten Namen, hat immer Zucker und sonstige Köder, aber Knieper fletscht ihm doch die Zähne und würde ihm mit Vergnügen, wenn ich's erlaubte, die Inexpressibels zerreißen, während Ida einen Buckel macht, den Schwanz sträubt und den Doktor anfaucht. Und da rede einer von Unvernunft!«

Dolores lachte, ihre Liebkosungen gerecht unter das seltene Paar verteilend. »So wär' ich denn wieder im Türmchen installiert,« sagte sie. »Älter bin ich geworden, nicht mehr so ausgelassen wie früher, aber unverändert sonst, darauf können Sie sich verlassen!«

»Wär' ein Glück für Sie, Fräulein Dolores,« erwiderte

Engels, einen schnellen, forschenden Blick aus sein Visavis werfend.

»Ach,« entgegnete sie lachend, »dieses Glück scheint mir doch zweifelhaft, wenn ich daran denke, wie man damals, vor Jahren hier über mich urteilte. Hundertmal hat man mir versichert, daß Hopfen und Malz an mir verloren sei – ich hab's damals selbst schon geglaubt. Gebessert habe ich mich natürlich nicht!« –

»Nun, Fräulein Dolores,« meinte Engels, »Sie müssen die Unfreundlichkeiten, die man auf Sie entlud, vielem zu gute halten. Erstens der Feindschaft Ihres Vaters mit seinem Bruder, zweitens dem Mißtrauen, das man Ihrer spanischen Mutter entgegenbrachte, drittens der durch Kränklichkeit gereizten Laune Ihres Onkels, und viertens dem düstern Geiste der Grämlichkeit, Unduldsamkeit und Unfreudigkeit am ganzen Dasein, der den Falkenhof so lange beherrscht, und der erst unter Ihrer Herrschaft weichen soll!« –

»Geb's Gott,« rief Dolores ernst, »ich habe mit diesem Geiste nichts zu schaffen. Aber lieber, alter Engels, Sie müssen zugeben, daß all' diese Reden, diese Versicherungen, ich sei ein Satanskind, genügenden Stoff enthielten, einen jungen, unentwickelten Charakter, ein Kinderherz zu vergiften!« –

»Mehr als das,« gab Engels zu. »Aber es ist nicht geschehen!«

»Gottlob, nein – es war wohl ein ganz besonders gesendeter Engel mir zur Seite, der diese Reden nicht tief in mein Gemüt dringen ließ,« sagte Dolores, »im Gegenteil, anstatt ihn zu dämpfen, spornten sie meinen Mutwillen nur an, und ich gefiel mir ganz gut in der Rolle des ewig Streiche spielenden Teufels – tempi passati!« –

Wieder ward es still. Die junge Schloßherrin streichelte

sinnend das schwarze, weiche Fell der Katze, und Engels paffte aus seiner kurzen Pfeife dichte Rauchwolken, durch die er Dolores aufmerksam beobachtete.

»Man sagt, Sie seien reich beladen mit Schätzen im Falkenhofe eingezogen,« begann er nach einer Weile.

»Wer sagt es?« fragte Dolores schnell.

»Wer? Hm – nun, Doktor Ruß,« gestand Engels. »Wenigstens flüsterte er mir zu, Sie hätten Diamanten, um damit das Bassin der großen Fontäne zuzuschütten, und Ländereien in Brasilien!« –

»Das letztere ist wahr – ich bin reich in der Heimat meiner Mutter begütert,« erwiderte Dolores einfach, und setzte, sich vorbeugend, um Engels besser ins Antlitz sehen zu können, hinzu: »Ich frage nicht nach den Kommentaren, die Doktor Ruß zu diesen Berichten gemacht hat, denn diese können nur eine Richtung haben und sind mir gleichgültig; aber *Ihre* Gedanken, lieber Engels, möcht' ich darüber hören!«

Engels hustete und machte sich an seiner Pfeife zu schaffen.

»Was liegt Ihnen an meinen Gedanken,« sagte er ausweichend.

»Es liegt mir viel an dem Urteil eines redlichen Menschen und Freundes,« erwiderte sie ernst.

Wieder huschte sein scharfer, prüfender Blick über sie hin.

»Nun,« sagte er zögernd, »ich dachte mir halt dabei: Wenn sie selbst so reich ist und sich über kurz oder lang doch verheiratet, so wird sie den Falkenhof dem letzten Falkner übergeben, damit der alte Stamm darin neue Sprossen treibe. Den meisten kommt die Nachricht, das Lehen sei ein Kunkellehen, sehr überraschend, denn es ist das erste Mal seit Menschengedenken, daß es auf die weibliche Linie übergeht. Man hat den Baron Alfred allgemein für den Erben gehalten, und er that es wohl auch selbst.«

»Nun, da wird die Welt wohl den Stab brechen über die habsüchtige Erbin, die nicht genug haben kann, wenn ich trotzdem auf dem Falkenhof verbleibe,« sagte Dolores ruhig. »Sie vielleicht vor allen anderen,« fügte sie hinzu, als Engels betroffen schwieg. »Nun sagen Sie mir aufrichtig, was Sie denken!«

»Ich denke, die Wege eines Frauenherzens sind unerforschlich, wie Gottes Wege,« erwiderte er rauh.

»Sehen Sie, daß Sie mich nicht kennen?« rief Dolores fast frohlockend. »Wenn also der, den ich für meinen einzigen Freund hielt um vergangener Tage willen, wenn der mich so verkennt, was habe ich da von der Welt zu erwarten? An ihr liegt mir wenig, an Ihrer Meinung aber liegt mir viel, mein guter Engels. Und so sage ich's Ihnen allein: Bei Gott und allem was mir heilig ist, ich habe Alfred Falkner das Erbe in den schonendsten Worten übergeben, ein für allemal ohne Reserve – und er hat mir's vor die Füße geworfen. *Wie* er's that, das hat das Tischtuch zwischen uns zerschnitten – ich darf ihm den Falkenhof nicht zum zweitenmal anbieten, um meiner Würde willen!«

Engels streckte Dolores seine mächtige Rechte durch den Tabakdampf entgegen.

»Verzeihen Sie,« sagte er einfach, und sie legte ohne Zögern ihre Hand in die seine. »Nun seh' aber einer den stolzen Herrn Alfred an – ein echter Falkner!«

»Auch ich bin eine echte Falkner,« entgegnete Dolores, »und wenn wir, die Zweige eines Stammes, einander nicht verstehen können, so sei es drum – er hat es so gewollt, nicht ich, dafür ist Gott mein Zeuge.«

»Gut, aber an dem stolzen Freiherrn ist es nun, den Sachverhalt etwaigen mißverstehenden Gemütern beizubringen.«

»Gleichviel, mir liegt nichts daran,« sagte Dolores, und nach einer kleinen Pause fügte sie hinzu: »Es wird dunkel – ich muß ins Schloß zurück, sonst suchen sie mich am Ende mit Fackeln!«

Sie erhob sich und legte die schnurrende Ida sanft auf das Sofa. Dann reichte sie Engels die Hand.

»Gute Nacht denn,« sagte sie herzlich, »ich komme wieder zum Plaudern in der Dämmerstunde, wenn Sie mich mögen. Das thut wohl, wenn man den Tag mit nicht allzu heiteren Gedanken zugebracht hat, denn, lieber Freund, es giebt Dinge, die sehr schmerzen, und das, das mit Alfred Falkner *hat* geschmerzt!« Sie beugte sich herab, den wedelnden Dächsel zu streicheln, und verließ ohne ein weiteres Wort das »Türmchen.«

*   *   *

Die junge Herrin hatte die erste Nacht auf dem Falkenhof unruhig zugebracht. Sie lag unter den schweren Damastvorhängen ihres großen Bettes und konnte doch nicht schlafen, als aber die Müdigkeit gegen Morgen ihr die Augen schloß, hatten seltsame Träume ihr den Segen dieser kurzen Rast geraubt.

Sie war endlich spät am Morgen erschreckt emporgefahren und bedurfte einiger Zeit, sich zu sammeln und sich zu sagen, daß sie wirklich und wahrhaftig geschlafen und geträumt, und nicht, nach der Manier exaltierter Leute, Geister gesehen hatte. Und doch, sie hätte darauf schwören mögen, daß sich die Boiserie dort an der Wand, welche die Bücherei von dem Schlafgemach trennte, verschoben hatte, und durch die entstandene Öffnung die »böse Freifrau« getreten war, ganz so, wie sie auf dem Bilde zu sehen war, daß die schöne Ahne an ihr Bett getreten und sie geküßt und ihr zugeflüstert hatte: »Ich grüße dich, Dolores, Erlöserin! Ich werde bei dir sein, bis es erfüllt ist!« – Dann hatte sie noch einen Kuß auf ihre Stirn gedrückt, einen langen, innigen Kuß, den Dolores bei der Erinnerung daran mit leisem Schauern fühlte, und war die Bettestrade herabgeschritten, direkt auf ein kleines Madonnenbild zu, das über dem Betstuhl am Fußende des Bettes hing. Auf das Bild hatte sie lächelnd gedeutet und die eine Stelle des Rahmens mit der Hand berührt, dann hatte sie diese Hand zum Gruß für Dolores geküßt und war desselben Weges gegangen, den sie gekommen.

Etwas verwirrt von der Lebhaftigkeit dieses Traumes erhob sich Dolores und kleidete sich an. Drüben im Turmzimmer stand schon ihr Frühstück bereit, das Mamsell Köhler selbst zierlich arrangierte. Beim Durchschreiten der Bildergalerie warf Dolores einen forschenden Blick auf das Porträt, das sich ihr so lebhaft eingeprägt, daß sie sogar davon geträumt – die »böse Freifrau« lächelte ebenso traurig daraus herab, wie gestern.

Mamsell Köhler schien sehr erfreut, ihre Herrin heil und gesund wiederzusehen.

»Ich hoffe, gnädige Baronesse sind durch nichts molestiert worden,« sagte sie forschend und schüttelte erstaunt ihre grauen Löckchen, als sie hörte, daß keine Geister die Nachtruhe der Herrin vom Falkenhof gestört.

»Haben doch auch angenehm geträumt?« setzte sie ihr Examen fort.

Dolores bejahte es nach einem Moment des Überlegens, denn böse war ja ihr Traum nicht gewesen – sie war geküßt und angelächelt worden.

Nach dem Frühstück kam Engels, und mit ihm arbeitete sie ein paar Stunden unausgesetzt, um sich über den geschäftlichen Teil des Falkenhofes zu informieren und Reformen ins Werk zu setzen, die Engels von dem eigensinnigen Freiherrn nie hatte erlangen können. Dann besuchte sie mit ihm die Wirtschaftsgebäude und besichtigte das Inventar des Hauses, hier den Leuten des Hofes oder ihrer persönlichen Dienerschaft Geschenke verteilend, dort ein freundliches Wort sprechend, bei allen aber die Ahnung an eine kommende gute Zeit hinterlassend.

Endlich, gegen Abend ließ sie sich bei Frau Ruß melden, die sie kühl und zurückhaltend, wie es nun einmal ihre Manier war, empfing, wogegen das Benehmen des Doktors nicht herzlicher und entgegenkommender sein konnte. Dolores empfand durchaus keine Antipathien gegen den Mann ihrer Tante, der sich ihr aufs Freundlichste als »Onkel« empfahl, und sie schätzte das reiche Wissen des stattlichen Mannes sehr, außerdem aber war sie selbst eine viel zu ehrliche und aufrichtige Natur, um sich vorzustellen, daß von der Herzlichkeit des Doktors nicht alles Gold war, was da glänzte. Ruß hingegen war sich des Vorteils durchaus nicht unbewußt, den seine glänzenden Gaben ihm vor Dolores einräumten, und er beschloß, sich diesen Vorteil zu Nutze zu machen.

»Ich hoffe, daß, da Sie uns gestattet haben, den Falkenhof bis auf weiteres zu bewohnen, wir auch recht gute Freunde werden,« sagte er in seiner sanften, leisen und sympathischen Art. »Wenigstens wäre das Gegenteil für beide Teile höchst unerquicklich und fatal.«

»Sie müssen nicht von ›Erlaubnis‹ sprechen,« erwiderte

Dolores, und einem ihrer raschen Impulse folgend, schlang sie ihren Arm um den Hals der Frau Ruß und küßte die Wange der kalten Frau. »Ginge es nach mir, so wärst du heut' Herrin im Falkenhofe, liebe Tante, aber dein Sohn hat es nicht gewollt, und er hat mir sehr weh damit gethan.«

Frau Ruß wechselte mit ihrem Manne einen bedeutungsvollen Blick.

»Gutes Kind,« sagte sie, Dolores die Hand drückend, und das meinte sie wirklich so, wie sie es sagte in ihrer kalten, harten Weise.

»So bleibt mir nur, den Falkenhof gut und im Hinblick auf deines Sohnes Descendenz zu verwalten,« fuhr Dolores fort, »und das will ich treulich thun, bis mein Tod die Annahme des Erbes seinem Stolze nicht mehr widerstrebt!«

»Nun, mein seliger Schwager hat ja noch einen anderen Weg zur Applanierung dieser Affaire gebahnt und angedeutet,« bemerkte Doktor Ruß.

»Je weniger wir von diesem Wege sprechen, desto besser,« entgegnete Dolores ruhig, aber sehr fest, obgleich sie es nicht hindern konnte, daß ein heißes Erröten sich dabei über ihr Antlitz ergoß.

Natürlich bemerkte Ruß auch das und registrierte es in den Annalen seines Gedächtnisses.

Es wurde nun verabredet, die Hauptmahlzeit des Tages, das Diner gemeinschaftlich im Speisesaale des Südflügels einzunehmen und sich zum Thee abends bei Dolores einzufinden.

»Ich hoffe dabei viel von Ihren reichen Kenntnissen zu profitieren,« sagte sie zu Doktor Ruß, und dieser erwiderte sofort: »Da können wir uns ergänzen, denn ich liebe die

Musik leidenschaftlich und namentlich übt Gesang einen großen Zauber auf mich aus!«

»Va bene,« rief Dolores munter. »Wo man singt, da laß dich ruhig nieder, böse Menschen haben keine Lieder.«

Mit der ihr eigenen Lebhaftigkeit machte sie sofort ihre Arrangements und bestimmte den großen Balkon des Rokokosalons zu dem Raum, in dem an schönen Abenden der Thee genommen werden sollte, während die Bildergalerie an trüben und kühlen Tagen zu diesem Zwecke dienen sollte, denn das Turmgemach reservierte sie sich als buen retiro, während der Salon allein der Musik geweiht bleiben sollte. Sie erließ sofort ein Schreiben an Ramo und beauftragte ihn, ein bewegliches Thee-Ameublement anzukaufen zum beliebigen Aufstellen auf dem Balkon oder in der Galerie, und bestellte für diese selbst Etablissements, Blumentische und Konsolen mit Figuren in Elfenbeinmasse darauf, »die wir später mit schönen Marmorbüsten vertauschen können,« sagte sie sich, als sie diese Vorbereitungen zur Wohnlichmachung der leeren und öden Galerien getroffen.

Dann, nach einem kurzen Nachsinnen, setzte sie abermals die Feder an und schrieb an den Professor Balthasar.

»Wenn Sie, teurer Freund, mit Ihrer mir so werten und lieben Gemahlin noch nicht wissen sollten, wohin Sie diesen Sommer zur Erholung gehen, so kommen Sie hierher, kommen Sie als meine hochwillkommenen Gäste auf den Falkenhof. Sie müssen dabei bedenken, daß Sie damit ein gutes Werk thun, denn ich bin nicht mehr ganz ich selbst, seitdem ich mich hier befinde. Nicht, daß mich das Erbe selbst aus dem Gleichgewicht gebracht hätte – ich schätze Geld und Gut dazu nicht hoch genug, aber, aber werter Freund, es giebt doch Dinge zwischen Himmel und Erde,

119

von denen unsere Schulweisheit sich nichts träumen läßt, und von denen ich früher nichts geahnt – kurz, ich sehne mich nach Ihrer, dem Dasein Inhalt verleihenden Gesellschaft, nach Frau Annas herrlichem Gleichgewicht und der Liebenswürdigkeit, die sie Ihnen und anderen zum Schatze macht. Die Schönheiten des Falkenhofes, seine herrliche grüne Waldeinsamkeit brauche ich Ihnen nicht lockend zu schildern, die kennen Sie schon, und so bemerke ich nur, daß Ihre Künstlerseele auch noch in einer Menge von Porträts von Kneller, Holbein, Van Dyck, Pesne und wie sie alle heißen, schwelgen kann, wenn es ihr beliebt notabene. Schreiben Sie nur, ob Sie kommen und wann!

Dolores.«

Es war spät, als sie endlich müde, nachdem sie eine Menge Briefe geschrieben, in ihr Schlafzimmer trat.

»Heute werde ich gut schlafen,« dachte sie, als sie ihr Haar löste und dabei die Abwesenheit Terezas bedauerte, die es so gut verstand, die goldigen Massen zu glätten. So gut es ging, versuchte sie selbst mit der Bürste Ordnung in die bis ans Knie reichenden, sich rebellisch kräuselnden Haare zu bringen und summte dabei leise ein Lied vor sich hin.

Mit einem Male aber ließ sie den Arm mit der Bürste sinken und hörte auf zu singen – der Traum der vorigen Nacht war ihr eingefallen. Unwillkürlich sah sie nach der Stelle, wo sie die »böse Freifrau« hatte eintreten sehen, und schritt derselben zu, mit dem Lichte genau die Boiserie beleuchtend: Aber so genau sie es auch that, sie entdeckte keinen Ritz, der auf eine eingefügte, geheime Thür hätte schließen lassen können.

»Natürlich nicht,« dachte sie, »es war eben ein Traum, wie man ihn in solchen alten Häusern leicht träumt, da man sie ohne geheime Gelasse, Thüren u. s. w. nicht denken kann, schon des Reizes wegen, den solcher Humbug in unseren Tagen immer noch ausübt!«

Und ihr Lied wieder aufnehmend, wendete sie sich von der Wand ab, überzeugte sich, daß die Thüren innen verschlossen waren, und wollte die Bürste wieder ergreifen, als ihr Auge auf das kleine Madonnenbild fiel, auf das ihr Traum sie gewiesen. Wieder nahm sie den Leuchter auf und schritt darauf zu. In einem goldenen, spitzen, gotischen Rahmen mit kleinen Ecktürmchen und aufzumachender, durchbrochen gearbeiteter Thür war hier ein liebliches Madonnenbild über dem Betstuhl aufgehängt, und Dolores erkannte es sofort als eine uralte Kopie der »Madonna mit dem Stern« des Fra Angelico, genannt »il Beato« im San Marco-Kloster zu Florenz – sogar der Rahmen war getreu nachgemacht mit seinem zierlichen Schnitzwerk. Die kaum einen Fuß hohe Gestalt der Gottesmutter steht auf goldenem Grunde, umflossen von zartrotem Gewande, umwallt von dem dunkelblauen, goldgesäumten Mantel, der auch ihr Haupt nonnenartig einhüllt. Das Haupt nach dem süßesten Jesuskinde, das je gemalt wurde, hinneigend, steht sie mit sinnendem Ausdruck in den überirdischen Augen, mit einem wunderbaren Zug von Schmerz, Trauer und halbem Lächeln um den lieblichen Mund, umflossen von der holdesten Anmut, dem keuschesten Liebreiz, und über ihrem Haupte flammt ein strahlender Stern – der Morgenstern für den Tag der Glorie, da Jesus der Retter kam, die Welt zu erlösen und die Macht des Todes zu brechen. Und wie malte Fra Angelico dieses göttliche Kind auf den Armen der Jungfrau! Es lehnt sein Köpfchen mit dem sinnenden Ausdruck an ihr Antlitz und berührt mit dem Zeigefinger der Linken ihr Kinn, als flüsterte er ihr zu vom Kreuz und von Golgatha und der Erlösung – –

Ja, nur Angelico da Fiesole, il Beato, war dazu berufen, wahrhaft göttliche Madonnen zu malen, und man weiß, daß er sie knieend, ein Gebet auf den Lippen malte – all' seine Epigonen malten nur schöne Mütter mit ihrem Kinde, selbst Rafael, der alle Hoheit und Majestät in seiner Sixtina verkörperte, aber nicht das Göttliche, das nur über den Madonnen des Florentiners schwebt. Tizian in seiner »Assunta« hat einen Strahl dieser Göttlichkeit in der zur Glorie des Himmels mit ausgebreiteten Armen emporschwebenden Gestalt der Mutter Gottes verkörpert, doch soviel man auch sucht, man wird diesen Strahl bei späteren Meistern nicht mehr finden, außer vielleicht geteilt in dem wunderbar ergreifenden Muttergottesbilde Lefèvres, und voll in der schlichten, rührenden Madonna Defreggers.

Dolores kannte die liebliche Madonna mit dem Stern wohl, sie besaß ja selbst eine moderne Kopie derselben, die ihre Mutter ihr als Riccordo di Firenze geschenkt – vor Jahren. Sie betrachtete lange das schöne Bild und schloß dann wieder die geschnitzten Thürflügel des Rahmens. In ihrem Traume, da hatte die »böse Freifrau« darauf gedeutet und das obere, rechte Türmchen berührt, sie erinnerte sich dessen genau. Getrieben von einem wunderbaren Gefühl, das sie selbst nicht hätte bezeichnen können, trat sie auf das Kniepult des Betstuhles und berührte das Türmchen, indem sie es vorsichtig zu bewegen versuchte – es gab nicht nach. »Ob es sich drehen läßt?« dachte sie. Nein, es rührte sich nicht nach rechts und –

Sie trat mit einem Male erblassend von dem Kniepult herab, denn bei einer leichten Linksdrehung des Türmchens hatte es nachgegeben und langsam drehte sich der Rahmen mit samt dem Bilde – eine kleine in Angeln gehende Thür, die eine tiefe, sich nach innen erweiternde Nische maskierte.

Das war ja nichts Seltsames, denn dergleichen giebt's in alten Häusern, besonders in alten Herrenhäusern, die der Landstraße nahe liegen, genug, denn man mußte seine

Pretiosen gut verbergen vor etwaigen Überfällen, besonders in der Zeit der schweren Not des Dreißigjährigen Krieges, wo wildes hungriges Gesindel genug herumzog und manches einsame, nicht befestigte Landhaus brandschatzte. Aber wie sie diese geheime Nische fand, das machte Dolores für den Augenblick betroffen, doch schon im nächsten Moment überwand sie es.

»Zufall,« sagte sie sich und trat dem Versteck wieder nahe. »Was mag darin sein?« – Sie leuchtete in den finsteren, kleinen Raum – er war mit Backsteinen ausgesetzt, sein Boden mit Holz bekleidet. Es lag nichts darin als ein Buch, in roten Samt gebunden, und auf dem Buche lag eine runde Kapsel in der Größe einer großen Taschenuhr. Etwas zaghaft nahm Dolores beides heraus und trug es auf den Tisch vor dem Ruhelager, indem sie sich darauf niederließ. Erst nahm sie die Kapsel auf – es war ein schön gearbeitetes Stück von mit Kupfer legiertem Golde, bedeckt auf der Vorderseite mit einem kunstvollen Netze von erhaben gearbeiteten Arabesken, die als Früchte bunte Edelsteine und kleine Bündelchen oval geformter Perlen trugen. Es mochte italienische Arbeit sein, reinste Renaissance war es jedenfalls. Auf Dolores' Bemühen öffnete sich die Kapsel leicht – sie enthielt zwei sich gegenüberliegende Miniaturporträts, die sich wiederum an kleinen Angeln in ihren goldenen, kaum nadelbreiten Rahmen herumdrehen ließen und rückwärts auf Pergament geheftete Haarlöckchen nebst Namen zeigten.

Das erste Porträt stellte niemand anderen dar, als die »böse Freifrau« – es war eine Kopie des Bildes in der Galerie bis unterhalb des Kragens, nur daß hier das schöne Antlitz noch lieblicher aussah, da ein leichtes Lächeln den wunderschönen Mund umschwebte. Auf dem die Rückseite des Bildes deckenden Pergamentblättchen war mit blauer Seide ein goldrotes Haarlöckchen angeheftet und ringsherum war in zierlicher Rundschrift mit Tusche gemalt:

Maria Dolorosa, Freyfrau von Falkner, gebohrene Freyin von Falkner, anno domini **1618.**

Das gegenüber, an der Rückwand der Kapsel angebrachte Bild zeigte einen schönen, wettergebräunten Männerkopf, um den eine Fülle schwarzen Haares nach der damaligen Mode sich bis auf den weißen, spitzenbesetzten Linnenkragen herablockte. Kühn blitzten die dunklen Augen, über dem stolzen Munde kräuselte sich ein feines Bärtchen – es war ein schönes Bild, und Dolores dachte, wie ähnlich ihm der Freiherr Alfred sei, nur daß dieser einen Vollbart trug und ihm die kleidsame Tracht jener Tage mangelte. Auf der Rückseite war dem Bilde mit roter Seite ein schwarzes Löckchen angeheftet und darum stand die Inschrift: *Lupold Freyherr von Falkner, Kayserlicher Reuter-Hauptmann,* anno domini **1618.**

Dolores sah lange auf diese zwei Bildchen nieder, die so lebensvoll und liebevoll gemalt waren, und manche Frage stieg dabei in ihr auf. Waren die beiden hier ein Ehepaar? Und für wen war diese Kapsel hergestellt worden? Wer war der Maler dieser kostbaren Miniaturen? Alles dies waren ungelöste Fragen, denn die sie hätten lösen können, waren längst gestorben, oder – verdorben.

Seufzend schloß Dolores die Kapsel, da gewahrte sie auf der glatten Rückseite derselben eine Gravierung – zwei brennende, mit einem Bande verknüpfte Herzen und darunter die Worte:

Das Band, das der Hertzen zwo Verbindet
Lös't keiner, ob auch das Leben Schwindet.

Jahrhunderte waren darüber hingegangen, »der Hertzen zwo« hatten Ruhe gefunden – war es vielleicht die »alte Geschichte« gewesen mit den beiden?

Dolores legte die Kapsel zur Seite und nahm das Buch, löste dessen goldene Klammer und schlug es auf – es war ein Missale mit vielen bunten, jetzt verblichenen Bändern als Buchzeichen, mit mühsam gemalten Initialen und Kopfleisten. Es war ein vielbenutztes Gebetbuch, das sah man einzelnen der vergriffenen Blätter an; hatte sie daraus gebetet, die schöne, böse Freifrau? Doch da stand etwas geschrieben auf dem leeren, weißen Blatt, das dem Titel vorgeheftet war. Es waren energische, steile und kleine Schriftzüge einer nicht ungelenken Hand, und Dolores las, nachdem sie sich daran gewöhnt, fließend folgendes:

Wenn sich die Bas' dem Vetter soll vermählen,
Wird sich der Falk' ein dauernd Nestlein wählen.
Die letzte Falkin muß in Schmerzen büßen,
Die Grabesruh' der Ahne zu versüßen.
Wenn neu sie auflebt in der Huldgestalt,
Die einst im Brautgewande ward gemalt,
Kann diese Falkin siegen ob dem Bösen,
Wird meine arme Seele sie erlösen,
Wird sie des Falken Herz zu sich bekehren,
Werd' ich der Engel Alleluja hören.
Dann ist ein tausendjährig Blühn beschieden
Dem Stamm der Falkner auf der Erd' hienieden.
Kann sich das Edelfalkenpaar nicht finden,
So wird ihr Stamm erlöschen und verschwinden.

Geschrieben am St. Johannisabend bei klarem Bewußtsein. Also hat Gott es mir gewiesen, auf daß ich nicht verzweifle, und mich hellsehend gemacht für eine Stund'.

Im Falkenhof, am 23. Juni a. d. 1620.

Maria Dolorosa, zwiefach verwittibte
Freyfrau von Falkner.

*   *   *

Dolores ließ das Buch sinken und sah bleich und starr auf
die vergilbten Schriftzüge herab, und es schlich ihr kalt
übers Herz, als sie ihres Traumes gedachte, wie sie die Ahne
gesehen, und wie diese auf das Madonnenbild gedeutet, das
Türmchen des Rahmens berührt und sie so hingewiesen auf
das, was seit zwei und einem halben Jahrhundert und mehr
vielleicht verborgen gelegen vor jedem menschlichen Blick.

Wie war das Rätsel zu lösen? Wie, wenn sie es allen
Gelehrten der Erde zu raten gab? Sie selbst sann dieser
Lösung nach, bis der Kopf sie schmerzte – der Traum blieb
und das Buch vor ihr mit seiner Weissagung blieb auch. Ihr
blieb nur, der Geschichte der Ahne nachzuforschen, um
darin vielleicht einen Lichtschimmer zu entdecken, der
freilich das Wunderbare des Traumes nicht mindern konnte,
mochte er auch Aufklärung bringen über das schöne
Frauenbild, das man »die Böse« nannte. Doch sie wollte
andere befragen, ohne sich selbst zu verraten, sie mußte
eindringen in dieses Mysterium, dem der Mensch im Schlafe
verfällt – – und war es denn überhaupt im Traum gewesen?

Ihre Zweifel verdichteten sich wie die Nebel an einem
Herbstmorgen, sie dachte nach, bis die Uhr über dem
Südportal Mitternacht schlug und sie mahnte, zur Ruhe zu
gehen. Sie trug Buch und Kapsel zurück in die Nische und
schloß diese durch das Bild, dann legte sie sich zum
Schlummer nieder in dasselbe Bett, in dem die Ahne geruht,
wie Mamsell Köhler gesagt, sie legte sich, eine schlaflose
Nacht fürchtend. Bald aber überschlich sie das Gefühl des
nahenden Schlummers, und wie es kam, mußte sie die Worte
aus dem Missale vor sich hinsagen wie ein selbstgesungenes

Schlummerlied:

> Die letzte Falkin wird in Schmerzen büßen,
> Die Grabesruh' der Ahne zu versüßen,
> Wenn neu sie auflebt in der Huldgestalt,
> Die einst im Brautgewande ward gemalt – –

»Bin ich die letzte Falkin?« murmelte sie schlaftrunken. »Bin ich – –«

Das Wort erstarb auf ihren Lippen – sie war eingeschlafen.

»Ich habe nur einen Moment geschlummert,« sagte sie, verwirrt sich aufrichtend – und zu ihrem Staunen sah sie, daß das helle Sonnenlicht durch die Ritze der Fensterläden auf den Boden fiel.

Daß sie nicht alles geträumt, davon überzeugte sie sich durch das Öffnen der Nische – da lagen Buch und Kapsel, wie sie dieselben gestern Abend hineingelegt. Aber der tiefe, traumlose Schlaf hatte sie nicht gestärkt. Ihr Kopf schmerzte, und sie fühlte ihre Nerven gereizt, sie, die fast allen Strapazen mit ihrem stahlgeschmeidigen Körper Trotz geboten, die mehrere Abende hintereinander Wagnersche Opernpartien mit voller Kraft gesungen hatte, ohne ihre Nerven zu erschüttern.

»Ich war glücklicher, als ich noch nicht die Herrin des Falkenhofes war,« dachte sie schmerzlich. »Da gab es keine Enttäuschung für mich und die Kunst hob mich über die kleinen Miseren des Daseins hinweg, der Neid konnte mir nichts anhaben, denn ich ebnete ihm nicht den Weg zu mir. Hätt' ich wenigstens meinen Flügel hier!« –

Als Engels nach dem Frühstück erschien zu den Geschäften des Tages, sah er forschend auf das bleiche Antlitz seiner jungen Herrin.

»Was ist Ihnen, Fräulein Dolores?« sagte er besorgt.

»Ich weiß es selbst nicht,« entgegnete sie kurz und ergriff den Wirtschaftsbericht. Dann sah sie plötzlich auf zu ihm.

»Glauben Sie an Träume, lieber Engels?«

»I Gott behüte,« erwiderte er. »Träume kommen aus dem Magen. Wenn ich zu spät Abendbrot gegessen habe, dann träumt mir immer das verrückteste Zeug. Selbst das Tier träumt, denn was wär es sonst, wenn Knieper im Schlafe leise bellt und winselt und Ida miaut?«

Jetzt mußte Dolores doch lächeln; die Erklärung für ihren Traum war allerdings drastisch genug.

»Ja, ja, so wird es sein,« sagte sie resigniert, hier einen Schlüssel zu finden.

Während sie zerstreut den Berichten Engels zuhörte, klopfte es bescheiden an der Thür, und Mamsell Köhler erschien auf der Schwelle.

»Herr Doktor Ruß ist oben und frägt, ob gnädige Baronesse einen Spaziergang mit ihm machen wollen – es sei so schön draußen.«

»Ja, gern,« rief Dolores, froh, eine Gesellschaft zu finden – das Alleinsein war ihr so schwer heut'. »Ich lasse den Herrn Doktor bitten, im Salon oder in der Galerie auf mich zu warten.«

Mamsell Köhler ging.

»Was will *der* nur von Ihnen?« gab Engels seinen Gedanken laut Audienz.

»Gute Nachbarschaft halten, denke ich,« antwortete Dolores, die Papiere zusammenschiebend.

»Hm, natürlich, der ist immer da zu finden, wo die Fleischtöpfe Ägyptens brodeln,« murrte der Verwalter.

»Ich glaube, das ist rein menschlich,« lächelte Dolores. »Was haben Sie nur gegen diesen Mann, dessen Kenntnisse so eminent sind?«

»Den Kuckuck sind sie,« platzte Engels heraus. »Nichts habe ich gegen ihn, nichts Erwiesenes, und gethan hat er mir auch nichts, aber dasselbe kann ich von der Raupe sagen, die sich auf dem Blatte windet, und die ich auch nicht mag, weil sie mir Widerwillen einflößt; der da drinnen gehört auch zur Gattung der Kriechtiere, denn sein Rücken versteht es prächtig, sich zu drehen. Und wenn der Blödsinn von der Seelenwanderung zwischen Tier und Mensch, von der manche ein Brimborium schwatzen, wahr ist, dann war *der* früher eine Schlange, das steht fest.«

»Sind Sie auch nicht ungerecht, lieber Engels?« wandte Dolores ein.

»Möglich,« sagte er achselzuckend, »kann mir einmal nicht helfen. Aber sei es, wie es immer sei, Fräulein Dolores, jedenfalls bitte ich Sie, den guten, wohlgemeinten Rat eines Freundes nicht zu verachten: Vertrauen Sie dem Ruß nichts, keines Ihrer Geheimnisse an!«

»Ich bin keine Plaudertasche, lieber Engels,« erwiderte sie freundlich, »ich gehöre nicht zu den Personen, die ihren lieben Nächsten sofort zu ihrem Vertrauten machen und ihm das Blaue vom Himmel herunter schwatzen.«

»Aber er ist scharf, glauben Sie mir, und holt aus Ihnen heraus, was er wissen will!«

»Ich werde auf der Hut sein!« –

Engels ging, und Dolores fand den Doktor in der Galerie

ihrer wartend – er stand vor dem Bilde der Ahnfrau.

»Wie wunderbar doch die Natur spielt, daß sie nach Jahrhunderten die nämlichen Züge dem Antlitz eines Gliedes desselben Stammes verleiht,« rief er ihr entgegen. »Das ist ja eine frappierende Ähnlichkeit zwischen Ihnen und dem Bilde da!«

»Ja,« sagte Dolores, »und Sie können sich denken, daß ich mich infolgedessen sehr für das Original interessiere. Wissen Sie Näheres über ihr Leben?« –

»Nein, nur, daß sie ›die böse Freifrau‹ heißt und die stets gut dotierte Stelle eines Schloßgespenstes inne hat,« erwiderte Ruß scherzend. »Aber wenn Sie's interessiert, so will ich gern den betreffenden Band der Familienchronik hervorsuchen und danach forschen – –«

»Ach ja, und ich will Ihnen gern dabei helfen,« rief Dolores.

»Abgemacht! Aber vorher wollen wir einen Spaziergang machen. Sie sollen sehen, wie herrlich der Wald an einem Maienmorgen ist!«

Dolores stimmte fröhlich ein, holte sich Hut, Handschuhe und Schirm, und dann schritten sie davon, dem Walde zu.

*   *   *

Draußen war's wonnig! Wald, Feld und Wiese trugen noch ihren frischen, jungen Frühlingsschmuck, den erst der Juni vergessen macht mit seinem neuen Schmucke von Blumen. Die Föhren hatten noch frischgrüne Triebe, die Laubbäume helle, zarte Blätter, und die Tannen, die am Waldbach wuchsen, sproßten noch so licht empor, daß das Moos zu ihren Füßen sich fast schwarz dagegen abhob. Aus dem weichen, erdbeer- und heidelbeerbesäeten Boden quoll jener frische, kräftige Erdgeruch, der gemischt mit den Düften von Waldmeister, Thymian, Lavendel und wilden Hyacinthen den tiefatmenden, staubgesättigten Lungen der Städter so wohl thut. Leis' murmelnd zog der silberhelle Waldbach in raschem Laufe dahin, als könne er nicht schnell genug den Ort seiner Bestimmung, den großen Strom, erreichen, in welchem er, selbst nur ein winziger Tropfen, ungekannt und unerkannt seiner Ewigkeit, dem Meere, zueilt. So thut er, dem selbstgebahnten oder geebneten Bette folgend von der Quelle aus, wie der Mensch von der Wiege an, dem Grabe zueilt mit jeder Stunde seines Lebens.

»Wie schön ist's hier,« sagte Dolores, den frischen Waldesduft mit tiefen Zügen einatmend, »und wie lange ist's her, daß ich keinen deutschen Wald betreten!«

Sie nahm den Hut ab und ließ die kühle Luft um ihre Stirne wehen und mit den goldigen Löckchen darüber spielen.

»Beim wunderbaren Gott, das Weib ist schön,« citierte Doktor Ruß in Gedanken mit halbem Seitenblick auf seine Begleiterin, »ob sie wohl zu einer Eboli veranlagt ist?«

In Rückerinnerungen verloren, schritt Dolores dahin, und in der That war der parkartige Wald vom Falkenhof dazu geeignet, Entzücken zu erregen. Man hatte die Natur nirgends eingedämmt, der Bach floß in seinem natürlichen Bette dahin, und auf dem Boden wuchsen Waldmeister, Erdbeeren und Heidelbeeren, aber es waren breite, gutgepflegte Kiesgänge kreuz und quer gezogen, und wo der Wald eine Blöße hatte, da zogen sich smaragdgrüne, tadellose Rasenflächen hin, plätscherten kühle Brünnlein oder sprangen Federfontänen in scheinbar ungekünstelten Steinbassins, emporgesprudelt von alten steinernen, moosüberzogenen Tritonen oder Delphinen. Wo sich das

Laub zu dichten Gebüschen zusammenzog, da standen wohl halbverborgene Statuen von Sandstein, Götterbilder des alten Hellas und Rom, und mitten im Waldesdunkel träumten die Ruinen des alten Falkenhofes von der Vergänglichkeit, deren Opfer sie geworden. Es war nicht mehr viel da von den Mauern des alten Hauses, aber die kleine Kirche stand noch in ihren Umfassungsmauern, um die sich wilde Rosen rankten und durch die leeren Fensterkreuze und schön gemeißelten Steinrosetten der Spitzenbogen hereindrängten in das Innere, in dem nur noch einige Säulenknäufe und Kapitäle aus dem Moos und Gras hervorragten, das üppig aus dem Steinboden hervorsproßte, denn schon lange vor dem Dreißigjährigen Kriege lag der alte Falkenhof, der ja längst zu klein gewesen für seine Bewohner, als Ruine da, und es war nicht der unpoetischste Teil des Parkes, in welchem sie sich befand. Hier machte auch der Bach einen Bogen und fiel als kleiner Wasserfall steil hinab in ein dunkles Becken, das Hexenloch genannt, weil man in alten Zeiten die der Hexerei Angeklagten die Wasserprobe darin machen ließ, um sie, wenn sie dieselbe bestanden, schließlich doch zu verbrennen, denn der Aberglaube, dieser furchtbare Moloch, mußte seine Opfer haben – damals vernichtete er sie physisch, heute moralisch, und eins ist so schlimm und grausam wie das andere.

»Man bedarf Ariadnes Faden, um sich aus diesem Labyrinth heraus zu finden,« scherzte Dolores, als sie, um die Ruine herumbiegend, durch einen verdeckten, übermauerten Gang plötzlich an den Rand des Hexenloches, zu Füßen des Wasserfalles gelangten.

»Das macht die Übung,« erwiderte Ruß. »Aber ich meine, Sie müßten den Park doch von früher her noch kennen?« –

»Ich entsinne mich einiger Einzelheiten,« nickte sie,

»besonders aber der Ruine und des häßlichen schwarzen Tümpels hier. Der verstorbene Onkel konnte es nicht laut genug der Welt verkünden, daß ich ein Satanskind sei, und Fräulein Köhler meinte, man müßte mich zur Probe da hinein werfen, denn nur der Böse könne mich daraus erretten.«

Doktor Ruß lachte leise vor sich hin.

»Und für diese freundliche Gesinnung erhöhten Sie der alten Klatschbase ihr Gehalt und schenkten ihr ein Geschmeide?« fragte er.

»Ach, das ist ja lange her,« entgegnete Dolores ebenfalls lachend.

»Ja, ja, und es hat sich seitdem vieles verändert,« nickte Ruß. »Als Sie den Falkenhof verließen, gingen Sie da direkt nach Brasilien zurück?«

»Nein, wir lebten in Italien, bis mein Vater wieder in die Gesandtschaft zu Rio de Janeiro eingereiht wurde. Es hatte ihm viel Mühe gekostet, und als wir wenig Wochen dort waren, starb er.« –

»Ach ja, und dann erbten Sie jene großen Güter,« ergänzte der Doktor seine Begleiterin. Er war endlich auf dem Punkte angelangt, nach dem er gezielt.

»Ja, zu spät für meinen Vater,« bestätigte Dolores.

»So ist es also wahr, was Frau Fama ausposaunt, daß es Diamanten sind, die Sie auf Ihren Feldern ernten?« meinte Ruß in scherzendem Tone.

»Und Reis, Zuckerrohr und Tabak,« nickte sie harmlos.

»Also doch Diamanten,« beharrte der Doktor auf diesem einen Punkt. »Diamantfelder – das klingt für uns, die wir dem Boden nur schwarze Diamanten, d. h. Kohlen abringen können, wie ein Märchen.«

»Als ob sie bei uns wie Kartoffeln wüchsen,« lachte Dolores amüsiert. »Man muß oft Tage lang graben, ehe man etwas findet!« –

»Ei freilich, soviel wissen wir hier auch,« erwiderte Ruß behaglich lachend, denn er wußte nun, daß es Diamantfelder seien, welche Dolores besaß. »Es frägt sich bei derartigen Besitzungen nur, ob der Ertrag die Arbeit lohnt.« –

»O ja, denn wir finden auch Smaragden,« entgegnete sie sorglos, indem sie sich bückte, eine Blume zu pflücken, die sie dem Strauß in ihrer Hand einreihte.

Dann wandelten sie weiter auf dem schattigen, kühlen Waldespfade, der sich dann erweiterte und durch eine scharfe Biegung urplötzlich einem kleinen Schlößchen gegenüber endete, das wie ein Traum aus vergangener Zeit in einem Labyrinth von Rosen und hohen, grünenden Bäumen lag.

»Monrepos,« rief Dolores überrascht, »ich dachte nicht, daß es dem Falkenhof so nahe liegt. Freilich, man vergißt im Lauf der Jahre vieles!«

Monrepos war wohl ein ehemaliges Jagdschloß, denn daran mahnten die steinernen Pikeure rechts und links am Aufgange zu dem hohen Parterre, über das sich nur noch eine Etage aufbaute, welche von seltsam geformten, barock verschnörkelten Mansarden gekrönt wurde. Über der Eingangsthür ward ein fürstliches Wappen von pausbäckigen Engelchen gehalten, von denen man nur künstlich die üppig wuchernden Kletterrosen fern hielt, die bis zu den Mansarden emporragten und jetzt unzählige Knospen aufwiesen, die schon halb erschlossen waren. Vor dem Schlößchen verbreiteten mächtige Linden einen wahrhaft köstlichen Schatten, in welchem barocke Gartenmöbel zum Sitzen einluden, und auf dem Rasenplatz davor blies in steinernem Bassin ein von Nymphen umgebener Meergott aus einer Muschel einen starken Wasserstrahl in die Höhe, der seine glitzernden Wasserperlen auf die herrlichen Rosenstämme sprühte, welche den Platz in dichten Reihen umstanden.

Dolores erinnerte sich wohl des Rokokoschlößchens, das sie von fern oft betrachtet hatte, als sie, ein Kind noch, dem Falkenhof als Bewohnerin angehörte, aber sie wußte nichts von seinem Besitzer.

»Monrepos ist Privateigentum des Herzogs von Nordland,« erklärte Doktor Ruß. »Er hat es von einer Verwandten geerbt, welche in unser Königshaus geheiratet hatte, und es gehört nun zu seinen Lieblingsplätzen. Hier bringt der Herzog mit seinem Sohne, dem Erbprinzen, und seinen beiden Töchtern Jahr für Jahr ein paar Sommermonate zu, ganz wie ein einfacher Privatmann, und nur wenig Auserlesene, die er als Freunde betrachtet, erweitern den zwanglosen Familienkreis, in dem jedes seinen Neigungen lebt. Zu denen des Herzogs gehört die Rosenkultur, und er arbeitet wie ein einfacher Gärtner unter seinen Lieblingen, die aber auch seine Mühe lohnen und von seltener Schönheit sind. Man erwartet die herzogliche Familie in wenig Tagen hier – ich hörte, zu den wenigen Eingeladenen auf Monrepos gehöre dieses Jahr Richard Keppler, der berühmte Maler.«

Hier erinnerte sich Dolores der Einladung, die Falkner dem Künstler damals im Atelier überbracht – sie hatte nicht geglaubt, daß er ihr so nahe sein würde, sie hätte es auch um seinetwillen nicht gewünscht. Und Falkner, war er auch zu dem exklusiven Kreise in Monrepos berufen? Sie hätte sich eher im Hexenloch gesehen, als die Frage dem Manne an ihrer Seite vorgelegt, der mit scharfem Blicke ihre Züge studierte, als wollte er aus ihnen ihre Seele herauslesen. Doch was kümmerte es sie am Ende – die Bewohner von Monrepos und dem Falkenhof standen ja einander so fern wie der Nord- und Südpol, besonders jetzt, da *sie* die Herrin des letzteren war.

»Gehen wir weiter,« sagte sie, sich vom Schlosse abwendend, und Doktor Ruß folgte ihr mit leisem Kopfschütteln.

»Kennen Sie Keppler persönlich?« fragte er lauernd.

»Ich kenne und achte ihn als Mensch, wie ich ihn als Künstler bewundere,« entgegnete Dolores warm und unbefangen, ein Umstand, der ihren Begleiter zu verwundern schien, um so mehr, als sie nun begann, ganz unbefangen über des Malers Werke zu plaudern, die seinen Ruhm auf der ganzen Erdkugel begründet.

»Ich bin namentlich für seine Porträts begeistert,« bemerkte Ruß. »Sie haben neben frappanter Ähnlichkeit so viel geistigen Gehalt, wie das Original selbst, und ich weiß, daß er am liebsten solche malt, bei denen er diesen Gehalt findet. Nebenbei aber idealisiert er so fein, wie eben nur ein Künstler, wie er, vermag.«

»Es kann jedermann stolz darauf sein, von ihm gemalt zu werden,« pflichtete Dolores bei, »und ich bin es auch in der That.«

»Ah, Keppler hat Ihr Porträt gemalt?«

»Ja, als Satanella,« erwiderte Dolores. »Es war eine Caprice von ihm, die Kombination von Rot und Gold so darzustellen, daß sie künstlerisch wirkte, und ich meine, er hat das Problem gelöst. Kennen Sie die Oper, Doktor Ruß?

Wenn nicht, so müßte ich Ihnen das Kostüm beschreiben, um Ihnen die Aufgabe für den Künstler klar zu machen.«

»Ja, ich war in der Residenz, um diese Sensation machende Oper zu hören,« sagte der Doktor langsam. »Aber ich hätte Sie im Leben nicht wieder erkannt.«

»Nicht?« fragte Dolores amüsiert. »Das war gut. Ich wollte vor den Lampen nur die Künstlerin sein, nichts weiter.«

»Es war ein sinnverwirrender Anblick,« fuhr Ruß fort, »ich begreife den Eifer Kepplers, den prachtvollen Farbenreichtum, der Sie umhüllte, auf die Leinwand zu bannen. Der Künstler soll, wie man mir sagte, fast jeder der vielen Aufführungen der Satanella beigewohnt haben. Das ist eine Huldigung, die auffallen mußte,« fügte er mit scharfem Blick hinzu, »und die am Ende auch zu denken giebt.«

Dolores warf das schöne Haupt zurück, und ihre Lippen kräuselten sich verächtlich. »Die Welt ist ja stets geneigt, etwas zu denken,« sagte sie leicht. »Keppler kam, um die Aufgabe, die er sich gestellt, zu studieren. Daß übrigens solche ›Huldigungen‹, wie Sie es nennen, nicht immer der Person, sondern auch der Sache gelten können, mögen Sie aus dem Umstand erkennen, daß Alfred Falkner auch in fast keiner Aufführung der Satanella fehlte!«

Doktor Ruß sah überrascht auf – davon hatte er nichts gewußt.

»Wer weiß,« sagte er leise und beziehungsvoll.

Dolores biß sich auf die Lippen im Unmut, daß sie sich hatte hinreißen lassen, mehr zu sagen, als sie gewollt – hatte sie sich doch vorgenommen, Falkners oftmalige Anwesenheit in der Oper gar nicht zu bemerken.

»Man kann ja Sache und Person leicht trennen. Davon hat mein Cousin den Beweis geliefert,« sagte sie, ohne des Doktors dazwischen geworfenes Wort zu beachten. »Das Werk kann interessieren, die Person des Darstellers aber antipathisch sein, und nur das Wort oder der Ton, über den sie verfügt, eine Saite, einen Nerv in uns berühren. Dieses interessante Problem menschlichen Nervenlebens hatte ich sehr oft vor mir, denn Herr von Falkner wandte der Bühne stets den Rücken zu, wenn ich sang. Es war also die Antipathie gegen meine Person, während meine Stimme, ohne daß er mich sah, auf seine Nerven wohlthätiger wirkte. Ich habe schon früher von solchen Fällen gehört.«

Ob sie wohl ihren Begleiter täuschte durch ihre von jedem bitteren oder beleidigten Gefühl freie Besprechung eines, wie es schien, für sie interessanten und doch gleichgültigen Themas? Wer weiß.

Das Gespräch kam dann auf andere Dinge, indem sie fortwandelten und Dolores ihren Waldblumenstrauß vollendete. Ruß war ein tüchtiger Botaniker und wußte Dolores den Namen jedes Pflänzchens zu nennen, das sie pflückte, und als sie eine kleine, wilde weißblühende Nelkenart brach und dem Bouquet einfügte, sagte er erklärend: »Dies Blümchen wird hier in dieser Gegend vom Volke ›Traumblume‹ genannt. Wer sie bei Vollmondschein allein und im tiefsten Stillschweigen bricht und sie unter sein Kopfkissen legt, der träumt, was er zu wissen wünscht und sonst nicht erfahren kann.«

»Welch' wunderbarer Aberglauben lebt doch noch unter dem Volke,« bemerkte Dolores sinnend; *ihr* wundersamer Traum kam ihr plötzlich zu Sinne.

»Ja, und er wird auch noch lange leben, denn er hat seine unsterblichen Traditionen, die übrigens oft viel Poesie bergen,« meinte Ruß.

»Glauben Sie an Träume?« fragte Dolores.

»Ich möchte darauf weder mit ja, noch mit nein antworten,« entgegnete der Doktor nach einer Pause, »denn ich habe darüber noch nicht genügend nachgedacht. Es kann nicht geleugnet werden, daß, während der Körper schläft, die Seele wacht und weiter lebt. Was ihr begegnet, während wir schlafen, nennen wir dann Traum. Andererseits aber macht der vom Körper während des Schlafes unbeherrschte Geist tolle Ausschreitungen – da sind die unsinnigen Träume, die wir einander oft lachend erzählen. So erklärt es wenigstens der Erbprinz von Nordland, der sich viel damit beschäftigt und auch ein Werk über Seelen- und Traumleben schreibt. Natürlich wird er ebensowenig in dieses große Mysterium der Natur eindringen können, als viele vor ihm.«

»Ich fürcht' es auch,« sagte Dolores seufzend.

»Der Prinz ist nicht unbedeutend,« meinte Ruß, »nur das Thema, das er sich vorgenommen hat auszuarbeiten, verleitet manche zu dem Glauben, er sei es. Er steht mit bedeutenden Männern der Wissenschaft, Naturforschern und Ärzten, in Verbindung und korrespondiert mit ihnen. Aber schließlich giebt es ja doch Dinge, die für menschliche Weisheit zu hoch sind und zu verhüllt, als daß der jede Schranke durchbrechende Blick der Kultur des neunzehnten Jahrhunderts hineindringen könnte.«

Hier wurde Doktor Ruß sehr drastisch unterbrochen. Er und seine Begleiterin waren bis zum Ausgange des Waldes gekommen, an welchem eine Schmiede lehnte, die eine offene Werkstatt hatte, in der wiederum ein mächtiges Feuer lohte. Vorn stand ein riesengroßer Mann, mager und knochig wie der selige Don Quixote, und hielt eine Rosinante am Zügel, die offenbar eben beschlagen worden und ihres Besitzers würdig war – ein hochbeiniger, starker Percheron mit struppigem Fell und struppiger Mähne, mit primitivem Sattel und schlechtgeputztem Zaumzeug.

Das Roß, das für Roland den Riesen wie gemacht erschien, betrachtete mit Interesse seinen Herrn, der in einer sehr großen und sehr leeren grünseidnen Börse herumsuchte. Vor ihm stand der Schmied mit aufgestreiften Ärmeln und ledernem Schurz, eine ebenso kraftvolle, umfangreiche Gestalt, wie jener mager war, ein neues Hufeisen in der Hand.

»Gnädiger Herr, es ist nicht teuer,« sagte er höflich. »Ich könnte mehr fordern, aber ich hab' nicht immer einen Kreidestrich dort an die Thür gemacht, wenn ich das Pferd da beschlagen habe. Aber wie gesagt, ich muß endlich mein Geld haben und will mit sechs Mark schon vorläufig zufrieden sein.«

»Sechs Mark!« echote der Herr des Rosses entrüstet, daß sein gewichster Bart sich förmlich in die Höhe sträubte. »Ich will auch Schmied werden, wenn das Geschäft so viel einbringt. Da,« und er kramte ein Fünfmarkstück in Silber aus seiner mageren Börse, »da hat Er fünf Mark für sein elendes bißchen Eisen –«

»Mein Eisen ist so gut wie irgend eins,« erhob nun der Schmied seine Stimme. »Ich muß sechs Mark haben.«

»Hier sind fünf Mark, damit Punktum,« schrie der andere, das Fünfmarkstück wütend in die Werkstatt schleudernd.

Nun warf auch der Schmied sein Hufeisen hin und hob die Münze auf.

»Ist mein Eisen schlecht, so ist auch Ihr Silber schlecht,« sagte er ingrimmig, und mit einem Ruck brach er die Münze mitten durch.

Der Herr zog seine Augenbrauen in heller Verwunderung in die Höhe, daß sie fast unter seinem flachen, alten, schiefgesetzten Filzhut verschwanden, aber nur für einen Moment, denn schon im nächsten Augenblick hatte er das am Boden liegende Hufeisen ergriffen.

»Retourkutschen ziehen nicht,« schrie er, »sein Eisen ist schlecht!« Und mit einer gewaltigen Anspannung seiner Muskeln brach er es mitten durch und schleuderte die beiden Hälften triumphierend von sich. Dann schwang er sich auf sein Roß und ritt hohnlachend davon.

Gerade als er die Waldecke passieren wollte, traten Doktor Ruß und Dolores, welche die eben beschriebene Scene mit angesehen hatten, daraus hervor. Der Percheron wurde pariert, und der schäbige Filz ward zum Gruß von dem mit borstenartigem, kurzgeschnittenem schwarzen Haar bedeckten Haupt abgenommen.

»Doktor Ruß? I sehn Sie 'mal an! Was machen Sie denn hier?«

»Einen Spaziergang, Herr Graf! Gestatten Sie, daß ich Sie der Freiin von Falkner, jetzigen Lehnsherrin auf dem Falkenhofe vorstelle – Graf Schinga, liebe Dolores!«

Der dürre Riese beugte sich bis auf den Hals seines Pferdes herab. »Furchtbar angenehm, Sie zu sehen, Baronin,« rief er, Dolores mit seinen kleinen, blitzenden Augen musternd. »Schönes Wetter, was?«

»Sehr schön,« gestand sie lächelnd zu. –

»Wir haben eben Ihre Kraft bewundert, Herr Graf,« sagte Ruß. »Ein Hufeisen zerbrechen, als sei es von Biskuit, das imponiert!«

»I, das ist nichts,« meinte Graf Schinga verächtlich, »der

Kerl hat mich nur provoziert, zerbricht mir mein schönes Fünfmarkstück mir nichts dir nichts vor der Nase!«

»Und man sagt, unsere Zeit sei arm an starken Männern,« lächelte Ruß. »Man möchte Sie August den Starken nennen, Graf.«

Der Genannte riß seine Augen weit auf, soweit es eben ging.

»I sehn Sie 'mal an, haben Sie den auch gekannt?« rief er erstaunt. »Guter Kerl gewesen, August der Starke! War zehn Jahre Kellner bei Dingsda in Berlin und dick wies Heidelberger Faß – zur Gesundheit, Baronin!«

Dolores dankte wortlos, sie hatte ihr Taschentuch vor den Mund gepreßt und unterdrückte nur mit Gewalt einen unwillkürlichen Ausbruch ihrer Heiterkeit. Selbst Doktor Ruß hatte Mühe, über diese falsche Auffassung seines historischen Citates ernst zu bleiben.

»War, offen gesagt, furchtbar neugierig, Sie zu sehen, Baronin,« fuhr der Graf fort. »Daß es mir heute schon glückte, ist wirklich die Möglichkeit! Na ich sage, Ihre Thronbesteigung hat ein höllisches Geklatsche und Gepatsche verursacht! Hoffe, werden gute Nachbarn werden – mein Gut, Arnsdorf, liegt ja im Triangel mit Falkenhof und Monrepos. Nette Lage das. Wenn's Hoheit beliebt, auf Monrepos zu niesen, sagen wir in Arnsdorf und Falkenhof: Zur Gesundheit.«

»Sollte *das* gerade so angenehm sein?« fragte Dolores lachend.

»I nun, mich geniert's nicht,« meinte Graf Schinga. »Na also, auf gute Nachbarschaft, Baronin! Meine Frau wird sich freuen, Sie zu sehen. Zeigen Sie sich nur recht bald in Arnsdorf. Können dann zusammen reiten, habe, wenn Sie wollen, famoses Pferd im Stalle, geht wie ein Schaf auf der Weide –«

»Doch nicht ein Abkömmling *dieses* edlen Galliers?« fragte Ruß boshaft.

»Nein, schottische Rasse, lammfromm, prächtiges Maul und preiswürdig, sage ich Ihnen!«

»Ich fürchte nur, die Baronin hat mehr Pferde auf dem Falkenhofe, als sie, ohne Fuchsjagden zu geben, braucht,« wandte der Doktor ein.

»Na, dann nicht,« rief der Graf, »können sich die Sache ja ansehen. Ihr Diener, Baronin, guten Morgen, Doktor Ruß. Na, vorwärts, Zeus, bist ein gutes Vieh!«

Der Percheron setzte sich wiehernd in Trab, der Filz wurde aufgestülpt und fort galoppierte Roß und Reiter.

Nun brach aber Dolores' unterdrückte Heiterkeit ohne Rückhalt los.

»Sagen Sie mir, wer ist dieses verkörperte Ideal eines Landjunkers, der Hufeisen zerbricht und einen Percheron mit Namen ›Zeus‹ reitet?« rief sie lachend.

Ruß stimmte in seiner leisen Art in ihre Heiterkeit ein.

»Ich sagte Ihnen schon, Graf Schinga ist Herr auf Arnsdorf und ebensogut Ihr Nachbar als der Herzog von Nordland auf Monrepos,« erklärte er. »Er ist übrigens ein Original, das man selbst auf den Parketts fürstlicher Schlösser goutiert, und stellenweise von rückhaltloser Grobheit. Von seinen Extravaganzen erzählt man Wunderdinge, verschuldet ist er so tief als möglich, aber jeder Thaler, den er durch den Verkauf irgend eines seiner Pferde, Kühe etc. verdient, wird sofort in Champagner vertrunken. Daher bot er Ihnen, liebe Dolores, gleich seinen alten, steifbeinigen Shetland-Pony an, den er seit Jahren vergeblich in eine Reihe Sektflaschen zu verwandeln strebt. Daß, nebenbei gesagt, Münchhausen einer seiner Ahnen war, ist an ihm nicht verloren – er lügt wie gedruckt, glaubt aber selbst seine eigenen Erfindungen aufs Wort, und das ist das beste daran.«

»Nun, und seine Frau?« fragte Dolores.

»Ist eine polnische Prinzessin, infolgedessen ist auf Schloß Arnsdorf die Wirtschaft auch sehr polnisch. Man sieht sie selten oder nie, und über das Verhältnis zwischen den Eheleuten kursieren haarsträubende Geschichten, die ich indes nicht weiter verbreiten möchte, da ich nicht infolge eigenen Anschauens berichten kann. Thatsache aber ist, daß die Gräfin auf einem öffentlichen Balle in der Kreisstadt von ihrem Gemahl geohrfeigt wurde, weil sie seiner Ansicht nach zu lange mit einem der Offiziere gesprochen hatte.«

»Pfui, wie roh,« rief Dolores entrüstet.

»Nun, das soll einer der geringsten Liebesbeweise sein, die Schinga an seine Gemahlin verschwendet,« erwiderte Ruß. »Ja, es giebt wunderliche Menschenkinder, und mich wundert's nur, daß ein so schönes Mädchen, wie Prinzeß Bradnitzka es war, einen Menschen von Schingas Qualität heiraten konnte. Erklären Sie mir dieses Rätsel des Herzens, wenn Sie können – glauben Sie, daß es aus Trotz geschehen konnte?«

»Vielleicht – ich habe darüber noch nicht nachgedacht,« entgegnete Dolores sinnend. »Aber ich muß gestehen, daß ich eigentlich neugierig bin, die zweite Hälfte dieses Originals kennen zu lernen, um zu entscheiden, ob sie die bessere ist.«

»Die schönere ist sie jedenfalls,« sagte Ruß leise lachend.

»Das ist nicht schwer,« schloß Dolores dieses Thema.

Als sie nach dem Falkenhofe zurückkehrte, wurde sie von der eben angekommenen Tereza mit lebhaften Freudenbezeugungen empfangen. Tereza begann sofort die mitgebrachten Koffer auszupacken und sich selbst als erste Dienerin zu installieren, zum großen Verdruß der Dienerschaft, denen die schwarze Haut der armen Tereza ein arger Stein des Anstoßes war.

Die Negerin strahlte vor Stolz, ihre geliebte Herrin hier gebieten zu sehen, wo man sie früher nur geduldet hatte, und sagte ihr mit blitzenden Augen:

»Hier bist du doch viel mehr Königin, als auf dem Theater, mein Goldkind!«

Dolores lächelte dazu, aber es war kein Lächeln des befriedigten Stolzes, es war eher wehmütig zu nennen, und es fuhr ihr durch den Sinn, als sei sie als eine Priestern der Kunst glücklicher gewesen, als sie je hier sein könnte – –. Und doch war sie erst seit wenig Tagen Herrin auf dem Falkenhofe!

Zur Dämmerzeit ging Dolores wieder hinüber nach dem Türmchen und plauderte mit Engels. Sie saß am epheuumrankten Fenster und hatte die schnurrende Ida auf dem Schoß. Knieper hatte sich auf dem Fensterbrett niedergelassen und achtete eifersüchtig darauf, daß die Herrin ihre Gunstbezeugungen gleichmäßig zwischen ihm und seiner Freundin verteilte.

»'s ist, als seien die vergangenen Jahre zurückgekehrt,« meinte Engels behaglich.

»Nun, sehen Sie, daß ich die Alte geblieben bin?« scherzte Dolores.

»Ja, ja, mitunter erinnert ein Blick, ein Wort an die kleine Teufelin von damals,« gestand Engels zu, »aber ich laß mir's nicht nehmen, ein fremder Zug, ein Zug des Ernstes, der Melancholie fast, stiehlt sich manchmal um Ihre Augen, Ihren Mund. O, ich beobachte scharf.«

»Das ist das Alter, lieber Engels.«

»O, Sie Baronin Methusalem von zweiundzwanzig Jahren!«

Dolores lachte, wurde aber gleich wieder ernst.

»Man kann, auch jung, seinen Jahren geistig voraneilen, das macht es,« sagte sie. »Sehen Sie, lieber Engels, ich war von Kindheit an mir selbst überlassen, und das lehrt denken. Ich habe vielleicht doppelt soviel gedacht, als andere meines Alters, ich habe mich nie in Gesellschaft meiner Gedanken einsam gefühlt, aber ich habe sie selbst klären müssen durch eigene Erkenntnis, und da fällt manche Frucht von dem jungen Stamme, die vor der Zeit gereift ist. Zum Glück hatte ich eine treue, ernste und gottgeweihte Gefährtin – die Kunst. Die lehrte mich arbeiten und schaffen, und wer das kann, der mag sich glücklich preisen.«

»Die Kunst,« wiederholte Engels. »Ei ja, das ist recht gut und schön, aber sie führt ihre Jünger auch auf glatten Boden:

> Eines schickt sich nicht für alle,
> Sehe jeder, wo er bleibe,
> Sehe jeder, wie er's treibe,
> Und wer steht, daß er nicht falle,

sagt Goethe.«

Dolores erhob stolz ihr schönes Haupt und sah Engels fest ins Auge.

»Gott gab mir neben der Kunst den Stolz mit, der ein Verirren unmöglich macht,« sagte sie laut.

Als sie später nach dem Schloß zurückkehrte, traf sie mit Ruß im Korridor zusammen.

»Hier,« sagte er und deutete auf einen in Pergament gebundenen Folianten, den er unterm Arm trug, »hier ist der Band der Familienchronik, der genaue und authentische Nachrichten giebt über die sogenannte ›böse Freifrau‹. Aber es ist eine Tragödie der Sünde, die Sie da lesen werden!«

Dolores dankte, nahm ihm den Band ab und trug denselben in das Turmzimmer. Aber ehe sie zu lesen begann, holte sie das Medaillon mit den Miniaturen und das Missale herbei, diese auf so seltsame Weise gefundene Dinge sollten die Lektüre, die ihrer harrte, illustrieren, und wie sie sie aus ihrem Verstecke nahm, da fiel ihr's ein, daß dies der rechte Ort sei, ihre Juwelen zu bergen, und Tereza schob die bronzene Kassette hinein in die Nische auf das Geheiß ihrer Herrin, die ihr auch das Geheimnis lehrte, die Nische zu öffnen und zu schließen.

Dann kehrte sie nach dem Turmzimmer zurück und fand dort abermals den Doktor vor mit einem ähnlichen Bande, wie den bereits gebrachten.

Er übergab ihr denselben feierlichst als den letzten Teil der Chronik des Hauses Falkner, in den sie jetzt das Datum des Todes ihres Vorgängers im Falkenhofe einzutragen und ihre eigene Autobiographie zu beginnen hatte, die fortgeführt werden mußte, bis ihr Nachfolger die Reihe der Blätter, die von ihr Kunde geben sollten, schloß. Dieser Band blieb von nun an in ihrem Besitz, bis sie selbst den Ahnen des Hauses angehörte, und ein goldener Schlüssel, der das Buch doppelt schloß, ward von nun an ihr Eigen. So wollte es das Hausgesetz der Falkner seit alten Zeiten, und drüben in der

Bibliothek standen aufgereiht die Bände, die Kunde gaben, oft in wunderlichen Schriftzügen von den Falkners, besser als Stammbäume es können.

Dolores nahm diesen Band mit einem Gefühl der Ehrfurcht entgegen, denn seine noch unbeschriebenen Blätter enthielten ja schon ihre Geschichte bis zu dem Tage, da eine andere Hand wiederum das Datum ihres Todes darein eintragen würde. Dabei legte sie das Missale und das Medaillon seitwärts auf ihren Schreibtisch – sie wollte vorläufig nicht davon sprechen, ihren Fund nicht bekannt geben. Allein das scharfe Auge Ruß' entdeckte die Gegenstände sogleich.

»Welch' köstliches altes Buch haben Sie da?« fragte er, und setzte hinzu: »Verzeihen Sie einem Archäologen die zudringliche Frage!«

»Es ist ein Gebetbuch,« entgegnete Dolores kurz. »Ich zeige es Ihnen ein andermal!«

Dagegen war nichts zu machen, und Ruß war zu klug, um seine Neugier sofort befriedigen zu wollen. Er warf daher noch einen scharfen Blick auf das alte Buch – die Kapsel vermochte er schwer zu unterscheiden, wünschte Dolores »Gute Nacht« und entfernte sich.

Als sie allein war, schlug sie den älteren Band der Chronik, den Ruß mit einem Zeichen versehen hatte, an der betreffenden Seite auf. Links stand in steifer, ungelenker Handschrift ein Todesdatum verzeichnet, rechts begann dieselbe Handschrift weiter zu schreiben, und Dolores las wie folgt:

»Heut' am 15. des Mayen, anno domini 1618, zwo Tage nach dem Tode meines Herrn Vatters trat ich, der Freyherr Ferdinand von Falkner, mein Erbe auf dem Falkenhofe an. Gott gebe mir Seinen Segen dazu.

Die Beysetzung meines Herrn Vatters war fein und pomphafft, wie es sich vor einen Falkner ziemt, und außer einer großen Menge frembder Damen und Kavaliere waren von der Sippschaft gegenwärtig meine Frau Mutter, die verwittibte Freyfrau, ich, der regierende Freyherr, mein Herr Bruder Lupold, Kayserlicher Reuter-Hauptmann, mein Herr oncle, der Freyherr Robert, und Maria Dolorosa, dessen wunderholtes Töchterlein, deren Frau Mutter eine Hofjungfer der Königinn in Hispanien gewesen, dahero sie ihre dunklen Augen hat, wohingegen ihr roth Gelock an ihre teutsche Abstammung gemahnt. Ich sahe den Oheim wenig bis dato, sein Töchterlein nie, aber mein Bruder scheint sehr bekannt mit ihnen von seinem Aufenthalt in Wien her, allwo sein Regiment steht, allwo der Oheim wohnt und Maria Dolorosa Hofjungfer ist bey der teutschen Kayserinn, von wegen der Hispanisch-Habspurgischen Blutverwandtschaft.«

Diesem Bericht fügt der Schreiber eine genaue Beschreibung der Beisetzung hinzu und fährt dann fort:

»*Am letzten May, dasselbe Jahr.* Wir alle von der Familie sind noch beysamm, auf meine Bitt, dieweil ich mein Herz verloren an meine schöne Bas. Darob freut sich meine Frau Mutter sehr, und sprach davon mit dem Freyherrn Robert, und der verschwur sich hoch und teuer, keine andre als sein Töchterlein solle Herrin werden auf dem Falkenhof. Dazu sag' ich Amen, denn ich schwur dasselbe schon vor ihm.

Am Tage darauf. Warum nur wollen Weiberherzen so schwer gewonnen werden? Warum nur sprühen Funken aus den Augen der schönen Base, wenn ich ihr süße Worte flüstere? Wohl, ich will um sie freien, langsam und trew, wie sie es will.

Mitte Junii. Ich möchte schier verzweiffeln – warum nur will meine Werbung nicht fruchten?

Am 20 Junii. Heut' ward sie mir verlobt, aber sie sah finster dabey drein. Warum? Ist doch eine schöne Sach', Herrin zu werden im Falkenhoff. Und über vier Wochen ist die Hochzeit! Der Oheim will nicht die weite Reise machen bis Wien, und Maria Dolorosa bleibt unter dem Schutze meiner Mutter bis zum Hochzeittag. Und Lupold ward abgesandt, es der Frau Kayserinn in der Hofburg zu melden, und ihre Erlaubniß zu holen zur Vermählung auf daß die hohe Frau sie freigebe aus ihrem Dienst.

Am 30 Junii. Wir rüsten auf den frohen Tag. Wie ist mein Bräutchen so schön – es malt sie ein Herr Maler aus der Residenz im Brautgewand und Jungfernkranz, ich meine, das Bild wird gar ähnlich. Der Maler ward eigentlich beordert, mein Conterfey zu nehmen, aber sie ist doch ein schöner Modell, und auch ein Hofmaler zu Wien soll sie gebannt haben auf Elfenbein, und ich bat sie um das Bild. Da erröthete sie tief – tiefer als ich's je gesehen und sagte schnell, das Bild sei in Wien verblieben. Und ihr Herr Vatter sagte, es sey eine copia davon genommen worden. Zum Unglück ist die auch in Wien. Aber Lupold wird Alles mitbringen, was ihr gehört, wenn er zur Hochzeitfeier zurückkehrt, da wird das Kapselbild auf Elfenbein doch mein, denn das große kommt in den Ahnensaal.

Am 19 Julii. Es ist der Vorabend meiner Hochzeit, doch um mich hängt es wie Trauerflöre und braust es wie rothes Blut, das wider mich zum Himmel schreit. Wie soll ich's sagen, was geschehen? Ich muß es dem Blatt hier anvertrauen, sonst find' ich nicht Kraft für den morgigen Tag. Heut' früh kam er an, Lupold von Wien mit der Kayserinn Erlaubniß und Hochzeitsgabe und einem Missale, schön in Samt und mit Goldklammern gebunden für Maria Dolorosa. Und – wie ich vor einer Stunde hinaus schritt zum Walde, da traf ich sie an, meine Braut, in den Armen meines leiblichen Bruders. Und wie ich zustürmte auf beide, da schrie er, daß er vermählt sei mit ihr seit Monden, heimlich in Wien, gegen den Willen ihres Vatters, der sein Töchterlein dem Manne nicht geben wolle, der nichts habe, als seinen Degen, und sie weinte und sagte, ihr Vatter wolle sie zwingen mein zu werden, obwohl er's ahne, wie es um sie und Lupold stehe, und daß sie fliehen wollten heut Nacht –! Mich aber ergriff es im Liebeswahn für die treulose, schöne Braut, und in dem Jähzorn gegen den falschen Bruder, daß ich das Schwert zog und ihm zuschrie, er müsse sich vertheidigen, wenn ihm sein Leben lieb sei – – und ich drang auf ihn ein – – und ehe er sein Schwert ziehen konnte, lag er todt und blutend am Boden – vor ihren Augen. Da ward sie furchtbar bleich und sagte nur das Wörtlein: *Kain*. Und da brauste es vor meinen Ohren, und ich sagte ihr, jetzt sei sie frei, und morgen wollte ich meines Bruders Wittib zum Weibe nehmen. Da warf sie sich über ihn und schrie laut auf!

Ich weiß nicht, wie mir ist, aber um mich singt und klingt es wie des Teufels Melodien und die Buchstaben tanzen vor meinen Augen – und –

Am 20 Julii Morgens. Der Oheim kam und sagte mir, er hätte den Leichnam entdeckt gestern Abend und Maria Dolorosa bewußtlos neben ihm, er habe ihn verhüllt mit Laub und Reisig, auf daß er erst gefunden werde, wenn Maria Dolorosa mein Weib sei. Er wolle sie schon zwingen, es zu werden, dann könne sie nicht zeugen wider mich, ihren Eheherrn. Zudem habe er geschworen, sein Kind solle Herrin werden auf dem Falkenhof. Mir graute vor dem Hehler wie mir vor dem Mörder graut, und mich schüttelt es wie im Fieber und jedwedes Vögelein scheint mir das Wörtlein Kain zuzusingen. O wie elend bin ich! Wie wird es enden?

Fünf Stunden später. Soeben ward sie mein Weib. Man zieht aus, meinen Bruder zu suchen, den man seit gestern Abend vermißt. Keines ahnt, wie nahe ihnen der Mörder ist, sie würden ihn sonst dem Hochgerichte überliefern. Der Oheim will an einen Raub glauben machen, hat ihm abgenommen, was er an Werth besaß und mir gegeben. Darunter eine Kapsel mit sein und ihrem Bilde und dem Spruch:

Das Band, das der Hertzen zwo Verbindet,
Lös't keiner, ob auch das Leben Schwindet.

Es ist gelöst – ich hab's gelöst und meines Bruders Wittib gefreit. Die Kapsel habe ich aber vernichtet mit den anderen Dingen. Und ich liebe sie doch, die schöne Falkin – bleich wie der Tod stand sie neben mir am Traualtare, mit seltsam auf mich gehefetetem Blick – – still, man kommt –«

━━━━━━━━━━━━━━━━━

Hier endeten die Aufzeichnungen des unglücklichen Ferdinand. Auf der nächsten Seite stand in festen, großen Schriftzügen:

»Am 20 Julii anno domini 1618 vermählte sich der Freyherr Ferdinand von Falkner auf dem Falkenhofe mit seiner Base, der Freiin Maria Dolorosa von Falkner, Hofjungfer der teutschen Kayserinn. Die Braut ward am selben Abend vom Wahnsinn befallen und verwundete ihren Eheherrn im Brautgemach tödlich mit einem hispanischen Stilet. In den Frühstunden des 21. Julii starb er. Gott schenke seiner Seele das Paradies und gehe nicht in's Gericht mit ihr.«

Weiter unten stand von derselben Hand geschrieben:

»Am selben Morgen fanden sie des Lupold Leiche: Keiner weiß, wer die That gethan.«

Die folgende Seite trug oben die Inschrift:

»Heut' am Neujahrstage anno domini 1619 gebar die verwittibte Freyfrau Maria Dolorosa von Falkner den Herren des Falkenhofes; Jost, Freyherr von Falkner wird sein Name heißen. Sein Vormund bleibt der Freyherr Robert, sein Großvater. Seiner Mutter Irrsinn ist nicht gewichen bis zur gegenwärtigen Stunde.«

Unten stand: »Am 24 Junii, a. d. 1620 verschied sanft die Freyfrau Maria Dolorosa zu einem besserm Leben. Sie war meine geliebte Tochter. Ich schwöre, sie that die That im Irrsinn, und ich habe sie dazu getrieben. Mir bricht das Herz in Reue, denn ihr umnachteter Geist hinderte sie, mir zu vergeben! Wollte Gott, ihr Sohn fände besseres Loos, als Lupold, sein Vater, und möchte nimmer lernen mir zu fluchen oder an seiner Mutter Schuld zu glauben – sie that es im Wahnsinn, so wahr ein Gott im Himmel lebt. Robert Freiherr von Falkner.«

Unter diesen Zeilen standen folgende Worte:

»Der Großvater fiel bei Lützen. Er ruhe in Frieden, – ich wills versuchen ihm zu vergeben, was er an seinem eignen Kind gethan. Meiner Mutter kann keine Schuld beigemessen werden, denn man rechnet nicht mit denen, deren Geist umnachtet ist, aber ich kann's nicht hindern, daß das Volk sie als meines *Vaters* (für den sie den Freiherrn Ferdinand halten) Mörderin bezeichnet. Ich weiß es nun besser, aber das Herz ist mir fast gebrochen an der Erkenntniß.

»Am Tage, da ich zuerst diese Blätter gelesen, am 1 Junius 1644, dem Tage meiner Volljährigkeit. Jost, Freyherr von Falkner.«

Das war der Epilog zu der Tragödie, die hier verzeichnet und zwischen den Zeilen zu lesen stand, und erschüttert beugte Dolores ihr Haupt vor den Leiden der schmerzensreichen Ahnfrau, die schuldig und doch unschuldig war. Die Chronik sprach von der Vernichtung der Kapsel des unseligen Lupold – diese vor ihr mußte also der armen Maria Dolorosa gehört haben. Tiefbewegt sah Dolores auf das liebliche Bild herab, das ihr so sehr glich, und dachte, wie seltsam es sei, daß sie eine spanische Mutter gehabt, wie jene, daß sie denselben Namen trage! Dann las sie noch einmal die Prophezeiung, die jene am Abend vor ihrem Tode niedergeschrieben, als der Wahnsinn von ihr wich für eine kurze Frist, und wieder fragte sie sich, ob sie dazu ersehen sei, die Erlöserin zu werden, nach der die Seele der Unglücklichen begehrte? Und doch, wie sollte es geschehen? Die Worte waren so voll von verborgenem Sinn, bis auf die ersten vier Zeilen:

> Wenn sich die Bas' dem Vetter soll vermählen,
> Wird sich der Falk ein dauernd Nestlein wählen.
> Kann sich das Edelfalkenpaar nicht finden,
> So wird ihr Stamm erlöschen und verschwinden. –

War sie und Alfred Falkner dazu berufen, dies »Edelfalkenpaar« zu sein? Es schoß ihr glühend heiß vom Herzen empor und unmutig schloß sie Kapsel und Bücher.

»Thorheiten,« sagte sie leise. »Das kommt davon, wenn man nachts allein in einem alten Schlosse Familien-Schauergeschichten liest und Prophezeiungen. Wo blieb mein klares, ruhiges Denken? Ich habe geträumt, ein Zufall ließ mich das Buch der armen Wahnsinnigen finden, ein Zufall stimmte es zusammen mit der Familiengeschichte vergangener Zeiten – voilà tout!« –

Sie nahm Kapsel und Missale, denn die wollte sie bewahren, wo sie sie gefunden, ergriff den Leuchter und schickte sich an, das Zimmer zu verlassen, als ein leises Geräusch, wie eine ins Schloß fallende Thür sie erschreckte – es kam vom Kamin her, dessen war sie sicher. Ruhig legte sie nieder, was sie trug, und durchsuchte sorgfältig den Kamin, und da sich hier nichts fand, auch das übrige Zimmer; dabei durchfuhr es sie, daß dasselbe wohl in Verbindung stehen müsse mit dem nördlichen Schloßflügel, doch es fand sich nichts, was diese Vermutung bestätigen konnte. »Ramo mag danach forschen,« dachte sie. »Wie nervös bin ich doch geworden als Schloßfrau vom Falkenhofe!«

*   *   *

In dem rosenumdufteten, lindenumrauschten Schlößchen Monrepos waren seit einigen Tagen die Jalousien geöffnet, die Rouleaux in die Höhe gezogen und der frischen warmen Maienluft gestattet worden, frei einzutreten in die Rokokoräume dieses, wie ein Schmuckkästchen ausgestatteten buen retiro eines regierenden Fürsten, der sich hier die schönsten Sommermonate hindurch zwanglos ausruhte von den Regierungsgeschäften, die er nicht hatte, da das Reich, unter dessen Oberhoheit er stand, ihm dieselben freundlichst abnahm, und nur seine Unterschriften erbat. Doch Urkunden unterzeichnen, Orden verleihen, Cour abhalten und Hofbälle geben sind Arbeiten, die schließlich eine Erholung nötig machen, und Se. Hoheit der Fürst Leopold war ein leidenschaftlicher Rosenzüchter. Dieser Liebhaberei konnte er während des Winteraufenthaltes in der Residenz nur durch die Pflege von Topfrosen frönen – das war zwar immerhin etwas, aber doch wenig genug. Hier in Monrepos dagegen durfte Hoheit im leichten Leinenröckchen und einen großen Panamapflanzerhut auf dem Haupt ungeniert unter seinen Lieblingen stehen, okulierend, schneidend, aufbindend und die Raupen hinwegputzend, glücklich in seiner Beschäftigung, ohne über die Launen des Schicksals zu philosophieren, das den einen zum Fürsten macht, der eher zum Gärtner getaugt hätte, und umgekehrt.

Gestern Abend erst war die fürstliche Familie auf Monrepos angelangt, und heut' früh schon stand der Herzog und begann seine Rosen in Ordnung zu bringen, die lange, hagere Gestalt im einfachsten Sommeranzug von rohem Leinenzeug, das faltige, glattrasierte Antlitz freundlich lächelnd, oder leise eine moderne

156

Operettenmelodie pfeifend.

Auf der Terrasse vor dem Gartensalon, im kühlen Schatten saß die übrige herzogliche Familie, bestehend aus dem Erbprinzen und seinen Schwestern, denn die Herzogin war seit Jahren tot und hatte sterbend an ihren Platz, d. h. den der repräsentierenden, die Würde und Etikette des Hofes, ihres Haushaltes, aufrecht erhaltenden Hausfrau und Fürstin ihre älteste Tochter gestellt; »denn Höfe, denen der weibliche Zügel fehlt, geraten leicht auf abschüssige Bahn,« pflegte sie zu sagen. Aber sie that nicht nur das allein, sondern empfahl ihrer Tochter auch das Wohl ihrer Geschwister, das versöhnende, belebende, immer fester knüpfende Prinzip zu sein zwischen dem Herzog und seinen Kindern, zwischen dem Hof, dem Adel und dem Volke.

Wie die Tochter dies Vermächtnis erfüllt, wußte man allerorten zu rühmen. Sie war dem Vater die treueste Gefährtin und beste Ratgeberin, sie war den Geschwistern alles und ließ sie doch nichts anderes empfinden, als schwesterliche Liebe, sie vermittelte des Erbprinzen Wünsche und dämmte sie ein, wenn's nötig war, sie stand dem Hofe vor als Hausfrau, sie zog zu ihm heran, was bedeutend und gut war, sie stieg hinab in die Hütten der Armut und überzeugte sich selbst, wo Hilfe not that. Dafür liebte und verehrte man auch die Prinzessin Alexandra in allen Kreisen, und mancher Bewerber um die Hand der Fürstentochter, die so seltene Eigenschaften besaß, war schon erschienen, aber sie hatte keine derselben angenommen, denn sie meinte, damit hätte es Zeit, bis der Erbprinz vermählt und versorgt sei.

Heut' saß sie auf der schattigen Terrasse, das Skizzenbuch vor sich auf dem Tische, und zeichnete, denn sie verdiente wohl den Namen einer Künstlerin auf dem Felde der

Malerei, der ihre ganze Neigung gehörte. Ihre imposante Gestalt umfloß weich eine lose, spitzenüberrieselte Morgenrobe von mattschimmernder, roher chinesischer Seide, ein kleines englisches Spitzenhäubchen verhüllte halb das dunkle Haar und kleidete den bedeutenden Kopf mit den regelmäßigen, ruhigen Zügen recht anmutig. Prinzeß Alexandra zählte jetzt siebenundzwanzig Jahre, sie stand mithin auf der Grenze reifer Jugend, in welcher andere Fürstentöchter längst vermählt sind oder sein sollten. Sie wußte das, aber sie wußte auch, daß ihr daheim ein Feld der Wirksamkeit beschieden war, das sie ausfüllte und nicht, ohne es zu schädigen, verlassen konnte – wenigstens so lange nicht, bis ihre anderen Geschwister versorgt waren, und nicht mehr ihrer oft benötigten Oberhoheit bedurften.

Ihr zunächst saß der Erbprinz, ein junger Mann von fünfundzwanzig Jahren, von hoher schlanker Gestalt mit feinem, länglichem, blassem Antlitz und leichtem Bärtchen auf der Oberlippe. Er hielt ein Buch in der Hand und strich von Zeit zu Zeit mit goldenem Crayon ganze Sätze darin an.

Ihm gegenüber saß Prinzeß Eleonore, gewöhnlich Lolo genannt, ein kleines, elfenhaftes Geschöpfchen von achtzehn Jahren, rosig wie ein halb erschlossenes Moosröschen mit farblosem Flachshaar und gefährlichen Vergißmeinnichtaugen, mit feinem retroussé-Näschen und winzigem, süßem, zum Lachen geschaffenem Mündchen, kurz, das verzogene enfant gâtée des Hofes und aller Welt. Sie schaukelte sanft ihre zierliche Gestalt im lichtblauen Negligé im Schaukelstuhl hin und her und balancierte ein lichtblaues Pantöffelchen mit roten Talons auf der vorgestreckten rechten Fußspitze, dem Spiel ihre ganze Aufmerksamkeit widmend.

Plötzlich beugte sie sich herab, ergriff den Pantoffel und warf ihn über den Tisch hinüber, direkt auf das Buch, in dem der Erbprinz las.

»Bei allen Rosen Papas, was seid ihr beide heut' langweilig,« rief sie dabei.

»Lolo!« fuhr der Erbprinz auf und schleuderte den Pantoffel vor die Füße seiner Schwester. »Was sind das wieder für unziemliche Späße!«

Die kleine Prinzeß verzog ein wenig das Mäulchen.

»Warum bist du auch so langweilig,« klagte sie, »warum mußten wir überhaupt hierher gehen, uns zu langweilen –«

»O, das ist nur auf deiner Seite, Kind,« sagte Prinzeß Alexandra ruhig. »Papa, Emil und ich, wir sind so glücklich hier in unserer Ruhe, unseren liebsten Beschäftigungen, in denen kein Zwang uns stört. Möchtest du dir nicht auch solch' eine Lieblingsbeschäftigung suchen, liebe Lolo?«

»Die sie haben möchte, findet sie nicht hier,« grollte Prinz Emil, nicht ohne Bezug.

»Nun?« Prinzeß Alexandra sah fragend auf.

»Mit aller Welt zu kokettieren,« ergänzte der Erbprinz.

»Emil!« sagte die älteste Schwester ernst und vorwurfsvoll, indes die Jüngste wie eine Rose erglühte und mit ihrem Pantoffel Ball zu spielen begann.

Der Prinz legte sein Buch auf den Tisch und kreuzte die Arme.

»Ich weiß, was ich sage,« rief er, »und ich will es auch verantworten, es hat mich oft genug empört, dieses ewige Blicke werfen, dies Lächeln und bezeichnende Fächerspiel.«

»Bist du fertig?« fragte die kleine Prinzeß spöttisch, als ihr Bruder schwieg.

»Mein Gott, Emil, wie meinst du das alles?« rief Prinzeß Alexandra beunruhigt.

»Ihr waret so sehr erstaunt, daß ich auf die Versetzung des Leutnants von Fels drang,« fuhr der Erbprinz heftiger fort, »wohl, es geschah, weil ich den armen jungen Menschen, der bis über die Ohren in Lolo verliebt war, vor schweren Enttäuschungen bewahren wollte. Sie, die Prinzessin von Nordland hätte ihm zeigen *müssen*, daß seine Hoffnungen vermessen waren, aber statt dessen ermutigte sie ihn fortwährend. Das war schlecht von dir, und unwürdig deines Ranges!«

Prinzeß Lolo war jetzt etwas blässer geworden und schlug mit ihrem Pantoffel einen Marsch am Tischrande.

»Fels ist das reine Baby an Verstand,« sagte sie wegwerfend. »Er fahre hin!«

»Mit tief verwundetem Herzen,« grollte der Erbprinz.

»O, Unsinn,« rief Prinzeß Lolo leicht. »Die Männer trösten sich so schnell!«

»Dürfte ich fragen, von wannen diese achtzehnjährige Ansicht kommt?«

Aus den süßen Vergißmeinnichtaugen der Kleinen schoß jetzt ein scharfer Strahl, sie antwortete aber nicht.

»Lolo, wenn du wüßtest, wie sehr mich das betrübt,« sagte Prinzeß Alexandra leise, die Schwester mit traurigem Blicke messend.

»Um Gottes willen, keine Lektion! Das fehlte noch in diesem weltvergessenen Winkel,« rief Prinzeß Lolo, indem sie aufsprang und sich beide Ohren zuhielt. »Ich möchte wissen, wie es *euch* gefallen würde, dieses ewige Hofmeistern! Glaubt ihr, daß es mir Spaß macht? Die Ehre, eine

Prinzessin von Nordland zu sein, ist sehr langweilig, soviel weiß ich, und ich werde mich nächstens dafür bedanken!«

Mit diesen Worten streifte sie ihren Pantoffel auf den Fuß und sprang die Treppen der Terrasse hinab, dem Rosenrondel zu, an dem der Herzog schaffte.

»Sie ist meinem Einfluß entwachsen,« sagte Alexandra traurig. »Ich habe sie gehütet und gepflegt und die bösen Triebe zu entfernen gesucht, wie Papa es mit seinen Rosen thut! Sie war ja immer eigenwillig, aber sie fügte sich doch – das aber war offene Rebellion!«

»Und in zwei Jahren ist ihre Ausbildung zur Erzkoketten vollendet,« rief der Erbprinz.

»Emil, du bist zu hart,« sagte die Prinzeß mit leisem Vorwurf. »Bedenke, sie ist unsere Schwester, und noch so jung – ein Kind!«

»Eben dafür sind ihre geselligen Anfänge aller Ehren wert. Bedenke nur, liebe Sascha, sie hat im vergangenen Winter ihr erstes Auftreten in der Welt gemacht; sie hat, was bei ihrem Liebreiz und ihrer beauté du diable sehr natürlich ist, enorm gefallen, sie hat Epoche gemacht an unserem Hofe, und alles verwöhnt sie. Dieses süße Gift hat seine Wirkung auf sie nicht verfehlt, sie weiß sich angebetet, sie fühlt sich souverän und frei von unserem Einfluß, und ihre bessere Einsicht muß zurücktreten.«

»Wie aber kann da geholfen werden?« rief Prinzeß Alexandra bekümmert.

»Man muß Lolo vermählen – ich sehe kein anderes Mittel! Einem Manne vermählen, der es versteht, sie zu leiten und ihren Eitelkeitsrausch zu dämpfen. Natürlich bleibt bei allen Chancen noch die Furcht, daß ihre Ehe eine unglückliche ist. Sie müßte denn ihren Gemahl wahrhaft lieben!«

»Lieben!« wiederholte die Prinzeß, »ach, dann sind unsere Aussichten traurig, denn wo finden wir armen Fürstentöchter Liebe bei uns Ebenbürtigen. Die Liebe führt bei uns den modernen Namen Konvenienz.«

»Dann ist es unsere Pflicht, Lolo so zu lieben, daß ihr gestattet sein muß, sich dem Manne ihrer Wahl zu vermählen,« sagte der Erbprinz fein, und dabei leuchtete es in seinem Antlitz gar freundlich auf.

»Eine Mesalliance?« Prinzeß Alexandra war etwas blaß geworden. »Emil, du weißt, wie sehr ich dagegen bin, nicht aus Hochmut oder Vorurteil, sondern weil es nicht gut thut, wenn Menschen aus dem Stande, in dem sie geboren und erzogen wurden, heraustreten. Die Prinzipien, in denen sie aufgewachsen, lassen sich nicht ausreißen, wie man eine Pflanze dem Erdreich entreißt, sie brechen früher oder später doch da durch, wo sie eine tiefe, mitunter unüberbrückbare Kluft reißen.«

»Sehr richtig, liebe Schwester, für den Fall, daß ein Fürstenkind in kleinbürgerliche Verhältnisse gerät. Aber Lolo könnte ja einen Edelmann wählen!«

»O, Emil, laß mich das alles erst überdenken! Wenn du wüßtest, in welches Dilemma ich hier geraten bin – und wer kann mir sagen, wie ich recht handle als Schwester an Mutterstatt! Ich baue noch auf Lolos Jugend – ihr Charakter ist noch ungeformt –«

»Aber ungeformt ist der weiche Stoff schon erhärtet von dem süßen Gift der Bewunderung! Das hat einen festen Panzer gelegt um das junge Herz, an dem gleiten unsere Bemühungen ab, besonders, da Lolo eine wirklich gefährliche Anlage hat, eine Kokette zu werden. Und ich muß gestehen, ich fürchte für sie, wenn unsere diesjährigen Sommergäste kommen und sie in dieser Zurückgezogenheit keine andere Gelegenheit hat, ihren Zauber wirken zu lassen!«

»Es kommen Baron Falkner und Herr Keppler« – sagte die Prinzeß nachdenkend.

»O,« meinte der Prinz, »was Falkner betrifft, so ist er nicht der Mann, sich davon fangen zu lassen, in dieser Beziehung können wir ruhig sein. Aber Keppler ist ein interessanter Mensch in den besten Jahren, empfänglich für alles Schöne, besonders, wenn er berufen ist, dieses Schöne zu malen. Wir müssen eben acht geben, um im nötigen Moment einzugreifen!«

Hier wurden die Geschwister unterbrochen, denn der Kammerdiener des Herzogs brachte auf einer silbernen Platte die eingelaufenen Briefe und Zeitungen, und der alte Herr nahte sich deshalb der Terrasse, am Arm seine jüngste Tochter, die ihm vorplauderte und vorlachte, daß das faltige Antlitz dieses Souveräns en miniature zu strahlen begann.

»Gott sei Dank, daß wir wieder auf dem Lande sind,« rief er vergnügt, indem er die Briefe zu sortieren begann.

»Ich finde es in der Stadt amüsanter,« sagte die kleine Prinzeß seufzend.

»Warum nicht gar,« ereiferte sich der Herzog, »du sprichst, wie ein Blinder von der Farbe, Lolo! Ich möchte wissen, was hübscher ist, Monrepos oder das große Residenzschloß, in dem ein paar Regimenter Platz zum Wohnen hätten, he? Ich liebe Monrepos jedes Jahr mehr und sehe schon den Moment kommen, wenn ich es ganz bewohnen und die Regierung niederlegen werde –«

»Um Gottes willen, Papa –!« rief der Erbprinz erschrocken, aber Prinzeß Alexandra lächelte.

»O, es ist nicht so ernst gemeint,« sagte sie, indes Prinzeß Lolo mit weit vor Erstaunen offnen Augen dastand.

»So, woher will das meine Hausfrau so genau wissen?« meinte der Herzog freundlich. »Kinder, ich sage euch, die Natur hat sich geirrt, indem sie mich zum Herrscher machte – ich bin Landwirt, das heißt Gärtner mit Leib und Seele! Aber Scherz beiseite, Emil, du mußt anfangen, dich mehr mit Regierungsgeschäften vertraut zu machen – es ist mein Wille, mein Wunsch!«

Der Erbprinz verbeugte sich.

»Wie Eure Hoheit befehlen!«

»Nun, nun,« meinte der Herzog, seinen Sohn auf die Schulter klopfend, »ich spreche nicht als Herzog, sondern als Vater, und ich will nicht, daß du im geeigneten Momente als Ignorant auftrittst, sondern selbständig zu handeln weißt mit Würde und Takt, denn wir Fürsten kleiner Staaten haben heutzutage einen schwierigen Stand, und du sollst die Souveränität unseres Hauses so lange als möglich bewahren.«

»Hoffentlich bist du noch recht lange dazu berufen, lieber Vater,« entgegnete Prinz Emil herzlich, aber der alte Herr zuckte mit den Achseln.

»Chi lo sa!« meinte er. »Ich verspüre längst Abdikationsgelüste, und je schöner die Sonne scheint, und je schöner die Rosen blühen, desto lieber vertauschte ich die Krone mit einem Gärtnerhute. Sieh' nicht so perplex aus, Emil, einmal mußt du doch dran!«

»Cela s'arrangera plus tard!« rief Prinzeß Alexandra, ihre Überraschung mit den sich daran knüpfenden Sorgen unter einem heitern Ton verbergend, denn so bestimmt hatte der Herzog noch nie dieses Thema verfolgt. »Einstweilen wollen wir hier recht vergnügt sein und uns der schönen, freien Sommertage freuen!«

»Ich wollte, sie wären vergangen,« trällerte Prinzeß Lolo.

Jetzt sah der Herzog ernst auf.

»Wenn dir der Aufenthalt hier unangenehm ist, so will ich dich zu meiner Schwester, der Fürstin Äbtissin ins Stift schicken,« sagte er, »da hast du fünfzig Stiftsdamen zur Unterhaltung!«

Die kleine Prinzeß wurde ganz blaß vor Schreck.

»Um des Himmels willen, Papa, das wäre entsetzlich,« rief sie halb weinend. »Die ernste, alte Tante und die uralten Damen alle! – Nein, nein, da wäre es schöner, allein in der Lüneburger Haide zu wohnen –!«

»Du hast die Wahl zwischen Monrepos und dem Stift,« entgegnete der Herzog trocken.

»Ich wähle Monrepos,« rief das Prinzeßchen, wieder lachend, »es lebe Monrepos! Ach, Sascha, ich beneide dich nicht um die glänzende Aussicht, Äbtissin zu Tannenburg zu werden!«

»Und wenn Sascha sich vermählt, und du nicht, so wirst du's,« warf der Erbprinz ein, aber Lolo schüttelte indigniert das blonde Köpfchen.

»Ich mich nicht vermählen! Daran ist doch gar nicht zu denken,« meinte sie.

»Es ist nur gut, daß du deiner Sache so sicher bist,« erwiderte der Erbprinz sarkastisch.

»Ich weiß nicht, was du gegen Monrepos hast,« nahm der Herzog das vorige Thema wieder auf. »Daß es einsam ist, macht es mir und Sascha und Emil gerade wert! Warum suchst du keine Beschäftigung, wie wir? Du hast so viel Anlage für Musik, aber wenn du ein paar Bravourstücke auf dem Flügel heruntergerast hast, bist du schon fertig. Warum machst du dich nicht mit den klassischen Meistern vertraut?« Prinzeß Lolo verzog das Mäulchen.

»Ah, die sind so langweilig, Papa!«

»Kind, du *mußt* versuchen, weniger oberflächlich zu sein,« sagte der Herzog ernst. »Studiere und übe die Musik, sie wird dir in allen Lebenslagen die treueste Freundin sein und bleiben. Denke, wie öde und einsam dein Leben mitten im Strudel der Geselligkeit sein würde, hättest du nichts, was deine stillen Stunden verschönte!«

»Ja, aber ich kann doch nicht den ganzen Tag üben, Papa!« rief Prinzeß Lolo weinerlich wie ein Kind.

»Nein, das sollst du auch nicht, du magst dann spazieren gehen – apropos, Sascha, möchten wir nicht bei der Baronin Falkner anfragen wegen der Benutzung des Parkes? Die Erlaubnis des verstorbenen Besitzers können wir doch nicht stillschweigend weiter in Kraft lassen!«

»Nein, Papa, ich werde es arrangieren!« entgegnete Prinzeß Alexandra. »Aber ich denke, wir unterlassen es vorläufig noch, in Verkehr mit der Baronin zu treten, bis wir wissen, ob derselbe für uns paßt!«

»Hm, wird sich wohl, da Falkner uns besucht und seine Mutter im Falkenhof wohnt, kaum vermeiden lassen,« meinte der Herzog.

»Vielleicht ist die neue Schloßherrin selbst so taktvoll, auf diesen Verkehr zu renoncieren,« rief Lolo altklug.

»Jedenfalls muß ja eine Aufforderung dazu von uns ausgehen,« entschied Alexandra, »Falkner ist vernünftig und wird es uns nicht verübeln, wenn wir ihm vertraulich sagen, was uns vom Falkenhof scheidet, das heißt von seiner jetzigen Herrin.«

»Nun gut,« warf der Erbprinz ein, »dann aber müssen wir nicht um die Erlaubnis bitten, in ihrem Park spazieren gehen zu dürfen. Eins oder das andere, Sascha!«

»Emil hat recht,« sagte der Herzog, »es wäre taktlos, die Besitzerin zu ignorieren, wenn wir ihren Park benutzen wollen. Stehen wir also davon ab!«

»Wie schade,« rief Lolo schmollend. »Monrepos ist nichts ohne den Falkenhofer Park!«

»Es wäre freilich schade, wenn er uns verschlossen bliebe,« meinte der Erbprinz, »aber ich denke, es ließe sich trefflich arrangieren, wenn z. B. Sascha eines ihrer kleinen netten Briefchen an die Baronin schriebe, sie aufforderte uns zu besuchen etc. etc. –«

»Wo denkst du hin, Emil,« rief die kleine Prinzeß entsetzt, »eine Komödiantin – –«

»Die Baronin Falkner ist eine große Künstlerin,« erwiderte der Erbprinz sehr ruhig, »der Unterschied zwischen dir und ihr ist der, daß *sie* Prinzessinnen mit hoher Würde spielt, während du dir für die glatten Bretter des Hofparketts, die ja auch die Welt bedeuten, die Rolle des naiven Backfisches gewählt hast.«

> »Das ist bei uns so Sitte,
> Chacun à son goût,«

trällerte Prinzeß Lolo und warf ihrem Bruder eine Hand voll Blumen ins Gesicht.

»Deine Beweise sind sehr – treffend,« sagte er schneidend. »Ich glaube nun auch, daß du auf musikalischem Gebiet mit

Baronin Falkner keine Rivalität zu fürchten brauchst, denn sie singt die leichtgeschürzten Weisen der ›Fledermaus‹ nicht!«

Jetzt hielt sich der Herzog beide Ohren zu.

»Kinder, sagt euch keine Sottisen,« rief er kläglich, »das fehlte mir noch – ich will Ruhe haben.« Er raffte seine Briefe zusammen und steckte sie in seine Rocktasche. »Macht was ihr wollt, in betreff des Parkes – das Passendste wäre, wenn Emil der Baronin einen Besuch machte, in meinem und unserer aller Namen, und zwar ehe Falkner kommt. Das wäre eine Höflichkeit gegen unseren Gast und zugleich die, welche wir unseren Nachbarn schuldig sind. Das ist meine Ansicht, aber wie gesagt, macht was ihr wollt, Kinder!«

Mit diesen Worten entfernte sich Se. Hoheit schleunigst.

Auf Prinzeß Alexandras Bitten verzögerte aber der Erbprinz noch den vorgeschlagenen Besuch – sie wünschte erst eine persönliche Zusammenkunft am dritten Orte mit der Herrin des Falkenhofes, und dieser Wunsch wurde schließlich respektiert.

Noch am selben Vormittage stellten sich der Graf und die Gräfin Schinga zum schuldigen Besuch ihrer hohen Nachbarn auf Monrepos ein – man sprach die Falkenhofer Angelegenheit noch einmal durch und hielt Arnsdorf für eine erste Begegnung für den passendsten Ort, sobald die Baronin Falkner daselbst ihren Besuch gemacht.

Wenige Tage später kamen Richard Keppler und Alfred Falkner in Monrepos an – sie sollten neben der Hofdame Fräulein von Drusen und dem Kammerherrn Baron Desing die einzigen fremden Elemente in dem zwanglosen Landaufenthalte der herzoglichen Familie sein, und auch dies nur zum Teil, da der Legationsrat als specieller Freund des Erbprinzen auch dem intimen Freundeskreise der

Familie angehörte, und seine trefflichen Eigenschaften, wie sein hoher Verstand besonders von Prinzeß Alexandra geschätzt wurden und diese Schätzung auf Gegenseitigkeit beruhte.

Falkner sah die Prinzessin Eleonore zum erstenmal seit ihrer Einführung in die Welt – selten nur war ihm im kleinen Kreise bei ihrer ältesten Schwester die »Kleine« begegnet, und er hatte ihrer nicht sonderlich geachtet. Jetzt trat ihm ihre Elfenerscheinung doppelt überraschend entgegen, und er sagte sich, daß ihm früher eine solche junge, rosige Mädchenblüte hätte gefährlich werden können, denn »früher« war eine solche, gerade in dem Genre der kleinen Prinzessin, sein Ideal gewesen.

Aber wie er das bedachte, mußte er lächeln und dann sich selbst zürnen – denn dieses »früher« war nur wenig Monde alt, und er hatte nie gedacht, daß ein bleicher, edler Kopf mit rotem Haar ihm gefährlich werden könnte. Und nun gar gefährlich! Hatte er diese Gefahr nicht zurückgewiesen, wollte er ihr jetzt nicht dreist unter die Augen treten? Er hätte im Zorn gegen sich selbst und sein rebellisch Herz wüten können, denn wo blieben seine Prinzipien, wenn er diesem Herzen nachgab?

In diesem Kampfe bemühte er sich, Prinzeß Lolo so reizend zu finden als irgend möglich und in ihrer Erscheinung alles das zu sehen, was ihm sonst Ideal gewesen, und das hätte ihm ja so schön gelingen können, wenn nicht die berauschende Erscheinung der Satanella immer und immer zwischen sein geistiges Auge und andere Frauengestalten getreten wäre.

Als er sich am Tage nach seiner Ankunft auf Monrepos nach dem Falkenhofe zu gehen anschickte, um daselbst seine Mutter zu begrüßen, stand der Entschluß in ihm fest, eine Begegnung mit Dolores, selbst auf Kosten der Höflichkeit zu vermeiden. Bereits an der Grenzscheide der Nachbargüter stehend, holte ihn Keppler ein.

»Sie gehen nach dem Falkenhofe?«

»Ja.«

»Dann gestatten Sir mir, mich Ihnen anschließen zu dürfen – ich will der Baronin Dolores meinen Besuch machen.«

»Bitte!« – Falkner sagte es sehr kurz und unangenehm berührt – die Scene im Atelier damals fiel ihm ein, und ein sonderbares Gefühl beherrschte wieder sein Empfinden – die Eifersucht. Er wußte, daß er dazu kein Recht und vielleicht auch keine Berechtigung hatte, aber wer kann für sein Empfinden?

»Erwartet die Herrin vom Falkenhof Ihren Besuch?« fragte er.

Keppler schüttelte mit dem Kopfe.

»Sie weiß wahrscheinlich nicht einmal, daß ich ihr so nahe bin,« sagte er, »und ich weiß nicht, ob ich ihr willkommen sein werde. Doch gleichviel –«

Er brach kurz ab, und der scharfe Blick Falkners sah es seltsam arbeiten in des Malers markigen Zügen.

Und er hatte diesen Mann einst auf den Knieen vor dem rothaarigen Mädchen drüben liegen sehen – und das Blut stieg ihm zu Kopfe in dem Gedanken daran.

Schweigend schritten sie dahin durch den schattigen Park, der, kühl, selbst in der Mittagsstunde einen wonnigen Aufenthalt gewährte, bis sie an einen freien Plan gelangten, auf dessen smaragdgrüner Rasenfläche die Sommersonne lagerte und in den Zweigen der Blutbuchen, Linden,

Eschen, Ulmen und Föhren spielte.

»Wie herrlich schön,« rief Keppler aus. »Ich sah niemals einen wonnigeren Park, in dem Kunst und Natur sich so wunderbar verschmelzen, daß man die erstere kaum gewahr wird, außer in wohlthuender Weise.«

»Ja, der Falkenhof ist ein herrlicher Besitz,« sagte Falkner warm.

»Er scheint mir ein kleines Königreich,« rief Keppler, »ein Königreich, dessen Eichenkrone wie geschaffen ist für die weiße Stirn der Donna Dolores.«

»O ja, ich weiß – Sie schwärmten stets für diese Dame,« entgegnete Falkner, nur um etwas zu sagen.

»Schiene die Sonne für sie allein und ließe alle anderen im Dunkel – ich fände es nur natürlich,« sagte der Maler leise, wie für sich.

»Es ist ein Glück, daß solche Wünsche nicht in Erfüllung gehen können,« meinte Falkner spöttisch. »Sie treiben ja den reinsten Kultus mit Ihrem Ideale, lieber Keppler.«

»Verschmälern Sie mir denselben nicht,« bat der Künstler einfach. »Es ist ja das einzige, was mir von dem Hoffnungstraume geblieben, den ich dereinst geträumt.«

»Ah – Sie wurden verschmäht –!« fuhr es schnell über Falkners Lippen. »Verzeihen Sie,« fügte er sogleich hinzu, »ich wollte nicht indiskret sein.«

»Ich weiß es,« erwiderte Keppler, »es bedurfte nicht Ihrer Versicherung, und am Ende thut es ja doch gut, einmal davon sprechen zu können. Nein, verschmäht bin ich und meine Hand nicht worden, nur nicht angenommen. Lächeln Sie nicht über den Narren, der sich ein milderes Wort für eine herbe Thatsache sucht, Falkner, und die bittere Pille vergoldet. Nein, das freie offene Geständnis, daß ihr Herz noch nicht gesprochen, daß sie es ungefragt nicht verschenken könne – das nennt man nicht verschmähen – *den* Stachel hab' ich nie gefühlt.«

»Aber sie wußte von dem reichen Erbe, sie kannte ihren wahren, hochgeborenen Namen, mit dem sie Höheres erreichen konnte, als die Frau eines Künstlers zu werden,« sagte Falkner, und er haßte sich selbst für diese Worte.

Jetzt hemmte Keppler seinen Schritt.

»Niederes Denken und Gewinnsucht sind Dinge, die der Donna Dolores nie nahe getreten sind,« sagte er fest und mit solcher Überzeugung, daß Falkner ihm dankbar war für das gute Wort und doch zornig, daß er es nicht sprechen konnte.

»Ich werde es nie dulden,« fuhr Keppler fort, »daß der geringste Flecken dem Namen der Donna Dolores angeheftet wird, sei es, wer immer es sei, der es thun will!«

»Sie haben recht,« erwiderte Falkner sinnend. »Man muß stets sein Ideal verteidigen und so hoch stellen, daß kein Staubwirbel von der allgemeinen Landstraße des Lebens es erreichen und besudeln kann. Wer das nicht thut, verdient kein Ideal zu haben, und sein Leben wird öde und leer sein.«

Keppler warf einen raschen Blick auf seinen Nachbarn – der schritt neben ihm her mit gesenktem Kopf, und durch seine Worte zitterte ein Ton, für den er selbst vielleicht keinen Namen gehabt hätte.

Schweigend gingen sie weiter, und als sie in die Lindenallee einbogen, die direkt bis vor das Nordportal des Falkenhofes führte, standen sie plötzlich einer hohen schwarzgekleideten Gestalt gegenüber, die ihr goldrotes

Haar wie eine Königskrone über der weißen Stirn trug –
Dolores.

Sie stieß einen kleinen Schrei der Überraschung aus, und
dabei flog es rosenrot über ihre Wangen – sie war
wunderschön so, übergossen vom Sonnenlicht, schöner
fast, als in dem dämonischen Kostüm der Satanella auf dem
Scheiterhaufen.

»O Keppler, lieber Freund, sind Sie es wirklich? Wie ich
mich freue, Sie zu sehen!« rief sie herzlich und reichte ihm
beide Hände – ein kaum merkliches Neigen des Hauptes
grüßte dabei den Mann an des Malers Seite.

»Sie kommen gewiß, Ihre Mutter zu besuchen, Baron
Falkner,« sagte sie mit ganz anderem Tonfall als vorher. »Ich
kann Ihnen zufällig sagen, daß sie im Zelte sitzt.«

»Ich danke!«

Meilenweite Entfernungen wünschte er in diesem
Augenblick zwischen sich und sie legen zu können –
unüberbrückbare Klüfte, reißende Ströme, und doch mußte
er neben ihr die ganze lange Allee herschreiten, denn das
»Zelt« lag schnurgerade vor ihm am Ende der Allee und
abzubiegen und einen Umweg zu machen, wäre lächerlich
gewesen, und sein Stolz erlaubte es nicht.

»Und nun sagen Sie mir, Freund Keppler, von wannen der
Wind kam, der Sie hierher geführt,« fuhr Dolores heiter fort.
Und Keppler erzählte, wo er sei und zu welchem Zwecke.

Als aber Falkner urplötzlich, eine leichte Verbeugung
machend, schnellen Schrittes dem Zelte zueilte und Dolores
sofort umdrehte, rief er:

»Mein Gott, was ist zwischen ihm und Ihnen geschehen,
Donna Dolores? Ist – ist es diese Erbschaft?«

173

»Ja,« nickte sie, und dabei legte sich ein schmerzlicher Zug um ihren Mund. »Doch lassen wir das! – für graue Gespenster lacht die Sonne zu schön herab – nein, fragen Sie mich nicht, ich tauge nicht zur Klatschbase,« setzte sie scherzend hinzu. »Ich habe dafür gar kein Talent.«

»Dafür aber desto mehr, eine Einsiedlerin zu werden,« meinte Keppler, auf ihre Wendung des Gespräches eingehend.

»O,« rief sie, »ich fange an, selbst daran zu glauben! Es ist so wonnig, die schönen Tage allein mit seinen Gedanken dahinzuträumen und zuzuhören, wie die Bäume rauschen und was sich der Wald erzählt. Und Neigung zum Alleinsein habe ich immer gehabt!«

»Das wäre aber traurig für Ihre Kunst,« warf Keppler ein.

»Ich lasse sie nicht rosten,« sagte Dolores lebhaft, »nein, o nein, wie könnte ich auch – ich habe sie ja so lieb, meine Kunst! Nur öffentlich kann und mag ich sie jetzt nicht üben, das stimmt so schlecht zu dem schwarzen Kleid, und sie wissen, lieber Freund, ich hasse alle Mißklänge. Es giebt Dinge, die man eben nicht zu einer Harmonie vereinen kann.«

»Davon könnte ich ein Lied singen,« meinte der Maler leise, fügte aber schnell hinzu: »Und wenn Sie das Trauergewand abgelegt haben werden –?«

»Dann ist der Sommer dahin, und alles, alles verblüht,« sagte Dolores traurig.

»Nur Ihr Lorbeer nicht,« mahnte der Künstler.

»Wer weiß,« sprach sie abgewandt, »ich las einmal, daß jedes Menschen Kranz verblüht, sei er von Rosen, Myrte, Lorbeer oder Dornen gewunden. Und da war's mir, als höre

174

ich das Rascheln der dürren Lorbeerblätter, die so schnell welken mußten, weil ihr Spender sie auf Draht geflochten –«

Sie schwieg, kurz abbrechend, und Keppler schüttelte das Haupt.

»Es ist eine sehr, sehr kurze Zeit, die Sie zur Pessimistin gemacht,« sagte er traurig. »Gott verhüte, daß dies schwarze Trauerkleid zum Bahrtuch für Ihre Kunst geworden wäre!«

»Nein, o nein,« rief Dolores, »meine Kunst kann nicht sterben, sie überlebt ja alle ihre Jünger, auch die besten, die auserwähltesten –«

»Und gehören Sie nicht zu diesen? Wer hat Sie an sich selbst zweifeln gelehrt?«

»Ich zweifle nicht an meinem Können, denn ich bin mir dessen bewußt,« rief Dolores, und ein Strahl echten, rechten Künstlerstolzes flammte in ihren dunklen Augen auf. »Aber,« setzte sie leise, ganz leise hinzu, »aber ich zweifle an meiner Kraft!«

»Warum?« Und die helle Angst leuchtete bei dieser Frage aus Kepplers Augen. »So müssen Sie nicht reden, Donna Dolores. Sie sind zuviel allein – bei Gott, das ist's nur, was aus Ihnen spricht! Ihre Kraft? Die Kunst hat Sie auf siegreichen Schwingen hinaufgetragen zur sonnigen Höhe des Ruhmes –«

»Und als Ikaros der Sonne zu nahe kam, versengte sie seine Flügel, und er sank herab ins Meer – des Vergessens,« schloß Dolores seufzend.

Keppler schüttelte den Kopf.

»Nein, so darf es nicht mit Ihnen bleiben,« rief er, »Sie dürfen nicht in der Einsamkeit verderben! Laden Sie Gäste zu sich ins Haus, mit denen Sie musizieren und eine gute

Unterhaltung führen können –«

»Ich hab's versucht, Professor Balthasar hierher zu locken, aber er kann erst später kommen, im Herbste –«

»So suchen Sie Ihre Nachbarschaft auf!«

»Ich gelobe, morgen bei Gräfin Schinga Besuch zu machen,« rief Dolores jetzt lachend, »ich fürchte nur, daß die Nahrung, die mein Geist da empfangen wird, für meinen schwachen Verstand zu schwer ist.«

»Nun, und Monrepos?« fragte Keppler gespannt.

»Monrepos,« wiederholte sie. »O, das ist ein Hof, und zu Hofe muß man befohlen werden.«

So gingen sie plaudernd auf und nieder, bis nach nicht zu langer Zeit Falkner die Allee wieder heraufkam, denn er mußte sie, um nach Monrepos zu gelangen, wieder passieren.

Er hatte die Stirne in Falten gezogen und sah finster genug darein, denn sein Wunsch, seine Mutter möchte den Falkenhof verlassen, war auf den hartnäckigsten und entschiedensten Widerstand bei seinem Stiefvater gestoßen.

»Es liegt ganz und gar nicht in meiner Absicht, die wiederholten, freundlichen Einladungen unserer lieben Dolores abzulehnen und sie damit zu kränken,« hatte Doktor Ruß gesagt. »Sie hat nichts gethan, was uns kränken könnte, im Gegenteil; und daß sie den Falkenhof geerbt, dafür kann sie nichts – sie hat ja auch ihr Bestes gethan, ihn abzutreten. Aber an dem Eisenkopf deines Sohnes, teure Adelheid, scheitern ja alle Fahrzeuge der besseren Einsicht!«

»Nun, es findet sich vielleicht noch eine andere Lösung dieses Konfliktes,« hatte Frau Ruß mit Beziehung geantwortet und dabei sehr schnell gestrickt.

»Wohlan denn, thut, wie es euch beliebt – ich betrete den Falkenhof freiwillig nicht wieder,« hatte Alfred erwidert, und finsteren Blickes war er davon geeilt.

Daß er ihr noch einmal nach der heute erfahrenen Abweisung begegnen mußte, war ihm entsetzlich fatal, und der Grimm, der in seiner Brust wohnte gegen das unbegreifliche Gebaren seines Stiefvaters, gegen Keppler und – sich selbst, machte, daß er die Hände ballte und die Zähne zusammenbiß, als er die wunderschöne Gestalt im schwarzen Kleide wieder vor sich sah.

»Was hat sie davon, meine Mutter und deren Mann hier zu fesseln?« fragte er sich, denn er wußte ja nicht, daß Dolores die Einladung der ersten Stunde ihres Seins im Falkenhofe ganz und gar nicht wiederholt hatte. »Was bezweckt sie damit? Mich zu demütigen und zu ärgern? Wie kann meine Mutter Wohlthaten aus diesen Händen annehmen!«

Raschen Schrittes eilte er vorwärts und stand nun, leicht den Hut lüftend, vor Dolores.

»Ich habe eben zu meinem großen Befremden gehört, Baronin,« sagte er eisig kalt, »daß meine Mutter und mein Stiefvater infolge Ihrer wiederholten Einladungen auf dem Falkenhof zu bleiben gedenken. Es ist mir dies, selbstredend, sehr fatal, und kann nur durch Einrichtung einer eigenen Menage für die Betreffenden, oder aber eine entsprechende Entschädigung –«

Dolores war sehr blaß geworden und streckte jetzt gebieterisch die Hand aus, fernere Worte abzuschneiden.

»Nicht weiter, Baron Falkner,« sagte sie, und ihre Augen sprühten Flammen. »Der Falkenhof wird nicht vermietet –

niemals, so lange ich hier bin, sei es, unter welcher Form es immer sei. Wollen Ihre Eltern meine Gäste sein, so werd' ich sie stets als solche ehren – an *einem* Tisch mit mir – oder gar nicht.«

Damit wandte sie sich ab und schritt die Allee herunter, scheinbar unbewegt, aber in ihrem Innern wogte es auf und nieder in Schmerz, Empörung und Pein.

Und ein stiller Zorn stieg auch in Keppler auf gegen den Mann, der stumm und blaß neben ihm herschritt, denn er hatte *sie* gekränkt, und er, der Maler, hatte nicht einmal das Recht, hier für sie einzutreten, wo sie selbst für sich gesprochen hatte.

Und Falkner? Er hatte sich von seinem heißen Blut hinreißen lassen, und ihre Antwort hatte ihn nicht gekränkt, denn eine wilde Freude in seiner Brust sagte ihm, daß sie ja anders nicht hatte antworten dürfen, daß er sie um einer anderen Antwort willen hätte verachten müssen und doch, und doch – er *wollte* sie hassen um jeden Preis, hätte er sie nur auch verachten gekonnt!

Am selben Tage noch sprach ihm Prinzeß Alexandra höchst taktvoll von der Parkangelegenheit, und berührte leicht den delikaten Punkt des Verkehrs mit seiner Cousine.

»Hoheit verzeihen,« erwiderte Falkner kühl und bestimmt, »wenn ich in dieser Affaire keine Dienste leisten kann. Ich stehe in absolut keinem Konnex mit der Baronin, meiner – nun ja, meiner Cousine, und glaube auch, daß sich dies alles weit besser durch Fremde arrangieren läßt.«

*   *   *

Am folgenden Tage um die Stunde, wo man in großen Städten Visiten zu machen pflegt, also gegen fünf Uhr nachmittags, bestieg Dolores ihren leichten, eleganten Brougham und gab dem Kutscher die Order, nach Arnsdorf zu fahren.

Leicht und leise rollte der Wagen über den gelben Kiesweg hinaus zum Thore und die staubige Chaussee entlang nach der äußersten Spitze des Triangels zu, den die drei Nachbargüter bildeten. Es war ein wunderschöner Tag, aber fast zu heiß für die schattenlose Chaussee, welche zwar mit Kirschbäumen rechts und links besetzt war, die aber für den Komfort der Fahrenden nichts thaten, sondern nur Scharen von Sperlingen anlockten, welche unter großem Geschrei kamen, um nachzusehen, ob die Kirschen noch nicht reif seien.

Der Wagen rollte endlich zum großen Staunen der barfüßigen, flachsköpfigen Jugend in das Dorf und bog in den Hof des Dominiums ein, in welchem Enten und Gänse einherwatschelten, ein altes Pony einen grünen Fleck abgraste und mehrere Schweine und Ferkel sich in einer Pfütze inmitten des Hofes wälzten.

Beim Vorfahren der Equipage vor die Hausthür geriet ein auf der Schwelle träumender Truthahn in eine blinde Wut und suchte die Pferde zu attackieren, ein Pfau schrie infolgedessen laut auf, ein Hofhund kam laut bellend angerannt, die Gänse schnatterten und schrieen, das Pony wieherte, die Schweine grunzten – kurz, es entstand ein Höllenkonzert. Infolgedessen erschien ein neugieriger Kopf an einem der erblindeten, vielleicht seit Jahren nicht geputzten Fenster, und bald darauf trat der Inhaber dieses Kopfes, ein Mensch in schäbiger Livree, heraus und kam an den Wagen.

Da man in dem Spektakel sein eigenes Wort nicht verstehen konnte, so reichte Dolores einfach ihre Karte aus dem Wagen heraus, dessen Schlag ihr eigener Diener inzwischen geöffnet hatte. Der schäbige Lakai prüfte erst den Namen auf der ihm gereichten Karte, dann verschwand er in dem Hause. Indes der Hofhund fortfuhr betäubend zu bellen, der Kutscher Not hatte, die Pferde in Ruhe zu halten und die Gänse und Enten neugierig den Wagen umstanden, hatte Dolores Muße, das sogenannte Schloß zu betrachten – ein entsetzlich verwahrlost aussehendes Gebäude aus dem Anfang dieses Jahrhunderts – steif und schmucklos, von dessen Mauern der Mörtel stellenweise abgefallen war, auf dessen Dach die abgefallenen Fachwerke mitunter das Sparrenwerk sehen ließen.

Doch kaum hatte Dolores diese letztere Bemerkung gemacht, als schwere Tritte eine Holztreppe herabdröhnten und Graf Schinga selbst seinem Gast entgegeneilte, aber an Stelle einer Begrüßung erst mit einem donnernden: »Will er sich wohl kuschen!« auf den Hund losfuhr. Nachdem diese Einleitung ihre Wirkung gethan, half er Dolores aus dem Wagen und reichte ihr den Arm.

»Furchtbar nett von Ihnen, Baronin, uns aufzusuchen,« rief er ihr zu. »Meine Frau freut sich sehr, Sie zu sehen – führe Sie gleich zu ihr. Müssen aber entschuldigen, ist noch im Negligé wegen der Hitze. Na, wenn man auf dem Lande ist, schad't das wohl nichts, was?«

Dolores versicherte, es schade wirklich nichts, sie käme ja wegen der Gräfin und nicht wegen deren Kleider.

»Hahaha!« lachte Schinga wiehernd los, »gut geantwortet! Passen ganz zu uns, liebe Baronin! Schönes Wetter, was?«

Endlich waren sie die steile Treppe emporgeklommen, und Schinga öffnete eine Thüre.

»Die Baronin Falkner, liebe Bronislava!« rief er durch die Spalte.

»Elle est bienvenue,« antwortete eine Stimme drinnen. Schinga stieß die Thür auf und führte Dolores in ein dermaßen verdunkeltes Gemach, daß diese anfangs nichts sah, zudem schwebte ein fast undurchdringlicher Dampf von türkischem Tabak in der Luft.

Aus dieser Dämmerung löste sich jetzt eine kolossale weibliche Gestalt in hängenden, weißen Gewändern, von der Dolores möglichst viel zu erkennen trachtete, da sie in ihr die Gräfin Schinga vermutete. Ein bis zur Achsel nackter Arm mit einem sonderbaren spiralförmigen Armband löste sich aus den bis obenhin geschlitzten Ärmeln, reichte ihr die Hand und die Gestalt sprach langsam: »Ich freue mich, Ihre Bekanntschaft zu machen, Baronin. Comment vous portez-vous? – Hippolyt, ziehe doch die Jalousien auf!«

Indes Graf Schinga dieser Aufforderung nachkam, geleitete die Gräfin Dolores zu dem Sofa, das eigentlich mehr Chaiselongue war, wobei letztere auch an dem linken Arm ihrer Wirtin den seltsamen Schmuck bemerkte, wie an dem rechten. Die geöffneten Jalousien und Fenster enthüllten nun ein einstmals sehr kostbares, aber jetzt stark eingewohntes Gemach im türkischen Geschmack, dessen Wände, Polster und Dielen, kostbare, golddurchschossene Teppiche bedeckten, dessen Möbel von Rosenholz schöne Inkrustierungen zeigten. Auf dem Tisch vor dem Sofa lag eine dichte, sehr dichte Staubschicht und auf dieser stand ein Nargileh, ein Kasten mit Tabak, ein Karton mit kandierten Früchten, und neben diesen lag ein broschierter Roman von Zola, halb aufgeschnitten.

»So,« sagte Schinga, »nun hätten wir Licht und können gemütlich plaudern. Also, liebe Baronin – hu!« unterbrach er sich, indem er sich sichtlich vor Entsetzen schüttelte und mit einem Satz nach der Thür retirierte. »Thu' diese scheußlichen Würmer fort, Bronislava!« Die Gräfin hob

181

lachend beide Arme in die Höhe, und nun fuhr auch Dolores schaudernd empor – denn die seltsamen, spiralförmigen Armbänder, die sie trug, waren lebende, kühle, glitzernde kleine Schlangen, die mit ihren Köpfen blitzschnell hin und her fuhren.

»Wie, Baronin, Sie fürchten sich auch vor den süßen, kleinen Dingern?« rief die Gräfin erstaunt. Dolores zog sich schaudernd nach der Thür zurück.

»Es ist nicht Furcht,« sagte sie, »ich fürchte mich niemals, aber ich fühle ein solches Grauen vor diesen Tieren, daß ich es fast Idiosynkrasie nennen möchte. Sie sind es, die mir den Aufenthalt in meiner zweiten Heimat Brasilien so sehr verleiden –!«

»Kommen Sie, Baronin,« sagte der Graf und sah dabei sehr böse aus. »Wir wollen bei mir einkehren, denn Sie sehen nun wohl ein, daß man mit meiner Frau nicht verkehren kann!«

»Bleiben Sie,« rief die Gräfin, sich erhebend. Dann streifte sie die Schlangen von den üppigen Armen, that sie in einen Korb und schloß dessen Deckel. »So, nun sind sie gefangen, die armen Dinger. Setzen Sie sich, Baronin, und nehmen Sie eins von diesen kandierten Ingwerstücken – oder ziehen Sie ein Nargileh vor? Nicht? Nun, so gestatten Sie mir das meinige!«

Ihr Grauen überwindend, nahm Dolores wieder Platz, ebenso der Graf, der dabei den Korb nicht aus den Augen verlor, indes die Gräfin den Schlauch ihrer türkischen Wasserpfeife ergriff und langsam zu rauchen begann. Sie mußte einst sehr schön gewesen sein, aber Stürme mancher Art hatten ihre Züge verschärft, und der mehr als negligéartige Anzug, das wirre, schwarze, ungekämmte Haar gaben ihr ein Aussehen der Vernachlässigung, das zu ihrem Alter nicht stimmte, denn sie mochte erst Mitte der Dreißig sein. Dolores wunderte sich, wie man Besuch in Gegenwart von Herren in einem Kostüm empfangen könnte, das eine verzweifelte Ähnlichkeit mit einem Nachthemd hatte, und als ihr Blick einmal an den kolossalen Formen ihrer Wirtin herabglitt, bemerkte sie in dem rosaseidenen Strumpfe der Dame, der eben sichtbar war, ein großes Loch, das der stark benutzte Pantoffel nicht ganz verbergen konnte.

»Hippolyt, schicke uns doch etwas Eis herauf,« wandte sich die Gräfin nach wenig Worten an ihren Gatten, der mit einer Eile verschwand, die bewies, wie ungemütlich ihm der Aufenthalt angesichts des bewußten Korbes sei.

Auch Dolores empfand genug davon, um länger zu bleiben, aber die Gräfin wollte von einem Aufbruch nichts wissen.

»Nein, nein, Sie müssen noch bleiben,« bat sie, »die Schlangen sind wirklich ganz sicher dort im Korbe, sie können nicht heraus – und ich habe auch nur diese zwei. Außerdem schickt Hippo uns gleich Eis herauf – der Koch muß im Sommer immer welches bereit haben!«

Dolores ergab sich in ihr Schicksal.

»Aber, Frau Gräfin, was in aller Welt veranlaßt Sie nur, sich solch' fürchterliche Tiere zu halten?« fragte sie mit leisem Schauer. »Sie können doch unmöglich Gefallen daran finden, und der Graf graut sich vor ihnen!«

»Eben deshalb halte ich sie,« erwiderte die Gräfin sehr kaltblütig, aber als Dolores sie überrascht anblickte, sah sie, daß die dichten, dunklen Augenbrauen der Dame sich zusammengezogen hatten.

»Nicht wahr, das ist sonderbar?« fuhr die Gräfin fort.

»Aber es giebt viel Sonderbares auf der Welt, von dem *Sie* nichts ahnen! Heiraten Sie niemals. Niemals, hören Sie?«

»Ich werde mir's merken,« erwiderte Dolores lächelnd.

»Oder thun Sie's, wenn Sie elend sein wollen fürs ganze Leben,« rief die Gräfin heftig, »denn Sie glauben's doch nicht, wenn man Sie warnt. Ah, da kommt das Eis!«

Die Dame des Hauses warf den Schlauch ihres Nargileh beiseite und half dem eintretenden Diener den Inhalt seiner Platte auf dem Tisch arrangieren: Krystallmuscheln mit herausgebrochenen Ecken, ordinäre Löffelchen von Britannia und eine prachtvolle, schwere silberne Schale mit Fuß, darin das Gefrorene aufgehäuft war. Sie legte ihrem Gast vor und nahm dann sich selbst, aber schon nach dem ersten Kosten spuckte sie heftig aus und riß an der Klingelschnur über dem Sofa.

»Was ist das für Eis?« schrie sie dem Diener entgegen.

»Erdbeer und Vanille, gnädige Gräfin –«

»Esel!« Und mit diesem Liebesnamen flog dem in seiner Einfalt Antwortenden einer der stark getragenen Pantoffeln der Dame an den Kopf.

Dolores fühlte sich aufs peinlichste berührt. Auch sie hatte das Eis gekostet und zurückgestellt – es schmeckte wie gefrorenes Salzwasser. Aber das war in ihren Augen noch kein Grund, den daran unschuldigen Diener dafür zu strafen, und zudem begriff sie nicht, wie man einen solchen überhaupt in sein Zimmer treten lassen konnte, wenn man sich in solch' tiefem Negligé befand, wie ihre Wirtin. Der Mensch räumte alles wieder fort und ging. Dolores erhob sich.

»Ich glaube, es ist Zeit für mich, zurückzufahren,« sagte

184

sie, aber die Gräfin zog sie wieder auf das Sofa nieder.

»Bleiben Sie noch, bitte,« sagte sie. »Und wenn Sie's aus Sympathie nicht thun können, so thun Sie's aus Barmherzigkeit. Ich bin ja immer allein!«

Dolores sah überrascht auf – das war wie ein Ruf der Verzweiflung, der ihr da entgegentönte, es schien als ob das Wundern in diesem Hause kein Ende nehmen könnte.

»Und Sie werden wiederkommen, nicht wahr? Und ich darf Sie besuchen?« fuhr die Gräfin fort. »Ach, es ist schrecklich, so jahraus, jahrein zu sitzen und mit niemand sprechen zu können, denn wir bleiben immer in Arnsdorf, Sommer und Winter.«

»Aber Ihr Gemahl besucht doch die Residenz?« fragte Dolores, nur um etwas zu sagen.

»Das berührt *mich* nicht,« erwiderte Gräfin Schinga kühl. »Ich sehe ihn ohnehin nur selten, seitdem ich die Schlangen habe. Sie würden mir nicht glauben, wenn ich Ihnen erzähle, welche Mühe es mir gemacht hat, sie zu zähmen, und sehen Sie, mein Arm weist noch die Narben auf von ihren Bissen. Aber jetzt kennen sie mich und hören, wenn ich sie rufe!«

»Mein Gott, welche entsetzliche Liebhaberei,« rief Dolores.

»Es ist nicht gerade das,« meinte die Gräfin. »Ich habe mich im Anfang auch erst an die kühlen, glatten Dinger gewöhnen müssen. Aber was hilft's? Es ist Notwehr!«

»Notwehr?« wiederholte Dolores verwundert. »Ich meine, ein großer Hund thäte die besten Dienste.«

»Nicht doch,« lachte die Gräfin. »Sehen Sie, einen Hund würde er töten, wenn er auf ihn dressiert wäre, ohne jedes Bedenken töten. Aber die Schlangen wagt er nicht anzurühren, und meidet sogar das Zimmer, in welchem sie sind.«

»Wer?« fragte Dolores verwundert.

»Nun, mein Mann!«

Es ward einen Augenblick sehr still in dem Gemache, dann aber erhob sich Dolores wirklich und nahm Abschied.

»Und Sie kommen wieder, nicht wahr?« bat die Gräfin noch an der Thür. »Es wird mir so wohl thun, Ihr schönes, reines Antlitz zu sehen, das heißt wenn Sie es vermögen, einer Frau zu nahen, die sich Schlangen hält, damit ihr Mann ihr fern bleibt, die Zola liest und den ganzen Tag Nargileh raucht. Sie werden schon noch mehr Untugenden an mir entdecken, aber darunter doch vielleicht ein Goldkörnchen! Das müssen Sie mir suchen helfen, Sie liebes, schönes Menschenkind, denn ich hab's verloren, und weiß nicht, wo ich's finden soll –«

Und damit schlang die seltsame Frau den Arm um den Nacken ihres Gastes und gab ihr einen Kuß auf die Wange. Dann klappte die Thür zu. Verwirrt stieg Dolores die steile Treppe hinab, unten empfangen von dem Grafen.

»Na, Gott sei Dank, daß Sie endlich kommen,« schrie er ihr entgegen. »Jetzt müssen wir unsere Nachbarschaft mit einem Glase Champagner taufen, in aller Gemütlichkeit, denn dort oben ist's doch zu gruselig von wegen dieser Bestien –! Na, ich wollte Sie schnell heraushaben aus dieser Schlangenhöhle, und schüttete deshalb dem Koch eine gute Handvoll Viehsalz in den Eiscreme – es hat Sie aber doch nicht schnell genug herausgetrieben!«

Dolores protestierte erst höflich, dann energisch gegen den Champagner, aber es half nichts, sie mußte in der Hausthür stehend ein Glas leeren. Dabei wurde ihr das alte

Pony noch einmal angeboten. Endlich saß sie im Wagen und fuhr unter den Klängen ihres Entreekonzertes wieder zum Thor hinaus, sie gab sich den Anschein als sähe sie nicht, daß Graf Schinga ihr, die Champagnerflasche im Arm, in der Hausthür nachwinkte und die Gräfin droben am Fenster mit ihren lebenden Schlangenarmbändern erschienen war – sie war froh, hinauszukommen aus dieser wüsten Atmosphäre von wirklichem und moralischem Ruin.

An der Schmiede hieß sie den Kutscher halten, stieg aus und schickte den Wagen heim. Dann schritt sie, den Hut am Arm tragend, hinein in den kühlen, grünen Wald, dessen reine Luft ihr heute wohlthat wie nie, aber dabei mußte sie immerzu an die Frau denken, die sie eben verlassen, und ein scharfes Weh durchzog ihre Brust: mußte der Schmerz überall wohnen, wo ein Menschenherz schlug, mußte das Leben seine Wunden in jede Seele schlagen? Warum konnte es nicht Auserwählte des Glückes und des Friedens geben? Ja, sie kannte wohl Menschen, in deren Herz reiner, heiterer Friede wohnte, aber ehe er eingezogen war unter der Mönchs- oder Nonnenkutte, oder aber unter dem Gewande der Welt, hatte dieses Herz erst brechen und verbluten müssen, ehe der Friede zu ihm kam. Dabei kam es so traurig über sie, denn vor wenig Wochen nur war sie noch so glücklich gewesen mit ihrer Kunst, und jetzt? Jetzt stahl sich ein fremdes Wehe über sie, und das machte das leuchtende Sonnenlicht trübe und die Blumen welk und dürr, und der Besitz, an den sie in der weiten Ferne mit Sehnsucht gedacht und von ihm geschwärmt, er ward ihr vergällt, seitdem der, den sie ihm freudigen Herzens überlassen hätte, ihn ihr verächtlich vor die Füße geworfen. Ihr ganzer Stolz bäumte sich auf, wenn sie dessen gedachte, und zornig schüttelte sie das Weh von sich ab, das ihr dabei im Herzen aufstieg, d. h. sie vermeinte es von sich weisen zu können und wußte nicht, daß es schon Wurzel gefaßt und nicht mehr auszurotten war. Denn was von einem anderen angethan ihr nur Empörung verursacht hätte, das schlug von seiner, von Alfreds Hand, eine Wunde, die kein Kraut zu heilen vermochte.

Ungesehen von den auf der Terrasse zu Monrepos Sitzenden – sie unterschied deutlich die Gestalten Falkners und Kepplers und hörte ein silberhelles Kinderlachen – huschte sie schnell vorüber. Erst, als sie ihr eigenes Gebiet wieder betrat, atmete sie auf – hier hatte sie ja das Recht, umher zu wandeln – dort dünkte ihr das jedem Passanten gewährte Privilegium des Vorübergehens Konterbande unter dem Bann der großen, dunklen Augen, die stets mit solch' hartem Ausdruck auf ihr ruhten.

Sie nahm den Weg nach dem Hexenloch, dessen von romantischem Zauber umsponnene Umgebung sie so sehr anzog. Hier ließ sich's so gut träumen und sinnen an dem kleinen rauschenden Wasserfall, dessen silberhelle Wasser in dem Tümpel so dunkel aussahen oder, wenn die Sonne durch die prächtige Blutbuche an der südlichen Uferseite schien, wie Blut.

Durch kühle Laubgänge schritt Dolores langsam dahin und bog dann herum nach dem stillen, lauschigen Platz, doch wie sie um die Hecke bog, sah sie sich plötzlich einer Dame im hellen Sommerkleide gegenüber, die auf einem Baumstumpf saß und eine Aquarellskizze des Hexenlochs machte. Neben ihr, von rücklings halb auf dem Baumstamm liegend, saß ein junger Mann und las vor.

Hohe, überschlanke Buchen
Wölben sich zum Schattendach –
Weil sie Licht und Sonne suchen
Ist ihr Wachstum gar so jach.
Und sie streun als weichen Teppich
Dürres Laub gebräunt und dicht,
Doch den Fels umwuchert Eppich
Immer grün und immer licht –

klang es aus Scheffels Aventiure wie gewählt für den Platz herüber.

»Es fehlt uns nur Biterolfs Elfe,« warf die Dame ein, ohne aufzusehen.

»Bei Gott, da ist sie,« rief der junge Mann, der emporgeblickt und Dolores' lichtes Haupt auf dem tiefgrünen Grunde gewahrte. Im nächsten Moment aber sprang er auf. »Die Baronin Falkner,« sagte er halblaut.

Da sie sich erkannt sah, trat Dolores näher, die fremde Dame erhob sich und ging ihr entgegen.

»Baronin, Ihre Gegenwart legt mir die demütigende Bitte um Vergebung wegen unbefugten Eindringens in Ihr Reich auf,« sagte sie mit hinreißender Liebenswürdigkeit. »Darf ich, im Namen dieses köstlichen Fleckes Erde, dessen Konterfei ich mir für mein Album rauben wollte, Indemnität hoffen?«

»Es soll eine allgemeine Amnestie für dergleichen vergangene, gegenwärtige und zukünftige Raube erlassen werden,« sagte Dolores in demselben Tone.

»Wofür ich im Namen der Kunst herzlich danke,« entgegnete die Dame. »Doch gestatten Sie mir, Baronin, erst die Pflichten der Höflichkeit zu erfüllen, ehe ich Ihre Erlaubnis ausnutze – ich bin die Prinzessin Alexandra von Nordland, und dies ist mein Bruder, der Erbprinz!«

189

Dolores verbeugte sich noch einmal in ihrer würdevollen, graziösen Weise.

»Man sagte mir, unsere hohen Nachbarn auf Monrepos hätten einen Passepartout für den Falkenhofer Park nicht verschmäht,« sagte sie. »Es bedarf wohl kaum der Versicherung, daß ich eine Grenze niemals gezogen habe!«

»Das ist prächtig, Baronin, und uns hochwillkommen,« erwiderte der Erbprinz, »denn unser Garten ist verhältnismäßig recht klein und eigentlich für uns ein noli me tangere wegen des Herzogs, meines Vaters, Rosen.«

»Diese sind aber auch berühmt, Hoheit, und für die Berühmtheit muß man immer etwas leiden,« entgegnete Dolores.

»Ach ja, keine Rose ohne Dorn,« seufzte der junge Fürstensproß.

Prinzeß Alexandra hatte indes ihren Blick prüfend auf der Lehnsherrin vom Falkenhof ruhen lassen – sie gab viel auf den ersten Eindruck, den Fremde auf sie machten und auf den Blick, mit dem diese ihr ins Auge sahen. Die tiefdunklen und doch so klaren Augen mit dem reinen, ernsten Blick, in dem eine köstliche Schelmerei aufleuchten konnte, nahmen sie sogleich für die Schöpferin und Darstellerin der »Satanella« ein, und wie immer ihrem Impulse folgend, sagte sie:

»Ich muß Sie ansehen und immer wieder ansehen, Baronin! So jung noch und schon so berühmt! Mehr noch – so jung und doch schon so schaffensreich! Wie viel Schönes werden Sie uns noch schenken nach der Satanella!«

»Wer weiß, Hoheit,« erwiderte Dolores leise. »Vielleicht bin ich wie jene Musa, die nur eine Blüte hat, welche ihr das Lebensmark kostet. Und ich wollte ja auch nicht mehr begehren, wenn diese einzige Blüte, dies eine Werk mich überlebte und die Menschen Freude davon hätten.«

»Aber dieses Werk ist gut – alle Welt ist einig darüber,« rief der Erbprinz.

»Ich weiß, es ist noch zuviel vom schäumenden Most der Sturm- und Drangperiode darin,« entgegnete Dolores kopfschüttelnd.

»Lassen Sie sich das freuen,« meinte Prinzeß Alexandra herzlich, »die Zeit, wo Ihr Puls langsamer geht und der Hauch höherer Reife sich auf Ihr Schaffen legt, kommt noch früh genug – zu früh, und wir werden mit Schrecken gewahr, wie die Tage schwinden!«

»Das war ein gutes Wort, Hoheit, und ich danke dafür,« sagte Dolores ernst, und in diesem Augenblick reichte ihr die hohe Dame die Hand zum warmen Druck, aber als Dolores sich auf diese Hand herabbeugen wollte zum schuldigen Kuß, wie es die Etikette verlangt, da beugte sich die Prinzeß herüber und küßte sie auf die schöne, weiße Stirn.

»Aber nun muß ich meine Skizze vollenden,« rief sie, »die Beleuchtung ist jetzt so herrlich, fast zu schön für meinen armen Pinsel. Sie bleiben doch hier, Baronin?«

»Gern, Hoheit,« sagte Dolores und setzte schelmisch hinzu: »Wie Hoheit befehlen, muß es ja heißen!«

»Ach, das ›gern‹ klingt viel hübscher,« meinte der Erbprinz, indes Prinzeß Alexandra sich mit fröhlichem Lachen an die Arbeit setzte. »Sie müssen wissen, Baronin, daß wir hier nur Menschen sein wollen, denen ein freundliches ›gern‹ hübscher klingt, als die steifen Formen des Hofes.«

»Ich belauschte gestern unfreiwillig die Säulen unseres Landhauses, Fräulein von Drusen und den Kammerherrn von Dreßing,« plauderte die Prinzessin, »und hörte zu meiner unbeschreiblichen Belustigung, wie erstere zu letzterem sagte: ›Gott sei Dank, daß wir da sind, die noch einigermaßen die Dehors auf Monrepos aufrecht erhalten. Wie würde es ohne uns hier zugehen!‹«

Die anderen lachten, da es ja bekannt war, mit welcher Würde die Prinzeß dem fürstlichen Hofe vorstand.

»Es muß auch solche Käuze geben,« citierte der Erbprinz.

Dann war es eine Weile still am Hexenloch. Leise flüsterte die warme Sommerluft in den Bäumen, und der Wasserfall rauschte – schnell flog der geschickte Pinsel der fürstlichen Künstlerin über den auf ihrem Schoß liegenden Block, träumerisch sah Dolores hin auf das dunkle Wasser, auf dem einzelne Sonnenstrahlen, die durch das Laub brachen, magisch funkelten, und Prinz Emil sah wiederum auf die reine, herrliche Profillinie des schönen Antlitzes neben ihm.

Endlich unterbrach die Prinzeß das Schweigen.

»Ach, wie köstlich ist's doch hier,« sagte sie, zurückgelehnt ihr Werk betrachtend, »und was für Stümper sind wir, der Natur gegenüber!«

»Das sagt Richard Keppler auch,« nickte Dolores.

»O, er ist doch Adept, aber was bin ich?«

»Berührt vom Strahl des ew'gen Lichts,« sagte Dolores träumerisch. »Ach, Prinzeß, wer so fein die Farbentöne fühlt, wie Sie, ist selbst ein Meister –«

»Nur muß man daneben keine Fürstin sein, sonst glaubt's niemand,« meinte der Erbprinz.

»Die Menschen haben so viele Vorurteile,« rief Dolores, »aber die meisten haben sie gegen die, welche sich ihre Sachen mit einer Krone – von der fünfzackigen bis zur Königskrone, zeichnen lassen können.«

»Und doch steht der Lorbeer den Kronen so schön!« seufzte die Prinzeß.

Wieder ging es mit der Arbeit weiter, und alles, alles rings war still – da tönten plötzlich unten aus dem Dorf herauf die Abendglocken durch die reine Luft, und Dolores erhob sich, vom Rande des dunkler werdenden Wassers Vergißmeinnicht zu pflücken, die da in Menge blühten.

»Jetzt fehlte nichts als ein Lied,« sagte der Erbprinz leise mit bittendem Tone.

»Ach ja, ein Lied,« wiederholte Prinzeß Alexandra.

Da setzte sich Dolores auf einen moosbewachsenen Stein, hart am Ufer, und sang, ihren Vergißmeinnichtstrauß mit breitem Grase bindend, in den fernen Glockenklang hinein.

Fernher tönen Abendglocken
Leis' mit wundersüßem Klang,
Und mir ist's, als hört' ich locken
Engelschöre, Himmelssang.

Und mir ist's, als säh' ich's schweben
Auf und nieder in der Luft,
Und im Abendrot verweben
Windessäuseln, Blumenduft.

Wie auf lichten Engelsschwingen
Zieht der Glockenklang zur Höh',
Wo die Herzen nicht mehr ringen
Und im Licht sich löst das Weh.

Glockenklar, voll und doch so sanft zog die herrliche Stimme durch die stille Luft und erstarb mit dem letzten fernen Klang aus dem Dorfe drunten.

Der Erbprinz hatte sein Antlitz mit den Händen bedeckt, während die Prinzeß den Pinsel sinken ließ und auf die Sängerin hinüber sah. Und als das Lied beendet war, erhob sie sich leise und trat zu Dolores hin.

»Wollen Sie mir diesen kleinen Strauß geben zum Andenken an den heutigen Abend?« fragte sie und legte ihre Rechte auf das goldige Haupt vor ihr. »Und auch das Lied?« setzte sie hinzu. »Denn das kam doch aus Ihrem Herzen, nicht wahr?«

»Ja,« sagte Dolores einfach. »Es kam mir gestern Abend in den Sinn, als ich einsam hier saß – ich will es aufschreiben. Und hier ist der Strauß,« fügte sie aufstehend hinzu. »Aber die kleinen, blauen Blütenblätter fallen ab, Hoheit, wenn sie trocken sind.«

»Das thut nur die Männertreu', niemals das Vergißmeinnicht,« rief der Erbprinz hinüber.

»Wirklich?« fragte Dolores fröhlich. »Nun ja, wenn Hoheit selbst es sagen, muß es wohl wahr sein.«

> »Männertreu' ist Spreu im Winde,
> Standhaft ist Vergißmeinnicht,
> Männertreue welkt geschwinde
> Und zerfällt, wenn man sie bricht.
>
> Nur Vergißmeinnicht, das liebe,
> Blüht im Herzen ewig neu –
> Doch wie Wasser in dem Siebe,
> Wie der Wind ist Männertreu' –«

deklamierte der Erbprinz.

»O Emil, wie weise von dir, das selbst zu sagen,« lachte seine Schwester, »glaubst du wirklich, dem Pfeil damit die Spitze abzubrechen? Ja, ja, die Männertreu' hat einen bösen Ruf.«

»Da ist's am besten, man erprobt sie nicht,« meinte

Dolores ernsthaft.

Die Prinzeß warf einen schnellen, prüfenden Blick auf sie, dann zog sie ihre Uhr und sah nach der Zeit.

»Ich fürchte, wir sind über Urlaub geblieben, Emil,« rief sie, indem sie rasch ihre Malutensilien zusammenpackte, und als sie damit fertig war, reichte sie Dolores die Hand. »Vielen Dank, Baronin, für das Lied. Wir werden doch gute Nachbarschaft halten, nicht wahr? Es wäre so schön – und der Sommer ist so bald vorüber, da muß man die Zeit benutzen! Also auf baldiges Wiedersehen!«

Die fürstlichen Geschwister gingen, Dolores aber blieb noch eine kleine Weile am Hexenloch zurück, und als sie heimkehrte, hatte sie noch Lust zu einem Plauderstündchen bei Engels, wo Ida und Knieper sie mit dem höchsten Ausdruck der Freude empfingen, deren ihre Hunde- resp. Katzenseelen fähig waren. Denn in der Begegnung mit der edlen, freundlichen Fürstentochter war es ihr warm geworden ums Herz – das waren, ausgenommen den alten Engels, die ersten Menschen, die ihr vorurteilsfrei die Hand reichten auf dem Weichbilde des Falkenhofes, seit sie dessen Herrin war. Denn bei aller Liebenswürdigkeit, die Doktor Ruß entfaltete, wollte das Gefühl nicht von ihr weichen, daß es Absicht war, die aus ihm zu ihr sprach.

Schon am folgenden Tage ließen sich der Kammerherr von Deßing und die Hofdame von Drusen bei Dolores melden, um im Namen der herzoglichen Familie ihren Besuch abzustatten. Sie saßen genau fünf Minuten bei der Schloßherrin in dem Rokokosalon, dessen Mitte jetzt ein kostbarer Flügel einnahm – die Hofdame sehr steif, sehr mager, sehr zurückhaltend – der Kammerherr sehr beweglich, sehr fein, sehr rund und rosig.

Nach den konventionellen fünf Minuten erhob sich

Fräulein von Drusen, der Kammerherr sprang empor, und bald saßen die beiden nebeneinander in der Equipage, bis wohin Dolores ihnen gefolgt war, da sie ja die herzogliche Familie repräsentierten.

Das alte, im Dienste ergraute Paar rollte dahin, erst schweigend, bis endlich die Hofdame das Eis brach.

»Sie ist eine Dame, lieber Deßing,« sagte sie mit Nachdruck, und der Kammerherr, der mit Ungeduld auf den Urteilsspruch seiner Pythia gewartet hatte, stimmte strahlend ein.

»Eine Dame, natürlich eine Dame, verehrte Freundin!«

»Nun, natürlich ist es nicht,« sagte die Hofdame scharf.

»Nein, natürlich ist es nicht,« zog der Kammerherr seinen Enthusiasmus zurück. »Sie meinen, weil – –«

Sie nickte.

»Natürlich,« sagte sie schneidend. »Es bleibt ja so leicht etwas von der Schminke zurück. Aber hier, Gott sei Dank, habe ich nichts bemerkt, und die Ehren, die sie mir, als Gesandtin unserer Prinzessinnen, erwies, waren tadellos. Das nennt man Rasse, lieber Deßing.«

»Rasse, liebe Freundin – die sich nie verleugnen kann,« stimmte der Kammerherr strahlend zu und rieb sich die Hände, denn er freute sich des Erfolges dieser Visite sehr, erstens, weil Dolores ihm sehr gefiel, und dann lebte er gern mit sich und der Welt auf freundschaftlichem Fuße.

Indessen stand auch Doktor Ruß händereibend an dem Fenster seiner Wohnstube und sah der davon rollenden Hofequipage nach.

»Sieh, sieh,« sagte er kopfnickend, »unsere liebe Nichte

Dolores wird ja hochgeehrt von Monrepos aus. Ei, ei!«

»Jedenfalls eine Aufmerksamkeit für Alfred,« meinte Frau Ruß, eifrig am anderen Fenster strickend.

»Meinst du?« erwiderte der Doktor leise lachend. »Ich möchte an eine andere Version glauben, nach dem Benehmen zu schließen, das dein Sohn bis jetzt beobachtet hat. Aber gleichviel,« setzte er mehr für sich hinzu. »Jedenfalls wird er ihr häufiger begegnen, und Dolores ist eine zu große Schönheit, als daß ein Männerauge lange ungerührt auf ihr weilen könnte.«

Frau Ruß seufzte.

»Es scheint aber fast etwas wie eine Aversion zu sein, die Alfred gegen Dolores hegt,« sagte sie und ließ ihre Nadeln schneller klappern. »Rote Haare sind eben nicht für jedermann.«

»Papperlapapp!« ließ sich der Doktor mit leisem Spott vernehmen. »Natürlich die rote Grete unten im Dorfe mit ihren Sommersprossen und ihrem häßlichen, naßroten, mit Bleikämmen ekelhaft gemachten Haar wird einen verfeinerten Geschmack nur abstoßen. Aber Dolores? Das verwöhnteste Auge wird schönheitstrunken auf ihr weilen, oder es weiß nicht, wie Schönheit sich offenbart.«

Jetzt sank das Strickzeug der Frau in den Schoß.

»Ei, du bist ja ganz Feuer und Flamme,« sagte sie mit einem drohenden Blitz aus ihren kalten, harten Fischaugen.

»Gewiß, teure Adelheid, du weißt, daß ich als Ästhetiker beurteilen kann, was wirklich schön ist,« erwiderte Ruß sehr ruhig, aber unter seinen Brillengläsern glitt ein unbeschreiblicher Blick über die reizlose Gestalt der älteren, verbitterten, kalten Frau, an die er sich aus pekuniären

Gründen gefesselt hatte. »Wenn ich Artikel, gesuchte und viel gelesene Artikel über die Gesetze der Schönheit schreibe, so kann ich das doch nicht wie ein Blinder von der Farbe thun. Ich schreibe jetzt über die Schönheit des germanischen Haares –«

»Papperlapapp,« sagte jetzt auch Frau Ruß sehr trocken, denn sie hatte sich nie für die Artikel ihres Gemahls interessiert, und ihre Begriffe über Ästhetik waren in tiefstes Dunkel gehüllt. »Es handelt sich hier gar nicht darum, was du hübsch findest!«

»Sehr richtig bemerkt,« erwiderte der Doktor sarkastisch. »Kommen wir zur Sache. Ich halte es also für sehr unwahrscheinlich, daß Alfred von so viel Schönheit ungerührt bleiben kann. Das wird sie selbst wohl am besten wissen, denn, wie läßt sie ihre ›Satanella‹ singen?

> Entfacht der Flamme rote Gluten,
> Ihr schafft mich nicht aus dieser Welt,
> Denn wo sich Männerhochmut brüstet,
> Mein Scepter reiche Ernte hält.
> Ich wohn' in jedes Weibes Herzen,
> Ich beuge jedes Mannes Macht,
> Ich bin die Schlang' im Paradiese,
> Und stifte Unheil – drum hab' acht!

Und da nach des Schöpfers weisem Ratschluß ein wenig Valandine und Teufelin in jedem Weibe wohnt, und diese Eigenschaften auf den Mann immer einen gewissen Zauber geübt haben, so hoffe ich das Beste für diesen verzweifelten Fall.«

»Ich wollte, du sprächest klarer,« sagte Frau Ruß trocken, »aber du docierst immer, als ob du auf dem Katheder ständest. Gut also, warten wir ab, was von der Aufnahme Dolores' am Hofe von Monrepos erfolgen wird.«

»Warten wir ab,« wiederholte der Doktor, tief in

Gedanken.

»Und wenn unsere Voraussetzungen fehlschlagen, wenn Alfred bei seinem Benehmen Dolores gegenüber bleibt?« fragte sie gespannt, lauernd. »Was dann?«

»Ja, was dann, teure Frau? Ich weiß es nicht.«

Jetzt warf Frau Ruß ihr Strickzeug beiseite, sprang auf und trat an ihren Gatten dicht heran.

»So, du weißt es nicht?« sagte sie schneidend. »Das mache einem andern weiß – mich betrügst du nicht, mein Schatz! Denn ich möchte Gift darauf nehmen, daß deine Pläne bis aufs Tüpfelchen über dem i auf Jahre hinaus fertig sind!«

Und mit schrillem, kurzem Lachen entfernte sie sich.

Doktor Ruß aber stand noch lange auf demselben Fleck.

»Du hast doch unrecht,« sagte er endlich leise mit seltsamem Lächeln. »Das Tüpfelchen über dem i ist noch nicht gemacht, denn ich weiß noch nicht genau, wie ich es machen soll. Sei aber unbesorgt, ich werde das ›wie‹ schon finden – darin hast du mich wirklich kennen gelernt.«

Sein Blick fiel hinaus aus dem Fenster und dabei bemerkte er Dolores, die, ein Buch in der Hand, einem schattigen Platz zuschlenderte.

»Wie schön sie ist,« murmelte er. »Aber wir wollen uns wie Siegfried mit Drachenblut gegen ihren Zauber stählen und Sorge tragen, daß kein Pfeil uns treffen kann. Was hilft's? Wenn eine Statue des Praxiteles meinen Weg sperrte, so würde ich sie zerstören, um weiter zu kommen, trotzdem ich Kunsthistoriker bin. Natürlich ist's besser, sie läßt sich zur Seite schieben – aber wenn nicht –? Ich glaube, ich bin ein Stück Fatalist, denn ich kann ganz kaltblütig denken, daß ihr Schicksal bestimmt ist.«

Und damit wandte sich der Doktor ruhig zu seinem Artikel über die Schönheit des germanischen Haares.

* * *

Prinzeß Alexandra hatte binnen wenig Tagen ihren gewohnten, musikalischen Zirkel auf Monrepos zu vereinigen gewußt, glücklich darüber, daß auch Dolores demselben regelmäßig anzugehören versprach.

Da war vor allem der Herzog, der gut und gewandt Violine spielte, Gräfin Schinga als brillante Virtuosin auf dem Flügel, der Pfarrer von Arnsdorf als Cellist, Prinzeß Alexandra als Orgelspielerin, Prinz Emil als Sänger. Prinzeß Lolo war trotz ihrer eminenten Begabung kaum mitzurechnen, denn sie verdarb oft das Trio, worüber der Herzog sich mehr als nötig alterieren konnte.

Es war ein wunderschöner, mondheller Abend, der die kleine, musikliebende und musikalische Gesellschaft auf der Terrasse versammelte. Fräulein von Drusen besorgte das wichtige Geschäft des Theeaufgießens und versorgte die Anwesenden mit kleinen, weißen Schalen voll des duftenden, dampfenden Trankes des Reiches der Mitte, und dazu plauderte man ungezwungen. Hier saß Se. Hoheit neben der imposanten Gestalt der Gräfin Schinga, die elegant gekleidet in schwerer, dunkler Seidenrobe ohne Schlangenarmbänder immerhin noch eine auffallend prachtvolle Erscheinung mit echt slawischem Typus war. Dort blätterten Prinzeß Alexandra und Keppler in einer Skizzenmappe – da stand Alfred von Falkners hohe, gebietende Gestalt neben dem Elfenfigürchen der Prinzeß Lolo, die ihm, vom Hundertsten ins Tausendste überspringend, vorplauderte – und in all' diese Gruppen hinein machte Graf Schinga mit Donnerstimme seine Bemerkungen, für deren Gehalt an Geist niemand die

Bürgschaft übernommen hätte.

Mitten in diesem Plaudern wurde gegenüber der Terrasse die vergoldete eiserne Thür geöffnet, und Dolores erschien in dem Garten. Sie trug ein schwarzes Schleppkleid von schwerer Seide und Samt zusammengestellt, der Trauer wegen ohne Schmuck von Perlen oder weißen Spitzen. Es schloß sich hoch am Halse mit schwarzem Spitzenjabot, welches nur mit einer Brosche von Jett befestigt war, in deren Mitte ein herrlicher Solitär funkelte. Schwarze, lange Handschuhe bedeckten die Hände bis über den Ellbogen, und über das leuchtende Haar hatte sie einen spanischen Spitzenschleier geworfen – eine Toilette, deren Farblosigkeit ihre aparte Schönheit wunderbar hob.

»Sie sieht aus, wie eine bleiche, warme Mondnacht,« sagte Keppler, die Herannahende betrachtend.

»Schöner noch als in den Flammenkleidern der Diavolina,« fuhr es durch Falkners Sinn, als sein Blick auf sie fiel. »In diesen dämonisch schön, siegend, sinnverwirrend – hier königlich, nicht minder siegreich, aber fern – unnahbar.«

So schritt sie die Stufen hinauf, geleitet von dem Erbprinzen, der ihr entgegengegangen und den Arm geboten hatte, oben herzlich begrüßt von Prinzeß Alexandra, die sie dem Herzog und ihrer Schwester vorstellte.

»Auf gute Nachbarschaft, Baronin,« sagte Se. Hoheit, vergnügt schmunzelnd, denn er wußte die Schönheit wohl zu würdigen, wo er sie fand.

Prinzeß Lolo reichte Dolores auch ihr kleines Händchen mit einem fast schüchternen »Guten Abend.«

»Ich hatte nicht gewußt, daß diese brasilianische Cousine

von Ihnen so schön ist, Baron,« sagte sie gleich darauf zu Falkner. »Und was für einen Teint sie hat – diese Morbidezza! Und dabei nicht einen Hauch Puder darauf –«

»Ich glaube, das findet sich oft zu roten Haaren,« erwiderte Falkner zerstreut, und blickte nach dem bleichen, wunderschönen Antlitz hinüber, unter dessen goldener Haarkrone die schwarzen Samtaugen, überragt von den feinen, sich über der Nasenwurzel vereinenden Brauen jedes ihrer Worte mit sprechendem Ausdruck begleiteten. Ihn hatten diese Augen nicht einmal gestreift, und er wußte, daß er selbst sich jedes Anrecht darauf verwirkt hatte.

»Man sagt, man trifft die Morbidezza häufig bei den Frauen des Südens,« plauderte Lolo weiter. »Ich finde, ein solcher Teint sieht so furchtbar apart und interessant aus, nicht wahr?«

»Ich ziehe den rosigen, frischen Teint unserer Nordländerinnen vor,« erwiderte Falkner laut und sah dabei die kleine Prinzeß an, die in ihrem weißen Gewande und Rosen im Flachshaar wie Titania selbst vor ihm stand – denn eben ging Dolores an ihm vorbei, und ein Dämon in der Brust zwang ihn, Stachel um Stachel der Dornenkrone zuzugesellen, die er begonnen hatte für sie zu flechten, seit er ihr zum erstenmal begegnete.

Aber Dolores zuckte nicht – heiter blickte ihr Auge auf den Rosenflor des Herzogs hinab – sie war ja so erhaben über die kleinliche Eitelkeit, die alle Bewunderung für sich in Anspruch nimmt, und wieder war Falkner gezwungen, es anzuerkennen.

Wenn die Herrin des Falkenhofes schon in der ersten halben Stunde ein mit Interesse empfangener Gast des fürstlichen Kreises war, und selbst Fräulein von Drusen anerkannte, daß sie ladylike sei, so wurde sie der Mittelpunkt aller, nachdem sie gesungen hatte.

Man hatte nach dem Thee den Musiksaal im Parterre des Schlößchens betreten, und ein Präludium von Bach, auf der kleinen, aber trefflichen Orgel von Prinzeß Alexandra vorgetragen, eröffnete den Abend. Voll und mächtig fluteten die erhabenen Klänge durch die offene Glasthür hinaus in die mondhelle Nacht, gleich einer Hymne, und es war schön zu sehen, wie die edle Gestalt der Spielerin vor dem Instrumente saß, gleich einer heiligen Cäcilie – tiefe Andacht in den ausdrucksvollen Zügen und jeder der von ihr gespielten Noten mit Verständnis folgend.

Nachdem das Präludium verklungen, öffnete der Herzog seinen Geigenkasten und hob seine treffliche, alte, braune Geige heraus.

»Und nun zum Trio,« rief er. »Pfarrer, rüsten Sie Ihr Cello – Gräfin Schinga, wir bitten um das a!«

»Gern, Hoheit,« sagte die Gräfin, sich erhebend, »aber wird nicht Prinzeß Eleonore – –«

»Lolo kann allein spielen,« entschied der Herzog. »Sie ist nicht imstande, Takt zu halten und mit den Instrumenten zu gehen – nein, zum Trio brauchen wir ausdauernde, sich ihrer Aufgabe bewußte Spieler.«

Infolge dieses Entscheides trat die Gräfin an den Flügel und gab den Ton an, und Dolores wunderte sich, ob die Frau im saloppen Hauskostüm wirklich die Spielerin sei, die der Herzog in ihr voraussetzte.

»Ich bin nur froh, daß ich nicht vor Angst am Flügel zu sterben brauche,« flüsterte Prinzeß Lolo Falkner zu. »Papa ist so streng, und diese Trios sind so langweilig – –«

»Aber klassisch,« erwiderte der Freiherr lächelnd.

»Ja natürlich –! Ich meinte auch nur, sie seien so langweilig zum Spielen und Studieren.«

»Es muß wohl sehr schwer sein, durch so viel Seiten hindurch aufmerksam zu bleiben,« meinte Falkner ironisch.

»Ach ja, entsetzlich,« seufzte das Prinzeßchen. »Ich kann immer nur fünf Minuten in derselben Stimmung bleiben.«

»Perpetuum mobile,« sagte er, auf das Flachsköpfchen herabsehend, das mit sprechenden Vergißmeinnichtaugen zu ihm emporsah und über den Blick errötete, mit dem er sie maß. Und dabei fuhr es ihm durch den Sinn. »Ob man mir wohl erlauben würde, die Höhe eines Thrones zu ersteigen, um die unter dem Purpur erblühte Rose für mich zu pflücken?«

Im nächsten Augenblicke aber verdüsterte sich sein Blick.

»Ich bin ein Thor,« dachte er, »so kühn zu träumen, denn was bin ich? Ein armer, emporstrebender Diplomat. Ja, wenn ich der Herr vom Falkenhofe wäre – –«

Ein brillanter, präludierender Lauf auf dem Flügel unterbrach ihn, und das Trio begann. Mit Liebe und Eifer vorgetragen, wirkte das Kabinettstück des naiven Haydn anmutig genug, obgleich dem Kenner die Achillesverse des Vortrages, der Dilettantismus, oft auffallen mußte, besonders was die Instrumente betraf, denn Gräfin Schinga beherrschte ihren Flügel mit Virtuosität, aber – geistlos.

Immerhin muß man aber Dilettanten bei ihrem Vergnügen ohne zu scharfe Kritik beharren lassen, denn es ist besser, mittelmäßige Musik zu machen und schlechte Bilder zu malen, als seinen Nächsten durch den Hechel liebevoller Gesinnung zu ziehen, zu welchem Zwecke gesellige Vereinigungen beiderlei Geschlechter meist dienen, besonders Damencafés, welche überhaupt ein socialer

Schaden sind, denn nach den obligaten Sachverhandlungen über Dienstboten, Filetguipüre, »stilvolle« Stickmuster und Mignardise muß unfehlbar der liebe Nächste herhalten, bis kein gutes Haar mehr an ihm bleibt.

Das Trio verklang, und der Herzog war glücklich, denn es war ohne Hindernis von statten gegangen, ohne Holpern und Stolpern über technische Schwierigkeiten.

»Glatt wie Wagenschmiere,« bestätigte Graf Schinga laut, und Fräulein von Drusen neigte sich entrüstet zu Dolores.

»Sollte man es glauben, daß ein Mensch mit solchen Ausdrücken hier geduldet wird? Da sehen Sie, der Herzog möchte sich ausschütten vor Lachen, anstatt dergleichen mit einem scharfen Wort ein für allemal zu verbannen.«

»Graf Schinga ist vielleicht unverbesserlich,« flüsterte Dolores zurück mit halbem Lächeln.

»Dann muß man ihn aber nicht fürstliche Salons betreten lassen,« entgegnete die Hofdame, deren Ohren schon viel drastischere Vergleiche aus derselben Richtung vernommen hatten. »Es ist immer ein Fehler, sogenannten Originalen ihre Ungezogenheiten durchschlüpfen zu lassen, weil man sie auf ihre Originalität schiebt. Ich kannte einen Herrn, der den Leuten aus Originalität die Zunge herausstreckte und sehr unästhetische Worte dazu sagte. Das ließ man sich sogar allerhöchsten Orts gefallen – hätte ihn die Gesellschaft deshalb exmittiert, so hätte er sich diesen ›Krampf‹ bald abgewöhnt!«

Dagegen fand Dolores nichts zu sagen, denn es war richtig.

»Es ist ganz dieselbe Sache mit ›berühmten Leuten,‹« fuhr Fräulein von Drusen fort. »Man läßt dieselben sich in unseren Salons wie die Gassenbuben betragen, sie dürfen uns ohne weiteres Grobheiten sagen, die wir uns von anderen nicht gefallen lassen würden, und warum? ›Weil berühmte Leute ihre Schrullen haben.‹ Meiner Ansicht nach sollen berühmte Leute diese Schrullen bei sich zu Hause lassen, wenn sie ausgehen, und sich besonders durch ein feines Benehmen auszeichnen.«

»Ei gewiß,« meinte Dolores nachdenklich. »Aber Sie haben sehr recht: dies Betragen berühmter Menschen hängt ganz von der Duldsamkeit der Gesellschaft ab.«

»Nicht wahr? Nun sehen Sie, Professor Keppler, der doch sicher eine Berühmtheit ist, giebt uns ein Muster, wie man sich würdevoll, ohne ein Dandy zu werden, in Salons bewegt, und Sie, liebe Baronin – ja, Sie sind eben eine Dame – damit ist alles gesagt. Das macht das Blut, meine Liebe, das Blut.«

»Glauben Sie?« fragte Dolores ironisch. »Aber dann verleugnet sich das Blut bei dem guten Grafen dort gänzlich.«

»Ja, es ist ein Ton in unseren Kreisen mode geworden, der zu meiner Zeit unmöglich war,« entgegnete die feudale alte Dame ernsthaft.

Man hatte indes das Trio sattsam durchgesprochen in seinen Einzelheiten, und jetzt kam der Erbprinz und reichte Dolores den Arm, sie zum Flügel zu führen, und ohne sich nötigen zu lassen, folgte sie dem Rufe – Gräfin Schinga übernahm die Begleitung.

Und Dolores sang. Es war ein süßes, gar schönes Lied des so feinfühlenden Mendelssohn: Es weiß und rät es doch keiner.

Wie ein Hauch nur, leise und anschwellend vorgehend, durchdrang der erste Satz des Liedes den todstillen Saal, und erst, als es hieß:

> Ich wollt', es wäre schon Morgen,
> Da fliegen zwei Lerchen auf, –
> Die überfliegen einander,
> Mein Herz folgt ihrem Lauf,

da tönte die herrlichste Menschenstimme mächtig und doch so weich durch den Raum, und als sie die Worte wiedergab:

> Ich wollte, ich wäre ein Vöglein,
> Und flöge über das Meer,
> Wohl über das Meer und weiter,
> Bis daß ich im Himmel wär',

da lag in dem gesungenen Worte die ganze träumerische Wehmut einer zum Fluge ins Jenseits bereiten Seele, der es so wohl ist, weil sie weiß, das Ende naht, und durch deren halbverklärtes Sein nur noch einmal der irdische Wunsch zieht:

> Ach, wüßt' es nur einer, nur einer,
> Kein Mensch es sonst wissen sollt'!

Als sie geendet, brach niemand das tiefe Schweigen – selbst die rohe und rauhe Natur eines Schinga ward seltsam berührt, und ein Etwas, von dem er nicht wußte, was es ist, machte das anfangs geplante: »Famos, räuberhaft schön!« auf seinen Lippen verstummen. O, die Musik ist eine große Macht!

Stumm, Thränen in den seelenvollen Augen, trat Prinzeß Alexandra an Dolores heran und küßte ihr die bleiche Wange.

»Das ging zum Herzen,« flüsterte sie, »weil es vom Herzen kam. Danken Sie Gott, daß er Ihnen zu all' seinen Himmelsgaben ein fühlendes Herz verliehen!«

»Ist das ein Glück?« fragte Dolores fast traurig.

Die Prinzeß sah ihr tief ins Auge.

»Ja,« sagte sie fest. »Und wäre es auch nur von kurzer Dauer.«

Drüben stand am Fenster Richard Keppler und sah stumm hinüber auf die schlanke, dunkle Gestalt, die ihm so teuer war. Falkner war verschwunden. Schon während des Liedes war es so eigen über ihn gekommen, und als der letzte Ton verklungen, da war er hinausgetreten auf die Terrasse, und während er hinübersah auf den mondbeleuchteten Rosenflor, von dem es köstlich herüberduftete, da ward es ihm unsäglich traurig zu Mute. Er wußte plötzlich, daß der Panzer der Vorurteile, mit denen er sich umgürtet, ihn nicht deckte, er wußte jetzt, in dieser Minute, daß aller Selbstbetrug ihn nicht mehr über seine Gefühle täuschen konnte. War es zu spät zur Erkenntnis?

Drüben in den Rosen ward es jetzt rege – es war der Herzog, der seine schönsten Theerosen, seine köstlichste Glorie de Dijon abschnitt, um sie Dolores zu übergeben. Ja, jedes dankte ihr in seiner Art – nur er, er hatte kein Wort für sie, weder ein gesprochenes, noch ein gedachtes. Und Prinzeß Alexandra, welche für ihn ein Musterbild edler Weiblichkeit war, die nur reines und edles in ihrer nächsten Nähe duldete, er sah sie da drinnen stehen Hand in Hand mit der, die er so bitter gekränkt.

Da trat urplötzlich eine kleine lichte Gestalt neben ihn – Prinzeß Lolo.

»Ich glaube gar, Sie schwärmen im Mondschein, Baron,« sagte sie in ihrer neckenden Weise.

Er atmete tief auf.

»Vielleicht, Prinzeß,« sagte er leicht. »Hatten Durchlaucht dieselbe Absicht?«

Sie schwang sich auf die Balustrade der Terrasse und verzog ein wenig das rote Mündchen.

»Am liebsten thät' ich's, schon weil es sich für unsereinen nicht schickt,« meinte sie, mit den Beinen baumelnd wie ein Pensionskind.

»Ei, so rebellisch, Prinzeß?« sagte er, um nur etwas zu sagen.

»Ich wollte, ich könnte die ganze Welt umkehren, mindestens aber Papas Herzogtum,« schmollte die kleine Durchlaucht, deren Begriffe von der Welt noch sehr vage waren. »Es ist gar nicht amüsant, Prinzessin zu sein, wissen Sie. Ich bin aber trotz der alten Drusen hinausgelaufen, denn der Trara, den sie drinnen über das dumme Lied machen, ist schrecklich. Sie thaten ganz recht auch zu entfliehen.«

Falkner antwortete nicht, wozu auch? »Backfische machen sich gewöhnlich aus ernster Musik nichts,« dachte er, und dabei fiel es ihm doch auf, daß er für die Elfe dort im Mondlicht keinen anderen Namen hatte als den, der jungen Mädchen dieses Alters geschmackvollerweise von der Welt gegeben wird.

»Das Lied ist ja recht hübsch,« fuhr die Prinzeß im Protektortone fort, »aber finden *Sie* einen Sinn darin? Es ist alles so unklar. Natürlich, Opernsängerinnen verstehen das alles furchtbar raffiniert vorzutragen, darin liegt's!«

Es war kein hübscher Ton und kein hübscher Blick, mit dem das naive, fürstliche Backfischchen dort das Wort: »Opernsängerin« begleitete, und Falkner ward frappiert davon. War das Eifersucht, was so gehässig aus dem Kindermunde dort sprach –?

Drinnen ward wieder ein Accord angeschlagen, und sie

gingen hinein. Am Flügel saß der Erbprinz und sang, sich selbst begleitend, mit nicht großer, aber wohllautender und gut geschulter Stimme das Minnelied des ritterlichen Troubadours aus der »Satanella«:

Ich hab' mir süßen Minnedienst erkoren –

Prinz Emil sang der Schöpferin des Liedes zu Ehren, er sang nur für sie und that es mit Feuer, und Dolores dankte ihm freundlich, als er geendet. Natürlich ward sie dann bestürmt, das berühmte Teufelinnenlied auf dem Scheiterhaufen zu singen, und sie that es ohne Ziererei, aber sie fand zu ihrer Verwunderung, daß ihr das eigene Werk fremd geworden war.

»Ich habe Ihr Werk studiert und freue mich, daß ich seine Schöpferin kenne,« sagte Prinzeß Alexandra, als der kleine Kreis darauf zusammensaß und eine Erfrischung nahm.

»Denn ohne dieses Kennenlernen, Aug' in Aug', möchte man denken, Sie glaubten selbst an Ihre Satanella, die Sie ja unvergleichlich dargestellt haben sollen –«

»Hinreißend!« rief der Erbprinz dazwischen.

»Wer weiß, Durchlaucht, ob dem nicht so ist,« erwiderte Dolores fast schalkhaft.

»Doch, ich weiß es,« rief die Prinzeß. »Wir Frauen haben feine Ohren, und durch die Töne Ihres Teufelinnenliedes habe ich's heraus gehört, daß Sie selbst an die ewige Schlange des Paradieses nicht glauben, sondern sie nur mit tiefem Sinne zur Darstellung brachten. Woher nur vermögen Sie bei Ihrer Jugend aus so tiefem Quell zu schöpfen?« –

»Ich war als Kind immer allein und habe nachgedacht, wenn andere meines Alters spielten und träumten,«

erwiderte Dolores einfach und dachte dabei der scharfen, schneidenden Worte, mit denen Falkner die zarte Frage der Prinzessin ausgesprochen.

»Das ist der Schlüssel des Rätsels,« rief der Herzog. »Wir hatten ihn schon in dieser Fassung vermutet. Denn trotzdem uns die Frühreife, die in Ihrem Werke liegt, anfangs frappierte, so fand meine Tochter doch mit echtem weiblichen Gefühl den sittlichen Wert heraus.« –

»Man sagte aber, die Musik sei herzlos, das Werk eines genialen Teufels,« entgegnete Dolores, unwillkürlich nach Falkner herübersehend.

»Das sagte ich,« erwiderte er ruhig, die stumme Anklage, die in ihrem Blicke lag, bestätigend.

»O Sie Barbar,« rief der Erbprinz lebhaft. »Und was haben Sie zu Ihrer Verteidigung anzuführen?«

»Meine Überzeugung,« antwortete Falkner unbewegt.

»Das ist genügend,« sagte Dolores kühl – es war ihr sehr fatal, daß sie sich hatte hinreißen lassen, ihm zu zeigen, daß sein hartes Urteil sie verletzt habe.

Man machte später noch viel Musik, sogar Prinzeß Lolo setzte sich zum Flügel und begann das Spinnerlied von Mendelssohn, aber mitten darin, mit schalkhaftem Blick auf ihr Auditorium, nach einem überraschenden Übergange spielte sie den Walzer von der schönen blauen Donau, rauschend, brillant, mit graziösem Wiegen ihres niedlichen Köpfchens.

»Das ist Musik, wie ich sie liebe,« sagte sie dann im Vertrauen zu Falkner. »Walzer sind meine Passion – ich wollte, das Leben wäre ein fröhlicher, wirbelnder Tanz!«

Keppler hörte diese Worte und sah nach der Sprecherin

hinüber, deren Ebenbild er zu malen berufen war. Er hatte bis jetzt vergebens nach einem festen Grundzug dieser schillernden Lacertennatur gesucht, um ihn ihrem Porträt aufzuprägen – was aber bleibt dem Maler als das einfache Kopieren der Natur, wo eine Seele den Ausdruck der Züge nicht vermittelt!

Dolores ward »zum Abschied« noch um ein Lied gebeten, und da sang sie Lassens herrliche Komposition zu François Coppées Gedicht, das Geibel so schön verdeutscht hat:

Ich sprach zur Taube: Flieg' und bring' im Schnabel
Das Kraut mir heim, das Liebesmacht verleiht,
Am Ganges blüht's, im alten Land der Fabel!
Die Taube sprach: Es ist zu weit.

Ich sprach zum Adler: Spanne dein Gefieder,
Und für das Herz, das kalt sich mir entzog,
Hol' einen Funken Glut vom Himmel nieder!
Der Adler sprach: Es ist zu hoch.

Da sprach zum Geier ich: Reiß' aus dem Herzen
Den Namen mir, der drin begraben steht.
Vergessen lernen will ich und verschmerzen!
Der Geier sprach: Es ist zu spät.

Das erschütternde Lied, tiefergreifend gesungen, verklang, und die fürstliche Familie entließ ihre Gäste in derselben herzlichen Weise, wie sie von ihr bewillkommnet worden waren. Prinzeß Alexandra drückte Dolores aufs Wärmste ihren Dank aus.

»Wir kommen nächstens, Sie zu besuchen,« fügte sie hinzu. »Und nun gute Nacht, liebes Kind. Ihr Wagen ist doch da?«

»Nein, Durchlaucht,« erwiderte Dolores, »ich ziehe es vor, in dieser herrlichen Mondnacht durch den Park zu gehen. Mein alter, treuer Ramo begleitet mich!«

»Dann erlauben Sie *mir*, Sie begleiten zu dürfen,« rief der Erbprinz chevaleresk und sehr bereitwillig.

»Oder mir,« sprachen Kepplers Augen.

»Nein, nein,« wehrte Prinzeß Alexandra ab. »Der einzige, von dem die Baronin nachts durch den Park begleitet werden kann, ist ihr Cousin, Baron Alfred!«

Dolores trat einen Schritt zurück.

»Ich versichere Durchlaucht, daß Ramo mein bester, oft bewährter Schutz ist,« sagte sie abweisend.

»Und ich versichere Durchlaucht, daß ich jedenfalls den mir anvertrauten Ritterdienst zu Hochdero Befriedigung ausführen werde,« erwiderte Falkner und reichte Dolores den Arm, sie hinauszuführen. Um die peinliche Scene nicht zur Spitze zu treiben, nahm sie ihn an, und so schritten sie hinaus in die warme Mondnacht.

Prinzeß Alexandra sah ihnen lächelnd nach.

»Ein schönes Paar,« sagte sie, befriedigt darüber, daß sie ihren Bruder von einem nicht geeigneten Schritt abgehalten hatte.

»Aber, Sascha, quelle idée, dem armen Baron diese brasilianische Dame aufzudrängen, die ihm doch sichtlich so unsympathisch ist,« rief Prinzeß Lolo stark entrüstet.

»Unsympathisch – Unsinn, Lolo,« sagte der Erbprinz wegwerfend; das Eingreifen seiner Schwester hatte ihn auch etwas erregt, obwohl er fühlte, daß sie damit im Recht gewesen.

»Wie ist es möglich, Antipathie zu fühlen, wo einem die Schönheit so siegend entgegentritt!«

»Du lieber Himmel, was für ein Aufhebens von dieser rothaarigen Marmorstatue gemacht wird,« rief die kleine Prinzeß heftig, außer Atem vor innerem Zorn.

Prinzeß Alexandra stand noch immer in tiefem Sinnen.

»Ein schönes Paar,« wiederholte sie, »schritten sie nicht dahin, wie für einander geschaffen? Und doch scheinen sie nicht zu einander zu neigen. Aber wenn, nach Shakespeareschem Ausspruch, ›aus einz'gem Hasse einz'ge Lieb'‹ entbrennen kann – so wäre eine Lösung der Falkenhofer Frage nicht unmöglich!«

Zornglühend floh Prinzeß Lolo in ihr Schlafzimmer. Dort

stand sie zitternd still, ehe sie nach ihrer Kammerfrau läutete.

»Er soll es wagen, sie mir vorzuziehen, diese hergelaufene Komödiantin,« schrie sie schluchzend in ihr Taschentuch hinein, »und sie, sie soll es wagen, ihn in ihren Netzen fangen zu wollen, die Füchsin – o Gott, ich bin doch entsetzlich unglücklich!« – – – – –

Indes schritt Dolores an Falkners Arm den Kiesweg entlang, auf zehn Schritt Distance gefolgt von Ramo. Kein Wort fiel zwischen den beiden, und als sie an das Gitter kamen, das die Grenze von Monrepos bildete, löste sie ihren Arm aus dem seinen.

»Sie haben jetzt Ihrer Pflicht genügt, Baron,« sagte sie kühl, »Gute Nacht!«

»Ich sagte bereits, ich würde Sie bis zum Falkenhof begleiten,« entgegnete er ruhig. »Sie werden also bis dahin meine Gegenwart ertragen müssen.«

Er sah es, wie ein stolzer, abweisender Strahl in ihrem Auge aufblitzte und ihr schönes Gesicht in dem hellen Mondschein blässer wurde.

»Zu welchem Zweck?« fragte sie.

Falkner zauderte einen Augenblick.

»Die Prinzeß wünscht es –«

»Sie hätte es nicht gewünscht, wenn sie wüßte, daß ein Tete-a-tete mit Ihnen mir nur Insulten bringt, gegen die ich wehrlos bin,« unterbrach sie ihn stolz, sich zum Gehen wendend. Aber schon beim nächsten Schritt stand er neben ihr.

»Ich würde dennoch eine Nichterfüllung der mir

auferlegten Pflicht vor der Prinzeß nicht verantworten können,« sagte er unbewegt.

Dolores unterdrückte das Wort auf ihren Lippen, und schweigend schritt sie vorwärts, in den träumenden, nachtdunklen Park hinein, und schweigend schritt Falkner neben ihr her.

»Glauben Sie nicht, Donna Dolores,« begann er nach einer Weile, »daß ich hier neben Ihnen gehe, um Ihnen neue Kränkungen zu bereiten. Im Gegenteil, ich benutze die einzige, mir günstige Gelegenheit zu einem Tete-a-tete mit Ihnen, um – um Sie zu fragen, ob Sie daran glauben, daß Frauen, schwer beleidigte Frauen vergeben können?«

»Was soll diese Frage?« klang es abweisend zurück.

Es ward jetzt so dunkel unter den Bäumen, daß sie einander nicht mehr erkennen konnten, aber sie hörte, wie sein Atem schwer ging, gleichsam als müsse er die zu sagenden Worte aus tiefster Brust gewaltsam heraufholen.

»Ich habe Ihnen manches böse, kränkende Wort gesagt,« begann er endlich, »und ich will mich darum nicht entschuldigen, weil Sie vielleicht auch all' diese Dinge, wie Vorurteile, getäuschte Hoffnungen, beleidigter Stolz nicht verstehen und als mildernd gelten lassen würden. Aber die Erkenntnis ist ein Gast, vor dem ein Ehrenmann die Thür nicht schließen darf, und darum stehe ich jetzt hier und frage Sie: wollen Sie mir vergeben, womit ich Sie gekränkt?«

Es war sehr still geworden unter den im Nachtwind flüsternden Bäumen, denn Dolores antwortete nicht – sie hätte kein Wort über die Lippen gebracht. Und weiter schritten sie nebeneinander, und doch getrennt wie von einem reißenden Strom – dann wiederholte er seine Frage:

»Wollen Sie mir vergeben, Donna Dolores, und wollen Sie

vergessen, womit ich Sie gekränkt?«

Sie atmete tief auf.

»Sie haben eine für Ihren Stolz schwere Frage gethan,« erwiderte sie leise, »aber bei Gott, glauben Sie mir, es ist auch nicht leicht, mit einem aufrichtigen Ja zu antworten. Doch es sei, ich will's versuchen, ob ich vergeben kann, was Sie mir angethan – aber vergessen – nein, Herr von Falkner, es hieße meine Würde als Weib außer acht lassen und mich selbst in Ihren Augen wie in den meinen herabsetzen, wenn ich dazu bereit wäre. Verstehen Sie das?«

Sie waren herausgetreten aus der dunklen Allee, und nun stand sie vor ihm im hellen Mondlicht, die schlanke Gestalt im dunklen Gewande und schwarzen Schleier, durch den es von ihrem Haupt goldig schimmerte, und sie glich der Norne, der Schicksalsgöttin mit dem rätseltiefen, dunklen Auge in dem weißen Antlitz.

»Ja, ich verstehe es,« sagte er resigniert. »Verzeihen Sie also meine Frage, die Sie vielleicht aufs neue beleidigt hat.«

»Nein,« erwiderte sie kurz und fügte mit leichtem Spott hinzu: »Denn Sie meinten es gut und dachten vielleicht, wenn die Sonne Ihrer Gnade mir leuchtete, so genügte das, alle Schatten zu verscheuchen!«

Falkner wandte sich ab.

»Ich habe mich vor Ihnen gedemütigt, und Sie verspotten mich dafür,« sagte er bitter. »Ich hätte das wissen können!«

»Nein,« entgegnete Dolores mit tiefem Ernst, »ich spotte nicht über Sie, das wäre unedel, aber Sie müssen auch mir eine leichte Bitterkeit verzeihen – nach allem, was geschehen! Ist es Ihnen aufrichtig ums Herz mit Ihren Worten, so soll mich's freuen!«

»Es ist aufrichtig gemeint,« erwiderte Falkner, »mein Wort darauf!«

Da hemmte sie ihren Schritt und wandte ihm ihr schönes Antlitz voll zu.

»Ich glaube Ihnen,« sagte sie, »aber,« fügte sie stockend hinzu, »aber Sie müssen mir noch einen Beweis geben, wollen Sie?«

»Und welchen meinen Sie?«

»Nehmen Sie den Falkenhof zurück!« bat sie, fast schüchtern, stockenden Atems.

Falkner wich einen Schritt zurück und streckte abwehrend die Rechte aus.

»Kein Wort davon, Donna Dolores,« sagte er hart. »Sie würden mich nur beleidigen!«

»Aber der Falkenhof gehört von Rechts wegen –«

»Ihnen,« vollendete er ruhig und bestimmt. »Sie sind die rechtmäßige Erbin des Lehens, und keine Macht der Welt kann Ihnen das bestreiten. Daß man mich in völliger Ignoranz dessen erzogen hat, fällt auf die zurück, die es besser wußten – mich müssen Sie für sehr – berechnend halten, daß Sie mir aufs neue anbieten, was ich nie anders, als auf dem legalen, naturgemäßen Wege annehmen kann und werde.«

»Ich sagte es nicht in diesem Sinne,« erwiderte Dolores leise.

»Nein, vielleicht nicht,« entgegnete Falkner, wieder neben sie tretend, »ich will es als einen Beweis nehmen, daß Sie mir vergeben – aber bitte, sprechen Sie davon nicht wieder – niemals, Donna Dolores, ich bitte Sie im Namen des

Friedens zwischen uns, den ich gern erhalten sehen möchte. Wollen Sie meine Bitte gewähren?«

»Ja,« sagte sie kurz.

»Und wird es Ihnen möglich sein, mir fernerhin mit milderen Gefühlen zu begegnen?«

»Vielleicht!«

Es fiel kein ferneres Wort zwischen beiden – schweigend erreichten sie endlich den Falkenhof.

Vor der Thür stand Doktor Ruß. Er rauchte eine Cigarre und genoß die schöne, warme Nacht. – Als er Dolores an der Seite seines Stiefsohnes, gefolgt von Ramo, daherkommen sah, machte er sehr erstaunte Augen.

»Ei, schönen guten Abend,« rief er ihnen entgegen. »Nun, liebe Dolores, Sie kommen unter guter Bedeckung heim. War dieselbe gegen die Bosheit der Menschen oder gegen die Waldgeister berechnet?«

»Gegen die Geister, natürlich,« erwiderte Dolores lächelnd.

»Nun, es giebt im Schlosse wie im Dorfe Leute, die ihre Seligkeit für die Existenz von Geistern in der alten Ruine und am Hexenloch verwetten würden,« sagte Falkner. »Ich selbst glaube daran, seit ich vor ein paar Tagen dicht an dem unheimlichen Tümpel eine blondhaarige Gestalt sitzen sah, die einen Vergißmeinnichtstrauß band.«

»Ei, wie poetisch,« lächelte Doktor Ruß.

»Sie sahen die Gestalt natürlich um Mitternacht,« spottete Dolores.

»Nein, es war bei Sonnenuntergang, drunten im Dorfe läuteten sie das Ave, und in den Glockenklang hinein sang die Erscheinung ein seltsames, halb trauriges, halb verklärtes Lied.«

»Und dieses Lied hat es dir natürlich angethan, wie es im Volkston heißt?« sagte Doktor Ruß, der den Sinn in dem Abenteuer seines Stiefsohnes nicht recht ergründen konnte, indes Dolores sich bückte, ein paar schillernde Steinchen aufzuheben – es blitzte dabei verständnisvoll in ihren Augen auf.

»Ja, das Lied hat es mir angethan,« wiederholte Falkner fast träumerisch.

Da hob die Turmuhr im Falkenhof aus und schlug mit tiefem Klange Mitternacht. Dolores schreckte empor, warf die aufgelesenen Steinchen weit von sich und reichte Doktor Ruß die Hand.

»Gute Nacht,« sagte sie, »ich bin heut' so müde. Gute Nacht, Baron!«

»Ei, warum stets so förmlich?« fragte der Doktor, ihre Hand festhaltend. »Alfred ist Ihr rechter Cousin, und Vettern tituliert man doch nicht so steif!«

»Cela dépends,« erwiderte sie leicht. »Aber,« setzte sie spöttisch hinzu, »vielleicht wächst nach unserem heutigen Mondscheinspaziergang par ordre de Moufti unsere gegenseitige Zuneigung dermaßen, daß wir uns nach hundert Jahren unbezwinglich gedrängt fühlen, uns per Cousin und Cousine anzureden. Man darf die erschütterndsten Weltereignisse nicht für unmöglich halten.«

»Sie können noch weiter gehen und sagen: Vielleicht heiraten sich dereinst unsere Enkel,« sagte Falkner kalt, aber ein seltsamer Blick schoß dabei aus seinen Augen.

Dolores lachte hell auf, mit dem alten, klingenden Lachen

vergangener Tage.

»Das wäre lustig,« rief sie. »Bis dahin sind Sie Minister, und dann tanzen Großpapa Excellenz und Großmama Satanella ein Menuett miteinander!«

Noch ein spöttisches, leises Auflachen, und sie war im Hause verschwunden.

Der Heimweg nach Monrepos wurde Falkner kurz durch die Gedanken, die sich ihm im Kopfe kreuzten, und durch diese Gedanken klang immerzu jenes Lachen.

Satanella! Mit diesem einen Worte hatte sie die von ihm selbst errichtete Grenzscheide zwischen sich und ihr als wie mit eisernen Klammern befestigt.

»Sie ist doch herzlos und ohne Gefühl,« sagte er sich erbittert. »Habe ich mich darum vor ihr gedemütigt und abgebeten wie ein Kind, damit sie mich verspottet?«

»Satanella! Satanella!« rauschte es in den Zweigen, und ein Kauz, der über seinem Haupte mit schwerem Flügelschlag und im Dunklen glühenden Augen hinwegflog, schrie mit schrillem Tone: »Satanella! Satanella!«

Da klang es plötzlich vor seinem inneren Ohr wie Glockenläuten, und er hörte eine süße Stimme ein einfach Lied singen vom Abendglockenklang.

»Sie hat recht, mir mit Spott zu begegnen,« sagte er weich. »Ich habe nichts anderes um sie verdient! Dreifach blinder Thor, der ich war, stolzverblendet mir selbst Trotz bietend, daß ich den warmen Herzschlag nicht durch das rote Kleid der Satanella hören wollte!«

So wirbelten und jagten sich ihm die Gedanken unaufhörlich, und der Schlaf floh ihn so hartnäckig, daß er endlich, dem bösen Mondschein ein Paroli zu bieten, sein Lager verließ, Licht anmachte und ein Buch hervorholte.

»Geibels Gedichte,« las er auf dem Titel. »Meinetwegen! Vielleicht dämpft die Poesie etwas das Fieber in meinen Adern.«

Er schlug das Buch, das er zum Vorlesen drunten im Salon erst gestern aus der Stadt erhalten hatte, aufs Geratewohl auf und las auf der ersten Seite, auf die sein Auge fiel, die Übertragung von Coppées Gedicht:

> Ich sprach zur Taube: Flieg' und bring' im Schnabel
> Das Kraut mir heim, das Liebesmacht verleiht,
> Am Ganges blüht's im alten Land der Fabel,

»Das ist ein Wort für mich,« sagte er sich leise, und dann las er die vierte Zeile dieser Strophe:

> Die Taube sprach: Es ist zu weit!

»Zu weit,« wiederholte er und warf das Buch hin. Dann trat er an das offene Fenster und sah hinaus, bis der Mond hinter den Bäumen versank und ein opalbleiches Licht sich über die stille Welt verbreitete, bis ein siegender Strahl im Osten den Anbruch des jungen Tages verkündete.

Da überfiel ihn endlich die Müdigkeit, er schloß das Fenster und legte sich zur Ruhe.

»Satanella, Satanella!« hörte er draußen noch die eben erwachte Spottdrossel pfeifen. Dann träumte er, er flöge auf Taubenschwingen über Land und Meere, und von fern sah er am Ganges wundersame Blumen blühen, weiß und rosig, und in ihren Kelchen wiegten sich nebelhafte Liebesgötter. Da spannte er all seine Kräfte an, sie zu erreichen, aber die Fernen, die ihn noch trennten von der Erreichung seines Wunsches, wurden immer weiter und weiter – – – eine tödliche Ohnmacht überfiel ihn – er stürzte ins Meer hinab – –

»Es ist zu weit –!« sagte er, auffahrend von dem bösen Traume.

»Viel zu weit!« girrte eine Taube dicht an seinem Fenster.

II.

Ich sprach zum Adler: Spanne dein Gefieder,
Und für das Herz, das kalt sich mir entzog
Hol' einen Funken Glut vom Himmel nieder.
Der Adler sprach: Es ist zu hoch!

E. Geibel nach François Coppée.

Ein glühend heißer Junitag. Wolkenlos spannt der
tiefblaue Himmel seine grandiose Kuppel über die liebliche
Landschaft des Falkenhofes, kein Luftzug bewegt die Blätter
und Zweige der mächtigen Bäume des Parkes. In der Luft
schwirren nur die bunten Insekten des Sommers oder eine
rastlose Schwalbe, denn die Singvögel sitzen tief in den
Zweigen und zwitschern dort leise ihre Lieder – sie
empfinden wie der Mensch die bleischwere Schwüle in der
Luft und bangen vor dem Sturm und Wetter, das die Nacht
vielleicht bringen wird.

Der Nachmittag war schon weiter dem Abend
zugeschritten, als Dolores den Falkenhof verließ, um
Kühlung im Parke zu suchen. Sie fühlte sich unbehaglich
und verstimmt durch ein Gespräch mit Doktor Ruß, der
gekommen war, beim Arrangement der Bildergalerie zu
helfen.

Die Mitte dieses Raumes nahm jetzt ein mächtiger Tisch,
bedeckt mit Prachtwerken aller Art ein, und um ihn standen
einladende, goldstoffbezogene Fauteuils. In den Ecken waren

Palmgruppen angebracht, in denen weiße Büsten schimmerten, und an den roten Samtwänden hatte Dolores mit Hilfe des der Familiengeschichte kundigen Doktor Ruß die Porträts in zusammenhängenden Gruppen geordnet, wie dasselbe Jahrhundert sie zusammenbrachte. Die Mitte der Gruppe des siebzehnten Jahrhunderts nahm das schöne Bild der »bösen Freifrau« ein, und Dolores hatte es noch außerdem durch einen der Zeit entsprechenden kostbaren Rahmen ausgezeichnet.

Als alles fertig war und die helfenden Leute Leitern und Handwerkszeug hinausgeschafft hatten, sagte Doktor Ruß:

»So, das wäre geschehen – es ist nun wohl alles zum Empfang Ihrer fürstlichen Gäste bereit, liebe Dolores.«

»Ja,« nickte sie, »aber es war nicht dieser Gedanke, der mich leitete, als ich diese Neugestaltung der Bildergalerie plante. Es ist meine Absicht, das ganze Haus in dieser Weise einem kommenden Geschlechte herzurichten, und ich rechne dabei sehr auf Ihren Rat!«

»Wenn er Ihnen in der That von Nutzen sein kann, so gebe ich ihn nur zu gern,« sagte der Doktor, bescheiden die Augen niederschlagend. »Aber Sie sprachen mit soviel Sicherheit von einem kommenden Geschlecht und wissen doch, daß das Geschlecht der Falkner nur noch vier Augen zählt!« –

»Ja, ich weiß es,« entgegnete sie, immer noch mit der Musterung ihrer Wände beschäftigt, »aber man kann doch nur auf zwei Augen zählen – die meinigen gelten nichts, denn wenn sie sich schließen, so ist das von keinem Einfluß auf den Stammbaum.«

»Wer weiß,« bemerkte Ruß mit besonderer Betonung.

»Nein, gar nicht,« erwiderte Dolores ruhig, »ich

beschließe das Geschlecht ja nicht, und Baron Alfred wünsche ich, daß er es den Traditionen entsprechend weiterführt. Ich bin als ganz unerwarteter Eindringling in der Erbfolge erschienen, und da eine Ablehnung derselben mir nichts helfen konnte, so will ich den Falkenhof so instand setzen, daß meine Nachfolger nicht über die Zeit meiner Lehnsherrschaft klagen sollen.«

Doktor Ruß sah sein Visavis prüfend an.

»Sie sprechen, als hätten Sie große Eile mit dieser Instandsetzung,« sagte er lächelnd.

»Gewiß, denn ich weiß ja den Tag und die Stunde nicht, wenn ich sterben werde,« erwiderte sie ruhig.

Der Doktor wiegte sinnend den Kopf hin und her.

»Nein, nein, wir wissen es nicht,« flüsterte er mehr als er sprach. »Aber nach menschlicher Berechnung ist der Tag noch fern. Nun, es ist ja aber immer gut, sein Haus zu bestellen!« –

»Ja, und das ist die Freude, die ich an dem Besitz des Falkenhofes habe,« rief Dolores lebhaft. »Es soll alles in dem lieben alten Haus schön werden und bewohnbar!«

»Werden aber dazu die Revenüen ausreichen?« fragte Ruß lächelnd mit lauerndem Blick.

Sie errötete über die undelikate Frage und wollte erst darüber hinweggehen, aber dann besann sie sich eines anderen.

»Die Renovationen werden aus meinen Mitteln bestritten, und die Revenüen, die ich niemals berühren werde, lasse ich in Papieren anlegen,« sagte sie kühl mit dem langsam und nicht ohne Bitterkeit gesprochenen Nachsatz: »Es soll niemand sagen dürfen, daß ich auch nur einen Groschen verschwendet hätte.«

»O wie edel gedacht!« rief Ruß bewegt. »Aber, beste Dolores, wem würde es einfallen, eine solche Anklage zu erheben? Ein jeder Erbe des Falkenhofes ist berechtigt, die Revenüen zu verbrauchen, wie es ihm beliebt. Und besonders in Ihrem Falle sind solche Gedanken nicht am Orte, da es ja doch zu erwarten steht, daß nach dem in dem Testament des seligen Barons ausgesprochenen zarten Wunsche und dem von Alfreds Mutter, nicht erst zu reden von dem meinigen, der letzte Falkner und die Lehnsherrin vom Falkenhof eins werden am Traualtar, und –«

»Genug!« unterbrach ihn Dolores gebieterisch. Sie war aufgesprungen und stand jetzt ernst und bleich vor dem Doktor. »Ich hatte Ihnen mehr Zartgefühl zugetraut, und gehofft, daß niemand mehr jenen Passus in dem Testament vor mir erwähnen würde. Ihre sowie Ihrer Gemahlin Wünsche haben keinen Einfluß auf meine Entschlüsse, und zum Glück auch nur einen verneinenden auf die des Baron Alfred. Er oder seine Kinder werden dereinst das Erbe antreten, um dessentwillen ich manche bittere Stunde gehabt habe –«

»Aber beste Dolores, Sie werden doch nicht glauben, daß wir Ihnen dasselbe nicht gönnen?« rief der Doktor im Tone gekränkter Unschuld. »Bedenken Sie doch auch nur, wie natürlich unsere Hoffnungen sind. Und wissen Sie, daß es eigentlich Ihre heilige Pflicht ist, dem Wunsch des Verstorbenen zu entsprechen, daß –«

»Ich wünsche keine Vorlesung über meine Pflichten von Ihnen,« unterbrach sie ihn kalt. »Und wenn Ihnen daran liegt, daß wir Freunde bleiben, so berühren Sie dies Thema nicht wieder – ich will es nicht. Streichen Sie dasselbe ein für allemal von Ihrem Wunschzettel und erinnern Sie sich gefälligst daran, daß ich Sie nicht zu meinem Gewissensrat ernannt oder gewünscht habe. Ich hoffe, wir verstehen einander jetzt!«

»Vollkommen! Ihre Wünsche lassen an Deutlichkeit nichts zu wünschen übrig,« sagte Doktor Ruß sanft und mit gesenktem Blick. »Aufrichtigkeit ist die Basis der Freundschaft, liebe Dolores, und ich sehe zu meiner Freude, daß diese Theorie ein Grundzug Ihres Charakters ist. Halt – rief meine Frau drunten nicht nach mir?«

Wirklich klang es in scharfen Tönen: »Ruß! Ruß, wo bist du?« von unten herauf, und der Doktor benutzte diesen höchst willkommenen Grund seiner Entfernung zu einer gloriosen Retraite. Er ergriff Dolores' Rechte und küßte sie chevaleresk.

»Gestatten Sie mir diesen Zoll meiner Bewunderung,« sagte er schmelzend und ohne es bemerken zu wollen, daß sie ihm ihre Hand heftig entzog. »Wahrhaft feste Charaktere, die den Wahlspruch: »L'état c'est moi« zu dem ihrigen gemacht haben, sind selten geworden in unseren Tagen! Leben Sie wohl, teure Freundin!«

Dolores wandte sich, mit Mühe ihren Zorn beherrschend, ab, und Doktor Ruß verschwand. Hätte sie draußen sein Gesicht sehen können, wie es sich momentan verzerrte, wie die bebrillten Augen den Blick eines gereizten Panthers zurückschossen – es wäre ihr vielleicht bange geworden vor dem Gedanken, mit diesem Manne unter gleichem Dach zu wohnen.

Aber ein Mann wie Ruß gestattet sich kein Verweilen bei Gefühlsausbrüchen – sein Antlitz ward sofort wieder wie ehedem – sanft und freundlich.

»Ruhe, Ruhe,« gelobte er sich selbst. »Adelheid darf nichts davon erfahren – sie würde den Falkenhof sofort verlassen wollen. Aber ich will es nicht und werde schon die Kraft finden, weitere Insolenzen dieser Donna Dolores zu ertragen, denn sie hat die Macht und die Mittel, und ich stehe vis-à-vis de rien, ein armer Teufel! Wie sie auf mich herabsah – ich sollte mich wahrscheinlich vor den sprühenden, schwarzen Augen fürchten! Nein, mein Goldfasanchen, du hebst mich nicht aus dem Sattel! Wir wissen jetzt, was wir wissen wollen, und im übrigen stehst du in meiner Macht.«

Es ist schon so viel darüber gesagt worden, und wir armen, kurzsichtigen Menschenkinder haben schon so oft Grund gehabt, der Vorsehung dafür zu danken, daß sie den Schleier der Zukunft vor uns nicht lüftet, und doch, könnten wir manchmal anderen ins Herz schauen, so würde uns das Rätsel der Zukunft vielleicht leichter zu lösen sein und uns vor Ungerechtigkeit, Mißtrauen und – Unheil bewahren. Denn trügerischer als das Meer, das dich heut' auf sanfter Welle wiegt, um dich morgen zu begraben, tückischer als die hölzerne Brücke, die über den Abgrund führt und innen morsch und verfault nur des Fußes harrt, dessen Schritt sie zerbricht, und den Wanderer in schauerliche Tiefen stürzt, kränker als die blühende Rose, der tief im Kelche der Wurm nagt, und veränderlicher als Aprilwetter ist das Menschenherz.

Hätte Dolores in das Herz des Mannes sehen können, dem sie Gastfreundschaft gewährte, es wäre vieles anders geworden, vieles Leid wäre ihr erspart geblieben. So aber sah sie in seiner Indiskretion nichts als Neugierde und den natürlichen Drang, eine Ehe zu stiften, die von Vorteil für ihn und die Seinen war. Er hatte geglaubt, nunmehr genug Macht über sie zu besitzen, um mit ihr über das heikle Thema reden zu können, aber er hatte sich geirrt. In dieser letzteren Annahme täuschte sich Dolores nicht – Doktor Ruß hatte in der That geglaubt, einen geistigen Einfluß auf die Herrin des Falkenhofes auszuüben und durch seine

Beredsamkeit auf sie wirken zu können.

»Er hat sehr recht: l'état c'est moi!« dachte Dolores mit stolzem Aufwerfen des Kopfes. »Denn wenn er meinte, allmählich das Regiment auf dem Falkenhof an sich reißen zu können, indem er mich dominierte, so war das ein Irrtum dieses Mannes.«

Übrigens empfand Dolores bei dem Gedanken, mit Ruß und seiner Frau fernerhin zusammen wohnen zu müssen, kein Behagen, aber was war dagegen zu thun? Sie konnte ihre Gäste nicht gehen heißen, und von selbst gingen sie eben nicht, trotzdem Falkner, wie sie wohl wußte, ihr Bleiben nicht billigte, und eine impulsiv erwiesene Freundlichkeit, zu der sie sich verpflichtet gefühlt, zog Konsequenzen nach sich, die sich gar nicht berechnen ließen und deren Ungeheuerlichkeiten niemand träumen konnte.

So kam es, daß Dolores verstimmt das düstere Haus verließ, um Sammlung unter den rauschenden Bäumen ihres Parkes zu suchen.

Unterwegs begegnete ihr Engels mit Knieper, dem Dächsel, der freudebellend auf sie einstürmte und das Übermaß seiner Gefühle in einem rasenden Rundlauf kundthat.

»Wie das kluge Tier Ihnen gut ist!« rief der alte Inspektor mit Bewunderung.

»Ja,« sagte Dolores mehr traurig als bitter, »es ist das einzige Geschöpf auf dem Falkenhof, das mir freundlich wegen meiner selbst begegnet, das in mir nicht den Eindringling und den Usurpator sieht.«

»So? thue ich das etwa?« fragte Engels entrüstet in seiner derben Weise.

»Nein, nein! Sie sind ja mein einziger Freund hier!« rief Dolores, ihm die Hand reichend.

»Na, und Doktor Ruß, was ist der?« sondierte der Inspektor.

»Ach Engels, ich wollte, der wäre erst fort von hier!« seufzte sie mit einem Blick nach rückwärts.

»Hahaha, weht der Wind jetzt so?« sagte Engels und lachte, daß er sich schüttelte. »Na, Fräulein Dolores, ich unterschreibe ihm heut' noch gern den Reisepaß. Wir beide, er und ich nämlich, wir waren einander nie sehr grün, wissen Sie! Na, seien Sie unbesorgt – ich werde ihm schon einmal mit dem Zaunpfahl winken!«

»Um Gottes willen, Engels! Er bleibt ja immer mein Gast, bedenken Sie das!«

»Ach, Papperlapapp, Fräulein Dolores,« rief der alte Inspektor verächtlich. »Sehen Sie, feine Winke versteht der Doktor Schlauberger ebensogut wie grobe, denn er ist mit allen Hunden gehetzt, der Blutegel der, aber feine Winke will er nicht verstehen. Für solche Leute ist der Zaunpfahl das einzige Mittel!«

»Nein, nein!« sagte Dolores abwehrend. »Ich möchte nicht, daß Baron Alfred in seinem Stiefvater beleidigt würde.«

»Baron Alfred? Der weiß ganz genau, was er von dem hochgelahrten Ästhetiker zu halten hat, darauf können Sie sich verlassen. Übrigens nehme ich alle Folgen auf mich!«

Damit trennten sie sich. Dolores ging weiter hinein in den Park, Engels umschritt den Falkenhof und traf richtig auf Ruß und seine Frau, die im kühlen Schatten des Nordflügels saßen – sie strickend, er lesend.

»Guten Tag, mein lieber Engels,« rief Ruß herablassend, als die Hünengestalt des Inspektors vor ihm stand.

»Guten Tag, Frau Doktorin,« sagte letzterer, die Anrede des auf seinem Sitz verbleibenden Doktors ignorierend.

»Guten Tag,« gab Frau Ruß zurück. »Wollen Sie nicht Platz nehmen?«

»Auf einen Augenblick,« sagte Engels sich setzend. »Ah,« setzte er mit affektiertem Staunen hinzu, »da sind Sie ja auch, teuerstes Doktorchen!«

»Gewiß, ich hatte bereits die Ehre, Sie zu begrüßen,« flötete Ruß zuckersüß.

»Sehen Sie mal an! Heißer Tag heut', nicht wahr?«

»Sehr,« stimmte Ruß bei, seine weißen Hände betrachtend.

»Es wird heuer eine reiche Ernte geben, wenn das Wetter so bleibt,« bemerkte Frau Ruß.

»Höchst wahrscheinlich,« sagte Engels. »Werden Sie zum Erntefest noch hier sein?«

»Höchst wahrscheinlich,« erwiderte Ruß nicht ohne einen Anflug von Nachäffung, »insoweit ich als Mensch die Zukunft bestimmen kann!«

»I du aalglatter Heuchler,« dachte Engels, und setzte möglichst harmlos hinzu: »Da werden Sie wohl so um den Herbst herum abreisen?«

Ruß wechselte mit seiner Frau einen raschen Blick, und letztere wurde blutrot.

»Sind Sie von Dolores beauftragt worden, danach zu fragen?« rief sie scharf und mißtrauisch.

»Im Gegenteil,« erwiderte Engels ruhig. »Ich dächte, Sie

müßten Ihre Gastgeberin nun schon insoweit kennen, um ihr eine solche Kommission überhaupt nicht zuzumuten!«

»Also entsprang die freundliche Frage Ihren eignen Gefühlen?« flötete Ruß honigsüß. »Du hättest dir denken können, teure Adelheid, daß unsere liebe Dolores nach der Abreise ihrer Gäste zu fragen außer stande ist.«

»Das weiß der Himmel,« brach Engels los, »wenn Sie darauf warten wollen, so können Sie Ihr Leben hier in Ruhe beschließen!«

»Das wollen wir auch, denn eine Ablehnung ihrer Gastfreundschaft würde unsere süße Dolores nur beleidigen, und das liegt uns fern, nicht wahr, teures Weib?« sagte Ruß mit Salbung.

Engels erhob sich heftig.

»Meine Zeit ist um,« sagte er. »Komm, Knieper! Adieu allerseits!«

Und damit ging er, gefolgt von seinem Hunde, der im Gehen seinem alten Feinde Ruß noch einmal die Zähne zeigte.

»Fehlgeschossen!« räsonnierte Engels innerlich zornentbrannt. »Es ist dem alten Schleicher weder zart noch grob beizukommen. Na wart', ich graule dich schon noch hinaus!«

In Unwissenheit über die sofortige Attacke ihres Getreuen, setzte Dolores ihren Weg fort, aber das Gleichgewicht in ihrem Innern wollte nicht so schnell kommen, als sie gewünscht hätte. Zu der Erregung infolge des eben stattgehabten Gespräches trat außerdem noch der sie nicht verlassende Gedanke und die Erinnerung an jene Nacht, da sie an Falkners Seite von Monrepos nach dem

Falkenhofe zurückging.

Was hatte er ihr gesagt? Er hatte sie gebeten zu vergeben, wo er sie gekränkt, aber hatte er das Bitterste zurückgenommen oder widerrufen? Nein, er hatte es nicht. Unter dem Gewande des Scherzes hatte sie ihm gesagt, was zwischen ihm und ihr stand, und die Kluft zwischen beiden war so tief als je. Sie hatten einander seit jener Nacht nicht wiedergesehen, wozu auch? Inzwischen waren Schingas dagewesen, ihren Besuch zu machen – der Graf hatte den Falkenhof in den kräftigsten Ausdrücken gelobt, die Gräfin hatte mit Entzücken den kostbaren Flügel probiert, und dann waren sie eben wieder fortgefahren, ohne bei Dolores ein wärmeres Gefühl zurückzulassen. Sie fühlte zwar eine gewisse Sympathie für die Frau, welche, an die Verfeinerungen des Lebens gewöhnt, ihr Dasein an der Seite dieses rohen und ungebildeten Mannes durchschleppen mußte, bis der Tod sie erlöste. Dann aber fiel Dolores das fragwürdige, saloppe Kostüm ein, in dem die Gräfin daheim ungeniert sich bewegte, und der Thermometer ihrer Gefühle für sie sank um mehrere Grade. So ist's aber in den meisten Fällen. Man muß die Menschen nicht beurteilen, wenn sie im Gewande des geselligen Verkehrs vor uns stehen, sondern man muß sie allein, bei sich selbst sehen, in ihren Gewohnheiten und Neigungen. Oder, wenn man sich seine Illusionen erhalten will, so muß man es nicht thun. Denn bekanntlich ist ein großer Mann nicht groß vor seinem – Kammerdiener, für den die physischen und moralischen Schlachten, die sein Herr gewann, zweierlei sind mit diesem selbst, für den der erkämpfte Lorbeer nichts ist als ein Blatt, das er als Saucengewürz schätzt. Das ist die Kehrseite der Medaille. Der Optimist läßt das schöne geprägte Stück auf samtner Folie vor sich glänzen und erfreut sich so sehr an dessen Schönheit, daß es ihm gar nicht einfällt zu schauen, was auf der anderen Seite ist. Der Pessimist läßt sich nicht blenden, er geht der Sache auf den Grund und wendet die Medaille um. Entdeckt er dort Schäden, Flecke und Unvollkommenheiten, dann ruft er Wehe über die ganze Welt und predigt ihre Verachtung, findet er die Rückseite aber eben so tadellos wie die Vorderseite, dann bemüht er sich, der letzteren Flecke beizubringen. Der Glücklichere bleibt also der Optimist, nur daß er oft unrecht hat. Er wird uns aber auslachen, wenn wir ihm das sagen.

Dolores hielt sich nicht lange mit Gedanken über die Gräfin Schinga auf. Mit den vergehenden Spuren der Räder ihres Wagens verging auch ihr Anteil an dem Geschick dieser Frau, denn sie hatte genug zu thun mit den Geschäften des Falkenhofes, der Pflege der Musik und – mit sich selbst.

In ihrer Verstimmung erschien es ihr fast wie eine Erlösung, als sie plötzlich menschliche Stimmen hörte und unter einer Gruppe mächtiger Eichen die beiden Prinzessinnen, den Erbprinzen, Falkner und Keppler gewahrte. Prinz Emil ging ihr sogleich entgegen und bat um Erlaubnis, den heißen Nachmittag auf diesem kühlen Plätzchen verträumen zu dürfen, indem er zugleich um den Vorzug ihrer Gesellschaft bat.

»Es ist gut, daß Sie kommen,« sagte Prinzeß Alexandra herzlich, »denn es sollte eben eine Deputation abgeschickt werden, Sie zu holen.«

»Wir schwelgen in Natur und Poesie,« erklärte Keppler und deutete auf das Buch, das Falkner in der Hand hielt.

»Ponche romaine oder Gefrornes von Walderdbeeren wäre mir lieber,« sagte Prinzeß Lolo mit echter Backfischmiene. Alle lachten.

»Pfui, Lolo, wie prosaisch,« rief der Erbprinz entrüstet, »an Gefrornes zu denken, während wir Heine und Scheffel lesen.«

»O, ich wette, ihr alle denkt auch daran, nur daß ihr's nicht sagt,« entgegnete die kleine Durchlaucht.

»Prinzeß haben einem vortrefflichen Gedanken Worte gegeben,« meinte Dolores, »und wenn die Herrschaften mir erlauben, mich für einige Minuten zurückziehen zu dürfen, so will ich den Waldgeistern unser allgemeines Bedürfnis nach Gefrornem vortragen!«

Damit verschwand sie und ging nach dem Falkenhof zurück, um dort dem Koch Befehle zu erteilen. Auf dem Rückwege blieb sie an der Laube stehen, in welcher das Rußsche Ehepaar saß – er lesend, sie strickend, als hätte nie ein Engels ihre idyllische Ruhe getrübt.

»Die Herrschaften von Monrepos sind im Park,« sagte sie einfach, »vielleicht macht es Ihnen Vergnügen, auch ein wenig unter die Eichen zu kommen.«

»Danke – ich bin nicht courfähig,« erwiderte Frau Ruß bitter.

»Es ist sehr freundlich von Ihnen, uns aufzufordern,« sagte der Doktor süß. »Vielleicht mache ich davon Gebrauch und komme nach!«

»Wie es Ihnen beliebt,« entgegnete Dolores und ging.

»Du wirst nicht gehen, Ruß,« rief die Doktorin heftig, als Dolores außer Gehörweite war.

»Doch, mein Engel – ich bin dazu entschlossen,« erwiderte er sehr sanft.

»Wie?« rief sie erregt und immer schneller strickend, »wie, du willst eine Gesellschaft aufsuchen, die mich ignoriert, mich, Alfreds Mutter? Bin ich in ihren Augen nicht hoffähig, so bist du's lange nicht.«

»Sehr richtig bemerkt von deinem Standpunkt aus, mein Herzchen,« sagte Ruß und schloß sorgsam sein Buch. »Ich von meinem point de vue aus bilde mir ein, daß die Herrschaften von Monrepos erst deine persönliche Bekanntschaft zu machen wünschen, ehe sie von dir Notiz nehmen können. Vielleicht ist deine Anschauung die richtige, aber ich werde so frei sein, nach der meinigen zu handeln!«

Auf diese Weise behielt der Doktor immer recht, ohne doch seiner Gattin unrecht zu geben.

Unter den Eichen hatte sich der kleine Kreis indes behaglich gruppiert, und Falkner nahm seine Lektüre wieder auf. Er hatte ein klangvolles, tiefes Organ und las mit Geschmack, und man lauschte aufmerksam dem waldesduftigen, hochpoetischen und mit köstlichem Humor wie mit einem frischen Hauch durchzogenen Gesange vom Trompeter von Säckingen.

Dolores hatte die Hände im Schoß gefaltet und den Blick gesenkt, sie war so tief in ihre Gedanken versunken, daß Jung Werners und Margaretas Geschichte fast ungehört an ihr Ohr klang. Und so sah sie's nicht, daß aller Blicke sich mit verschiedenem Ausdruck auf sie richteten. Zurückgelehnt in ihren niederen, tiefen Gartenstuhl und so placiert, daß man ihr niedliches Füßchen im Goldkäferschuh mit himmelhohen Talons bewundern konnte, saß Prinzeß Lolo und ließ ihre Augen mit seltsam forschendem Ausdruck von Falkner zu Dolores und zurück wandern. Neben ihr saß Prinz Emil, dessen Augen mit träumerischer Bewunderung immer wieder auf die Gestalt der Schloßherrin vom Falkenhof zurückkehrten, indes der wohlwollende Blick der Prinzeß Alexandra in ihren bleichen Zügen zu lesen suchte. Besorgnis und Liebe sprach aus den

Augen Kepplers, dem kein Wechseln des Ausdruckes in den Zügen von Dolores entging, und jedesmal, wenn er eine Seite des Buches umwendete, suchte Falkners Blick das schöne, marmorgleiche Profil, das sich scharf von dem grünen Hintergrund der Blätter abhob.

Die Lektüre ward endlich durch das Nahen der Diener unterbrochen, die den Tisch unter den Eichen mit atlasschimmerndem Damasttuch deckten und ihn mit allem besetzten, was man gern an heißen Tagen genießt – Gefrornes, Erdbeeren aus Wald und Garten, Kirschen, die des Gärtners Stolz waren, kühle, dicke Sahne und für die Herren ponche romaine in kleinen Kelchgläsern.

»Nein, Baronin, wie glücklich sind Sie doch, alles das jeden Augenblick haben zu können! Bei uns giebt's nichts außer der Zeit,« sagte Prinzeß Lolo naiv, und zwängte eine dicke Gartenerdbeere mit Rahm übergossen in ihr kleines Mündchen.

Alle lachten.

»Durchlaucht sind also sehr leicht glücklich zu machen,« bemerkte Falkner.

Sie warf ihm einen bedeutsamen Blick zu.

»Es kommt darauf an, von wem!« sagte sie errötend.

»Nun natürlich nur von einem, der neben Gefrornem an Sommernachmittagen auch Diamanten und Perlen auf Ihren Lebenspfad streuen kann,« erwiderte Falkner leicht.

»Die Begriffe über Glück sind in der That verschieden,« meinte der Erbprinz lächelnd.

»Sehr,« sagte Dolores ebenso, »und der Mensch weiß es oft gar nicht, daß er glücklich ist. Prinzeß Eleonore hat mir mein Glück überhaupt erst klar gemacht.«

>Willst du in die Ferne schweifen?
Sieh, das Gute liegt so nah!
Lerne nur das Glück ergreifen,
Denn das Glück ist immer da!«

citierte Prinzeß Alexandra halb ernst, halb scherzend, und reichte dabei Dolores eine Schale mit Fruchteis.

»Es ist da, aber inkognito,« erwiderte Dolores. »Wie soll man es da erkennen, Durchlaucht?«

»Nichts leichter als das – bei Ihnen nennt es sich der Falkenhof,« rief Prinzeß Lolo und setzte in ihrer naiven Art hinzu: »Ach du lieber Himmel, was wäre ich selig, wenn ich solch' einen Besitz mein nennen könnte!«

»Man sehnt sich oft nach dem, was der andere hat,« bemerkte der Erbprinz.

»Und andere beneiden Durchlaucht wieder um Ihren Rang,« setzte Keppler hinzu.

»Ach, da ist etwas Rechtes zu beneiden,« rief die kleine Prinzeß verächtlich. »Ich weiß gar nicht, was die Leute Großes daran finden, wenn man eine apanagierte Prinzeß ist, die vielleicht einen apanagierten Prinzen findet und im besten Falle ihr Leben als Äbtissin eines gräßlichen Damenstiftes beschließt!«

»Nun, das brauchen Durchlaucht nicht zu fürchten,« sagte Keppler bedeutsam, während die anderen amüsiert lachten.

»Ich würde auch lieber einen Steineklopfer heiraten,« rief Prinzeß Lolo trotzig.

In diesem Augenblick kam Doktor Ruß wie en passant um eine Baumgruppe geschlendert, that einen Moment wie überrascht und zog dann mit Grazie den Hut zum Gruß.

240

Daß sein Erscheinen im geeigneten Moment erfolgte, das hatte er wohl berechnet, und das Fernrohr, durch das er alle Bewegungen des Kreises unter den Eichen beobachtet hatte, verbarg sich jetzt wohlweislich in seiner Rocktasche.

Die Gegrüßten dankten, und der Erbprinz sagte zu Falkner gewendet:

»Doktor Ruß, vermutlich. Wollen Sie die Vorstellung übernehmen?«

Falkner kam mit nicht ganz freundlichem Gesicht dieser Aufforderung nach, und daß er es überhaupt mit guter Miene that, geschah nur seiner Mutter wegen, deren gesellschaftliche Stellung er durch nichts erschüttert sehen wollte.

Was Ruß lange gewünscht, war ihm jetzt endlich erfüllt – er saß inmitten des exklusiven Kreises von Monrepos und war sich wohl bewußt, daß seine stattliche, vornehme Persönlichkeit und seine feinen, weltmännischen Allüren den besten Eindruck nicht verfehlen konnten.

»Es ist mir ein Vergnügen, Ihre Bekanntschaft zu machen, Herr Doktor,« sagte der Erbprinz lebhaft. »Ihre gediegene wissenschaftliche Bildung, und besonders das on dit, daß meine eigenen Studien bereits Ihr Interesse erregten, machten mir eine persönliche Begegnung besonders wünschenswert.«

Ruß verbeugte sich leicht, mit Selbstbewußtsein und Würde.

»Dieser gnädige Wunsch Eurer Hoheit hätte durch meinen Stiefsohn leicht erfüllt werden können,« sagte er etwas scharf, was Falkner nicht beachtete, denn er fand es nicht für nötig, irgendwelche Gründe oder Entschuldigungen für seine Unterlassungssünde anzuführen.

Der Erbprinz, der sehr wohl wußte, daß Falkner für den Mann seiner Mutter wenig oder nichts übrig hatte, ging ebenfalls über die Erwiderung des Doktors hinweg. »Ich hoffe sehr, Sie für meine Studien interessieren zu können,« sagte er, »falls Sie mir hin und wieder eine Stunde dafür schenken können.«

»Es kann von Schenken nicht die Rede sein, wenn Hoheit mir für die Zeit Gedanken geben,« erwiderte Ruß fein. »Ich weiß von mehreren meiner gelehrten Korrespondenten, daß Hoheit das Traumleben des Menschen sich zum Studium gemacht – für dieses Thema dürfte Baronin Dolores eine aufmerksame Hörerin sein –«

»Ist es möglich?« rief der Erbprinz erfreut. »Ich dachte nicht, daß diese Mysterien eine Anziehungskraft für Sie hätten, Baronin?«

»Ich fragte Doktor Ruß einmal, ob er an Träume glaubt, und er antwortete mir mit Ihren Theorien, mein Prinz,« entgegnete Dolores und fügte hinzu: »Es würde wirklich von Wert für mich sein, ein wissenschaftliches Urteil über Träume zu hören.«

»Urteile, Baronin? Wir haben nur Vermutungen, die wir auf Psychologie basieren,« erwiderte Prinz Emil. »Sie hatten also Träume, deren Ursprung Ihnen rätselhaft erscheint?«

»Ja,« sagte Dolores zögernd. »Das heißt, ich nenne es einen Traum!«

»Und den haben Sie im Falkenhof geträumt?« mischte Falkner sich in das Gespräch.

»Ja,« sagte sie abermals zögernd.

»O, davon sagten Sie nichts,« rief der Doktor überrascht.

»Nein – und ich möchte auch nicht gern davon sprechen – wenigstens jetzt nicht, heute nicht!« erwiderte Dolores mit leisem Schauer und gedämpftem Ton.

»Nein, wir sprechen ein andermal davon, Sie, mein Bruder und ich allein, nicht wahr?« sagte Prinzeß Alexandra, welche schweigend zugehört und wohl gesehen hatte, daß Dolores von einer Erinnerung heftig bewegt wurde.

Inzwischen war die heiße Sommersonne hinter den Bäumen hinabgesunken, und es wurde Zeit, nach Monrepos zurückzukehren. Langsam brach man auf und schlenderte, in zwei Gruppen geteilt, durch den Park der Grenze zu, begleitet von Dolores, durch deren Arm Prinzeß Alexandra den ihren schlang. An ihrer Seite schritt Falkner, neben Dolores Keppler. Voran gingen der Erbprinz, seine jüngste Schwester am Arm, und Doktor Ruß, der das Prinzeßchen durch seine Redegabe und Eingehen in ihre Gedanken ganz zu bestricken schien.

»Das ist der einzige Mann, mit dem man ein ernstes Gespräch führen kann,« erklärte sie später ihrem Bruder schmeichelhafterweise zu dessen großer Belustigung.

»Dieser Park ist wirklich herrlich,« sagte Prinzeß Alexandra und blieb stehen. Sie schaute mit schönheitstrunkenem Blick über das samtgleiche, smaragdgrüne bowlinggreen, das sich weit vor ihnen ausbreitete, nach den frischgrünen Baumgruppen, deren Kolorit so prächtig abgetönt wurde durch die sich darein vermischenden dunklen Tannen und braunroten Blutbuchen, die sich wiederum von dem goldgetönten Abendhimmel in weichen Umrissen abhoben.

»Ja, es ist ein einzig schöner Fleck Erde,« erwiderte Falkner fast bewegt, und es traf ihn ein Blick von Dolores, den er verstand, und den er also zu deuten wußte: Er konnte dein sein, dieser Fleck Erde, aber du hast ihn verschmäht, weil meine Hand ihn dir bot.

»Schon seit Jahren erfreue ich mich Sommer für Sommer an diesem buen retiro. Wie süß für Sie, Baronin, mit jener Königstochter sagen zu können:

> This plot of ground I call my own,
> Sweet with the breath of flowers,
> Of memory of pure delights
> And toil of summer hours.

Und wissen Sie, daß ich nur den Park und nicht den Falkenhof kenne? Sie müssen mich einmal in dem alten Hause umherführen und mir alles zeigen!«

»O wie gern,« rief Dolores, der die freundliche Art der Prinzeß immer zu Herzen ging, weil sie von Herzen kam. »Ich warte nur auf den Tag, der mir die Ehre bringt, meine hohen Nachbarn von Monrepos als meine Gäste im Falkenhof zu begrüßen.«

»Unter den Klängen des Tannhäusermarsches,« sagte Falkner nicht ohne Spott.

»Eine gute Idee,« meinte die Prinzeß harmlos. »Sie sollen nicht zu lange zu warten brauchen, edle Schloßherrin!«

»Noch eh' ich den Falkenhof verlasse?« fragte Dolores eifrig.

»Sie wollen den Falkenhof verlassen?« Es waren drei Stimmen, die es gleichzeitig fragten.

»Ja,« erwiderte sie leise, aber fest.

»Nun, aber doch nicht für immer,« meinte die Prinzeß lächelnd.

»Doch, für immer,« sagte Dolores.

»Sind Sie europamüde?«

Dolores sah erschreckt auf – war es wirklich Falkners Stimme, die diese Frage gethan?

»Nein, aber ich bin des Falkenhofs müde,« sagte sie unsäglich traurig. »Was soll ich auch hier? Engels wird das Lehen verwalten – in besseren Händen könnte es nicht sein!«

»Und Sie selbst, wohin werden Sie gehen?« fragte Prinzeß Alexandra teilnehmend.

»Ich weiß es noch nicht, Durchlaucht!«

»Die Kunst ruft Sie, die Auserwählte, gehorchen Sie dieser Stimme!« rief Keppler. »Sie können noch so viel Gutes schaffen und Schönes, es wäre Sünde, wollten Sie das Pfund vergraben, das Gott Ihnen gegeben hat!«

»Nein, nein,« rief die Prinzessin, »bleiben Sie! Sie sind zu jung, zu gut für das Leben auf der Bühne, wo niemand Sie vor Verleumdung schützen kann –«

»Durchlaucht, das thut auch hier niemand,« erwiderte Dolores bitter. »Die höchsten und edelsten Frauen haben mich gerne in ihre reinen Kreise gezogen, so lange ich mich Doña Falconieros nannte, und meinen Ruf hat die Verleumdung nicht anzutasten vermocht, das ist die vornehmste Mitgift, die Gott mir für dieses Leben gegeben. Was Weh ist und Schmerz und Ungerechtigkeit, das hab' ich erst hier kennen gelernt!«

Die Prinzessin umarmte Dolores und küßte sie auf die bleiche Stirn.

»Ich weiß, daß Sie gut sind und edel,« sagte sie, »ich weiß, daß kein Flecken auf Ihrem Rufe haftet – hätte ich sonst Ihre Nähe gesucht? Denn wir Fürstinnen stehen den Blicken der Welt ebenso exponiert wie die Künstlerinnen und müssen den Schein in allem zu meiden suchen. Man muß nur die höchste Meinung von dem Berufe haben, zu dem wir ausersehen sind, dann ist ein Abirren von dem rechten Pfade unmöglich!«

»Ich kann's bezeugen, daß Donna Dolores ihre Kunst für allzu heilig hält, um sie zu profanieren,« sagte Keppler warm, »und wenn es eine würdige Priesterin dafür giebt, so verdient sie diesen Namen – dafür will ich einstehen zu jeder Zeit!«

»Ich danke Ihnen,« erwiderte Dolores leise.

Falkner hatte kein Wort mehr gesprochen – er stand abgewendet und betrachtete aufmerksam die flockigen Blüten eines Perückenbaumes am Wege.

»Was sagen Sie zu dem Entschlusse Ihrer Cousine, lieber Baron?« fragte die Prinzeß.

»Ich, Durchlaucht?« er sah sehr gleichgültig aus. »Ich habe ja gar kein Recht, etwas zu sagen.«

Sie gingen schweigend weiter, bis die Prinzeß wieder fragte:

»Und wann wollen Sie von hier scheiden?«

»Ich weiß es noch nicht, Durchlaucht, vielleicht sehr bald, vielleicht erst zum Schluß des Sommers. Ich glaube, das Rasten thut mir gut, aber ich fürchte das Rosten. Es bedarf in der That aller meiner Energie, um nicht, wie Herr Olaf auf der Erlenhöhe, so lange zu träumen, bis es zu spät wurde für den Träumer.«

»Nun, ich übernehme es, dafür zu sorgen,« rief die

Prinzessin lebhaft. »Wir wollen einander oft sehen, nicht wahr? Wir wollen alles besprechen, was uns interessiert. Sie sind doch unsere Verbündeten, meine Herren?«

»Mit Enthusiasmus, Durchlaucht, für solchen Zweck,« erwiderte Keppler warm. Falkner antwortete nur mit einer stummen Verbeugung.

Am Gitter von Monrepos sagte man sich Lebewohl. Der Herzog stand hier, eine große Menge Bast im Arme, ein Okuliermesser in der Hand, und bedauerte lebhaft, die nette Partie versäumt zu haben! Und dabei sah er so einfach, so glücklich und harmlos aus, daß es fast rührend war. Es drückt eben nicht jede Krone die Stirn ihres Trägers. Ob daran die Krone oder die Stirn die Schuld trägt?

»Der gute Herzog, es ist ein Glück für ihn, daß er nichts, rein nichts von einem Prometheus in sich hat,« meinte Doktor Ruß, als er an Dolores' Seite dem Falkenhofe zuschritt.

»Halten Sie das wirklich für ein Glück?« fragte sie träumerisch. »Ich meine, es ist eine schöne Aufgabe, das göttliche Feuer vom Himmel herabzuholen und Großes mit ihm zu schaffen.«

»Trotz dem sicheren Gefühl, gefesselt wie Prometheus an den starren Felsen der Intolleranz von dem Geier der öffentlichen Meinung zerfleischt zu werden?« fragte Ruß.

»Trotzdem, ja, denn das einmal errungene Feuer giebt die Kraft des Ertragens.«

»Nun ja – chaque homme porte en lui un Prométhée, créateur rebelle et martyr,« citierte Ruß jene gekrönte Dichterin, Carmen Sylva, die uns so rührend und wahr die Geschichte vom Leiden geschildert, weil es ihr mitgegeben ward auf ihrem Lebenspfade.

247

In jener Nacht tönten noch lange die Klänge einer herrlichen Stimme, eines meisterhaft gespielten Flügels aus den Mauern des Falkenhofes hinaus in die warme Sommernacht, die fernes Wetterleuchten magisch durchzuckte. Schmelzend, jauchzend, todestraurig und erschütternd klang die wunderbare Stimme hinaus und verklang fern im Säuseln der Nachtluft in den Bäumen.

»Unsere Baroneß singt doch schaurig schön,« meinte unten Mamsell Köhler in der Domestikenstube, »aber es ist nicht mein Fall! Wenn sie lange so fort singt, da wird sie nicht alt – überhaupt,« und sie senkte die Stimme zum Flüstern, »überhaupt – sie hat zusammengewachsene Augenbrauen – das ist ein böses Zeichen. Hört ihr's – das klang fast wie ein Schrei, daß es einem durch Mark und Bein geht. Nein, da lobe ich mir doch die Lieder, die man zu meiner Zeit sang: ›Guter Mond, du gehst so stille‹ und ›Als ich auf meiner Bleiche –‹. Da lag doch Gemüt drin, aber die Lieder, die Baroneß singt – hu, das ist ja das reine Teufelswerk.«

Darauf erzählte die Beschließerin ihren aufmerksamen Zuhörern leise und vertraulich, daß ihre Herrin auf dem Theater als leibhaftiger Teufel aufgetreten wäre, und meinte, um so etwas zu thun, müßte man sich schon halb dem Gottseibeiuns verschrieben haben.

»Na, einen Pferdefuß hat sie nicht,« sagte Christel, der zweite Diener, der das Putzen der Schuhe besorgte.

»Aber die roten Haare –!« flüsterte die Köchin.

»Und der schwarze Unhold, die Tereza!« fügte das Küchenmädchen hinzu.

»Und der Ramo, das ist so ein großer, brasilianischer Menschenaffe aus Amerika, den der Böse sprechen gelehrt hat,« meinte der Groom.

In diesem Augenblicke schrie die weise Versammlung laut auf, denn der ehrliche Ramo stand plötzlich unter ihnen – sie hatten in ihrem Eifer sein Kommen nicht gehört.

»Bagage,« sagte er in seinem gebrochenen Deutsch verächtlich. »Nennen arme Tereza Unhold und Ramo Affe, weil beide nicht mit auf die Herrschaft schimpfen, wie undankbares Volk, das ihr alle seid. Meinetwegen! Wer aber gegen Herrin Mucks sagt, soll an mich denken!«

Damit statuierte er an dem ihm zunächst stehenden Groom ein Beispiel in Gestalt einer kräftigen Ohrfeige und mit einem sprechenden Blick auf die etwas verlegen gewordene Mamsell Köhler entschwand der treue Diener wieder dem Küchenforum, das eigens in der Welt zu bestehen scheint, damit eine gute Meinung über Herrschaften nicht um sich greift.

*   *   *

Wenn man die Menschen nach ihren Charakteren in Gruppen einteilen und sortieren wollte mit einer ganz besonderen Abteilung für die »Originale,« so wäre es doch eine Sisyphusarbeit. Freilich, mit den Dutzendmenschen wären wir bald fertig, aber auch sie bergen Tiefen, die wir nicht ergründen können, und mit dem Sortieren in »Haustyrannen,«   »Salondamen,«   »Bonvivants,« »Bösewichter« etc. würden wir nicht weit kommen, besonders wenn wir entdecken, daß die »komische Alte« plötzlich unverkennbar zum Fach der »Heldenmutter« gehört.

Wir hörten von einem Sonderling, der über alle Bekannten, um deren wirklichen Charakter kennen zu lernen, Buch führte, d. h. er trug ihre Namen in ein Buch ein, dessen Seiten mit den verschiedensten Charakteristiken überschrieben waren. Fand er einen Irrtum hierin heraus, so ward der Name ausgestrichen und auf eine andere Seite, in einer anderen Rubrik eingetragen. Auf diese Weise suchte er zum Menschenkenner zu werden – aber er schöpfte seine Erfahrungen mit einem Siebe in ein Faß ohne Boden wie die Danaiden. So hatte er unter anderen den Namen eines Herrn N. N. nach der ersten Bekanntschaft mit demselben unter »Angenehmer Gesellschafter« eingetragen. Nach späteren Erfahrungen konnte er ihm dieses Prädikat zwar nicht nehmen, aber er klassifizierte ihn auch noch in den Rubriken »Selbstlos« und »Großmütig.« Nach einiger Zeit fand er sich veranlaßt, besagten Herrn noch in den Abteilungen: »Guter Stiefvater« und »Mustergatte« zu nennen, außerdem aber noch seinen Namen unter »Gelehrter« einzutragen. Daß diesen Eigenschaften noch die eines »wahrhaft frommen Christen« hinzutrat, kann uns nicht wundern, aber ein plötzlicher Umschwung veranlaßte den Buchführer, diesen edlen N. N. mit einem Mal in der Rubrik: »Doppelzüngig« zu nennen. Dann konnte man ihn auch unter »Erbschleicher,« »Händelstifter« und »Halunke« lesen, und zuletzt stand er so ziemlich auf jeder Seite von des Sonderlings Charakterthermometer, der darauf sein Buch verbrannte und kein zweites mehr führte – es war ihm verleidet worden. Er hatte es sich so hübsch und amüsant gedacht, jedes Menschen Empfinden von ihm ablesen zu können wie von den weißen Blättern seines Buches, und sich nicht überlegt, daß ein Mensch nicht einfach unter der Firma »Mustergatte« oder »armer Dulder« umherlaufen kann, als ob dieser ihm durch eigenes oder anderer Zeugnis aufgedrückte Stempel für sein Dasein genügte und charakteristisch wäre.

Der Mensch ist ein Teil des verschleierten Bildes von Saïs, und nicht jeder verträgt den Anblick der Wahrheit, sei es, daß er sie im Herzen anderer oder im eigenen Herzen entschleiert.

Alfred Falkner hatte immer viel auf seine Prinzipien gehalten, ja er hatte dieses Steckenpferd nicht ohne eine gründliche Dosis Hochmut geritten und geglaubt, der Untergang der Welt würde ihn auch nicht um eines Haares Breite von dem gewohnten Pfade ablenken können. All' diese Prinzipien, die er unter dem Schilde des »Noblesse oblige« vereinigte, waren tadellos und hochgemutet, aber sie auf den Punkt zu erfüllen, bedurfte es mehr als menschlicher Kraft, welche von vielen mit dem Eigensinn, der freilich oft mehr vermag, als moralische Kraft, verwechselt wird.

Hätte man Falkner vor Jahresfrist gesagt: »Ehe du um zwölf Monde älter bist, wirst du eine wehrlose Frau tödlich beleidigen, weil sie einem Berufe angehört, mit dem du nicht einverstanden bist, und weil sie die Erbschaft gemacht, auf die du gerechnet hattest« – so hätte er überlegen geantwortet: »Das ist unmöglich. Denn einmal greift ein Kavalier Wehrlose, besonders aber Frauen nicht an, und was die Gründe anbetrifft, so verbietet mir ersteren meine Bildung und über dem zweiten glaube ich zu hoch zu stehen. Große materielle Verluste vermögen wohl zu enttäuschen, aber sie können den Gebildeten nicht zu Ungerechtigkeiten verleiten, eben weil sie materiell sind.«

Nun gab es stille, einsame Nachtstunden und bittere Momente bei Tage, in denen Alfred Falkner sich selbst die Frage vorlegte: Wie hast du deine Vorsätze erfüllt? Und die Antwort war tief demütigend. Homo sum!

Dann hatte er ihr sein »Pater peccavi« gesagt, und abermals mußte er erfahren, daß solche Klüfte, wie zwischen ihm und Dolores lagen, sich nicht mit ein paar Worten überbrücken ließen. Der Abgrund hatte sich so viel verengert, daß sie einander darüber hinweg die Hände reichen konnten, wenn sie sich dazu überwanden – und das war alles.

Daß er mehr davon erwartet hatte, kann nicht geleugnet

werden, und neben der getäuschten Hoffnung kostete er die bitteren Früchte, die sein Thun gezeitigt: die Gleichgültigkeit, die ihm Dolores zeigte, denn diese Maske trug sie so täuschend und so überzeugend, daß es niemand eingefallen wäre, an eine Maske zu glauben. Und nun wollte sie fort – den Falkenhof verlassen – vielleicht, um nach Brasilien zurückzugehen. Hoffentlich nach Brasilien, dachte er, und es überkam ihn wieder und wieder der heiße Wunsch, sie möchte Kepplers Zureden nicht nachgeben und zur Bühne zurückkehren. Hätte er gewußt, daß sie selbst gerade vor diesem Gedanken zurückschrak, wie vor einem unübersteigbaren Berge – es hätte ihn wesentlich beruhigt. Denn wenn er ja auch schließlich so weit gediehen war in seiner Überzeugung, daß er anerkennen mußte, wie rein und tadellos sie während ihrer kurzen Künstlerlaufbahn gewesen, daß sie wie »eine Lilie im Staube« kühl und königlich gestanden in der heißen, trügerisch gleißenden Atmosphäre des Scheins und des Truges, so war ihm der Gedanke, sie wiederum dort zu sehen und zu wissen, doch unsäglich widerwärtig. Zugegeben, daß dabei eine gründliche Dosis Falknerschen Familienstolzes mitsprach, jenes Stolzes, der im Exklusiven seine Befriedigung sucht, so überwog dabei doch jene Sorge, welche der Gärtner für seinen Pflegling empfindet, wenn er ihn in ein ihm unzuträgliches Erdreich verpflanzt sieht und davon nur Welken, Verderben oder Dahinkränkeln voraussehen kann.

Unklar freilich war er sich selbst in seinen Gefühlen für Dolores nicht mehr. Er log sich nicht mehr vor, daß sie ihn anzog, weil sie ihn abstieß, denn solche Selbsttäuschungen mußten früher oder später einmal weichen wie Herbstnebel im Sonnenlicht. Und in dem Lichte dieser Erkenntnis sagte er sich ohne Wenn und Aber, daß Dolores Falkner begehrenswert für ihn sei vor allen Frauen und Mädchen der Welt. Und mit derselben klaren Einsicht sagte er sich, daß er keine Chance mehr habe, sie zu gewinnen, daß er verspielt habe für alle Zeit. Nun liegt es aber in der Natur des menschlichen Herzens, daß es sich selbst widerspricht, d. h. daß es dem kühler wägenden Verstande Plaidoyers und in das Gewand »Möglichkeit« gekleidete Bitten entgegenstellt. Und da Alfred Falkner trotz seines starken Geschlechts nebenbei auch noch ein Mensch, ein Sohn Adams war, so flüsterte ihm sein Herz zu: Vielleicht gewinnt ein treues Werben zurück, was du verscherzt; wogegen der Trotz ihm zuflüsterte: Es ist besser so – mag denn getrennt bleiben, was nicht zu einander gehört. So ist denn der Mensch stets widerstreitenden Gefühlen ausgesetzt, wenn er im Kampfe steht mit seinem Herzen, und nicht alle laufen ein nach dem Seelensturme in den Hafen der Glückseligkeit, in dem alles sich klärt durch den Besitz eines inneren Glückes, von dem wir wissen, daß es unser ist und bleibt bis an die Pforten des Todes. Es giebt überhaupt wenig Menschen, die mit ihren Gefühlen stets im reinen und klipp und klar sind, die Herz und Verstand stets im Gleichgewicht halten und durch die Stürme des Lebens schiffen unversehrt und unbewegt! Ob diese aber zu beneiden sind, möchte ich bezweifeln, denn

> Wer nicht gelitten, hat nur halb gelebt,
> Wer nicht gefehlt, hat wohl auch nie gestrebt,
> Wer nie geweint, hat halb auch nur gelacht,
> Wer nie gezweifelt, hat wohl kaum gedacht.

Am Tage nach dem improvisierten Gartenfest ging Dolores hinüber nach Monrepos, um den kleinen Hof nach dem Falkenhof einzuladen. Der Herzog, welcher ihr selbst die Gartenpforte öffnete, da er die lebende Hecke von Taxus beschnitt, nahm die Einladung sogleich und ohne alle Umstände an und führte seinen Gast nach der Veranda, auf welcher der übrige Kreis beim five o'clock-Thee versammelt saß. Auch Prinzeß Alexandra beantwortete die vorgetragene

Bitte der »Fräulein Nachbarin« freundlich bejahend, und als die Herrin vom Falkenhof dann nach einer genommenen Tasse Thee sich wieder empfehlen wollte, führte die Prinzeß sie erst in ihr Zimmer unter dem Vorwande, ihr dort eine Zeichnung zeigen zu wollen. Prinzeß Alexandra hatte, wie alle anderen, nur ein Schlaf- und Wohnzimmer zur Disposition, denn Monrepos war nicht groß genug, um selbst den Besitzern eine größere Zimmerflucht für ihren Privatgebrauch zu gewähren. Die herzogliche Familie bewohnte das Hochparterre, darin auch die Gesellschaftsräume lagen, während der Oberstock die Zimmer für das Gefolge, die Gäste und Dienergelasse barg. Das Wohnzimmer der Prinzeß Alexandra war ein sehr behaglicher Raum, der alles enthielt, was seiner Bewohnerin besonders lieb und traut war – ihre Bücher, Malutensilien, Handarbeiten, welchen sie einen besonders künstlerischen Reiz zu geben vermochte. Nachdem sie Dolores die Zeichnung gezeigt, von welcher sie vorher gesprochen, zog sie den Gast neben sich auf einen Diwan und ergriff die beiden Hände desselben.

»Liebes Fräulein von Falkner,« sagte sie herzlich, »Sie müssen mir's nicht übelnehmen, wenn ich mir heut', nach unserer kurzen Bekanntschaft erlaube, ein Thema vor Ihnen zu berühren, ohne daß Sie mir das Recht geben, es zu thun. Aber sehen Sie, es giebt Menschen, zu denen man sich so mächtig hingezogen fühlt, daß man die konventionelle Mauer, welche der Codex der Gesellschaft um uns errichtet, einfach umgeht, um dem begehrten Ziele näher zu treten. Und zu diesen Menschen gehören Sie!«

»O Durchlaucht, wodurch habe ich diese Güte verdient?« erwiderte Dolores, im Innersten warm berührt.

»Sie müssen nicht Güte nennen, was Überzeugung ist,« rief Prinzeß Alexandra mit der nämlichen Herzlichkeit.

»Und Sie haben wirklich mein sehr vorsichtig tastendes Herz im Sturme erobert. Darum also verzeihen Sie mir ein offenes Wort, das ich gern sprechen möchte, weil Sie mich gestern erschreckt haben. Sie wollen den Falkenhof wirklich verlassen?«

»Ja, Durchlaucht. Was soll ich hier?«

»Den Falkenhof verlassen, um zur Bühne zurückzukehren?« fragte die Prinzeß ernst.

»Ich weiß es noch nicht,« erwiderte Dolores wie gestern.

»Zieht es Sie dahin zurück –?« –

»Durchlaucht, diese Frage habe ich mir schon selbst vorgelegt und nicht beantwortet,« gestand Dolores ehrlich. »Ich kann darauf nur sagen: Ich weiß es nicht. Und das ist vielleicht unrecht, denn ich habe meinen Beruf geliebt –« –

»Und der Beifall der Menge hat Sie berauscht,« ergänzte die Prinzeß. »Und das süße Gift ist Ihnen in das Blut gedrungen und reißt Sie zurück auf die Bretter, auf denen jeder es wagen darf, Sie zu kritisieren, Sie mit Schmutz zu bewerfen. Dolores, wissen Sie, daß der Gedanke, Ihre Wangen soll wiederum ekelhafte Schminke bedecken, Sie sollen jeden Abend einem Tenor oder Bariton Liebeslieder zusingen, daß dieser Gedanke mir wehe thut?«

Und die Prinzeß legte ihren Arm um Dolores' Schultern, die blaß und regungslos dasaß.

»Nein, gehen Sie nicht dahin zurück, wohin Sie nicht passen,« fuhr die Prinzeß fort mit weicher, bittender Stimme. »Was wollen Sie von der Menge? Was wollen Sie auf den Brettern, deren verdorbene, von Miasmen durchsetzte Luft so leicht moralisch tötet? Auch Ihre gesunde Natur kann unterliegen. Und Sie werden, trotz Ihres reinen Herzens, genug gesehen haben, um zu verstehen, was ich meine!«

»O ja, denn in der kurzen Zeit meiner Künstlerlaufbahn sind Neid, Verleumdung, Käuflichkeit und Frechheit wiederholt an mich herangetreten,« antwortete Dolores müde. »Aber ich habe sie alle nicht beachtet,« setzte sie mit ihrem alten Stolz hinzu.

»Ich weiß es – ich fühle es,« fuhr Prinzeß Alexandra fort, »aber man meidet doch gern die Wege, wo man dergleichen unreinen Geistern überhaupt begegnen kann. Sie drängen sich freilich auch außerhalb der Bühne in unsere Nähe, aber sie sind doch nur Eindringlinge, deren man sich erwehren kann, nicht aber Stammgäste wie dort. Was hat Sie überhaupt zur Bühne gedrängt?«

»Die Not,« sagte Dolores träumerisch. »Wir waren arm und mußten schwer kämpfen mit dem Leben, und als mein Vater starb, waren meine Mutter und ich mittellos. Ich hatte aber eines gründlich gelernt, gründlich studiert – die Musik! Zu der ›Satanella‹ hat mein Vater den Text gedichtet, und ich hatte denselben, um ihm eine Freude zu machen, komponiert – die Melodien strömten mir zu, und meine Begabung für dieses Fach überwand spielend die technischen Schwierigkeiten. Die ›Satanella‹ war meines Vaters letzte Freude. Und als wir dann so allein standen, da beschloß ich, wenn möglich, auf der Bühne das Alter meiner Mutter sorgenfrei zu machen, und sie schrieb dem Intendanten in B., einem alten Freunde meines Vaters, einen Brief, in dem sie mich seinem und seiner Frau Schutz und Protektion anempfahl. Sie erfüllten beide freudigst und wahrhaft großmütig diesen Wunsch, und nachdem ich in Italien die nötigen Vorstudien gemacht, trat ich zuerst als ›Satanella‹ auf – ein guter Rat des Intendanten. Und dann starb meine Mutter, und schnell nach ihr mein Onkel, der im Leben das Tafeltuch zwischen sich und der Schwester zerschnitten hatte, weil ihre Heirat ihm antipathisch war. Nun ward ich, als seine Erbin, mit einem Schlage reich, aber ich blieb meinem Berufe treu, weil ich ihn liebgewonnen, weil die Begeisterung für die Kunst mein ganzes Herz ergriffen hatte und ich der Sonne, der Unsterblichkeit zuzufliegen vermeinte.«

»Dem Mimen flicht die Nachwelt keine Kränze,« warf die Prinzeß Schillers Ausspruch ein, und als Dolores betroffen aufblickte, setzte sie fein hinzu: »Aber auch außerhalb der Bühne kann man Unsterblichkeit erlangen, und den Flug zur Sonne zu wagen ist auch hier niemand verwehrt. Denken Sie an unsere unsterblichen Tondichter, die es nicht verlangt hat, ihre Werke selbst verkörpern zu können. Und Ihnen ist nicht Talent allein, Ihnen ist Genie verliehen worden, um siegreich Ihre Kräfte messen zu können mit jenen Unsterblichen, die uns den Fidelio, den Ring des Nibelungen geschaffen neben einer Fülle von Liedern, die ja allein unsterblich machen können. Darum kehren Sie nicht mehr dahin zurück, wo nur der Schein herrscht, der Schein, der unseren Sinnen schmeichelt, *Ihnen* aber doch kein volles Glück gewähren kann, und wenn Sie sich doch einmal einsam fühlen sollten, so kommen Sie zu uns, kommen Sie zu mir, denn ich glaube Sie zu verstehen. Wollen Sie mir versprechen, nicht zur Bühne zurückzukehren?« schloß sie herzlich, als Dolores sich heftig bewegt auf ihre Hand herabneigte.

»Durchlaucht, lassen Sie mich's erst allein durchkämpfen,« sagte die Herrin vom Falkenhof. »Ich kann noch nichts geloben, nichts versprechen. Vielleicht hat das ›süße Gift‹ schon mein Blut zersetzt und ich bin unrettbar verloren – vielleicht ist noch Zeit für mich.«

»Prüfen Sie sich denn! Aber ein frohes Vorgefühl sagt mir, daß ich gesiegt habe, oder vielmehr Sie über sich, denn jede

Entsagung ist ein Sieg.«

»Ich habe schon vielem entsagt im Leben,« erwiderte Dolores ohne Bitterkeit, aber schmerzlich. »Schwererem,« setzte sie leise hinzu. »Nomina sunt odiosa. Und mein Name ist Dolores – Schmerz! Doch was soll das hier bei Ihnen, Prinzeß –« –

»Was werden denn hier für Staatsgeheimnisse verhandelt?« –

Mit diesen Worten steckte Prinzeß Lolo ihr blondes Köpfchen zur Thür hinein und ließ ihr reizendes Persönchen im weißen, duftigen Sommerkleide alsbald folgen.

»Das ist ja langweilig hier zum Totschießen! Emil schreibt über seinen Brimborium, Papa okuliert, die Drusen schläft und der Kammerherr dito – nein, es ist um Schulden zu machen,« jammerte das fürstliche enfant terrible.

»Wo sind Herr Keppler und Baron Falkner?« fragte Prinzeß Alexandra.

»Die? die haben sich gezankt und sind zankend weggelaufen,« berichtete die kleine Durchlaucht.

»Gezankt?«

»Natürlich. Und das Objekt waren Sie, Fräulein von Falkner!«

»Ich?« Dolores erhob stolz das Haupt. »Welche Veranlassung könnte ich den Herren zum Streit geben?«

»O, Herr Keppler behauptete sehr erregt, Ihr Platz sei die Bühne. Er schwatzte kolossalen Kohl und die Schlagworte: Priesterin der Kunst, höchster dramatischer Ausdruck u. s. w. flogen wie Sprengstücke aus seinen schweren

Geschützen einher –«

»Eleonore!« ermahnte Prinzeß Alexandra. »Welche Ausdrücke!«

»Na, und der Baron quasselte natürlich das konträre Gegenteil,« fuhr Prinzeß Lolo unbeirrt fort. »Er behauptete sogar, die Monate Ihrer Bühnencarriere mit ebensoviel Jahren seines Lebens zurückkaufen zu wollen, wenn es nur eben ginge. Es soll übrigens ein alter Zankapfel sein zwischen den beiden,« setzte sie eifersüchtig hinzu.

»Sehr schmeichelhaft,« erwiderte Dolores nicht ohne Hochmut, indem sie zugleich die Prinzeß bat, sich empfehlen zu dürfen. Mit warmem Händedruck gab die letztere die Erlaubnis und ein sprechender, fragender, bittender Blick beim Abschied schien noch einmal alles sagen zu wollen, was schon gesagt war. Frei und ehrlich gab Dolores diesen Blick zurück, als wollte sie sagen: »Sei ruhig! Jeder *gute* Kampf zeitigt einen *guten* Sieg – ich werde deiner dabei denken.«

Prinzeß Lolo hatte längst schon das Zimmer verlassen. Leise war sie über die Veranda geschlüpft, doch als sie den Kammerherrn und die Hofdame beide selig schlummernd dort noch vorfand, so steckte sie Fräulein von Drusen erst eine Pfaufeder ins Haar und setzte dem Kammerherrn ihren großen Gartenhut à la Marie Antoinette schief auf den Kopf, ehe sie die Treppe herabglitt und hinter der Taxushecke, die Monrepos vom Falkenhof trennte, verschwand. Dolores hatte sich nie einer besonders gnädigen Aufnahme von seiten der kleinen Durchlaucht zu erfreuen gehabt, doch hatte das ihre Zufriedenheit nicht trüben können. Wie staunte sie daher, als das reizende Fürstenkind ihr auf ihrem eigenen Grund und Boden gegenübertrat und ganz manierlich um die Erlaubnis bat, »ein Stückchen mitgehen« zu dürfen.

»Wenn der Herzog oder Prinzeß Alexandra nichts dagegen haben, gewiß,« erwiderte Dolores, welche freilich lieber allein gegangen wäre, den Inhalt ihres eben gehabten Gespräches gründlich zu überdenken. Sie war nicht erregt, es war ihr vielmehr leicht ums Herz, wie selten, aber wichtige, inhaltreiche Gespräche verlangen ein gesammeltes Überdenken.

Sie kam mit ihrem »Wenn« aber bei der blonden Prinzeß schön an.

»Papa und Alexandra! Gerade als ob ich ein Kind wäre, das nicht allein über die Straße darf, damit es niemand umfährt,« rief sie empört. »Ich werde meine eigenmächtige Promenade schon selbst verantworten und brauche keine Gouvernante!« –

»Desto besser,« erwiderte Dolores, mit Mühe ein Lächeln unterdrückend. »Gouvernanten sind jungen Damen meist eine sehr unbequeme Species des Menschengeschlechtes.« –

»Eine scheußliche Erfindung sind sie – Vampire und Werwölfe sind sie,« sprudelte Prinzeß Lolo hervor. »Aber ich habe mich gerächt – ich habe sie alle weggeärgert!« –

»Wirklich! Und auf wieviel Gouvernantenskalps können Durchlaucht mit dem Stolz eines Indianerhäuptlings herabblicken?«

»Skalps? Woher wissen Sie das?« fragte Prinzeßchen perplex.

»Um Gottes willen – Durchlaucht haben doch die Unglückswesen nicht wirklich skalpiert?« rief Dolores lachend.

»Ach nein, leider nicht,« seufzte die hoffnungsvolle fürstliche junge Dame. »Aber sehen Sie, ich habe jeder etwas von ihren falschen Haaren heimlich weggenommen – Zöpfe, Locken, Scheitel, Chignons. Es sind alle Farben dabei vertreten, und ich habe ein ganzes Schubfach voll davon zu Hause im Residenzschloß. Ich nenne das meine Gouvernantenskalpsammlung,« schloß sie mit dem seligen Stolz eines Gemmensammlers.

Nun mußte Dolores wirklich lachen, herzlich lachen, denn auch sie konnte ein Lied singen von den kühnen Ideen, womit ein zur Würde einer jungen Dame erwachtes Backfischlein sich an dem Gouvernantenzwange rächt. Und wie sie hell auflachte, so hell, wie seit lange nicht, da stimmte das Prinzeßchen mit ein, und durch den schattigen Park klang ein solch' unwiderstehlich ansteckend wirkendes Duett, wie selten wohl.

Aber plötzlich wurde Prinzeß Lolo wieder ernst.

»Ich bin gar nicht hergekommen, um zu lachen,« erklärte sie, »sondern ich habe hier auf Sie gewartet, um Ihnen zu sagen, daß ich mich mit Ihnen schießen würde, wenn ich und Sie Männer wären!«

»Da kann ich ja von Glück sagen, Durchlaucht, daß wir's nicht sind,« entgegnete Dolores amüsiert.

»O, das ist gar nicht komisch,« gab die Prinzeß pikiert zurück.

»Und was verschafft mir die Ehre dieser durchlauchtigen Forderung übers Taschentuch?«

»Weil ich eifersüchtig bin – eifersüchtig auf Sie!« rief die Prinzeß mit plötzlich hervorstürzenden Thränen und heftig setzte sie hinzu: »Was kann ich dafür, daß Sie größer sind als ich und schöner?«

»Aber, Durchlaucht – *das* ist doch schließlich

Geschmackssache! Es giebt Leute, die mich nicht einmal hübsch finden!« erwiderte Dolores erstaunt.

»Ich wollte, Sie wären häßlich wie die Pastrana – ein Waldaffe – ein Scheusal,« war die liebenswürdige Antwort, welche indes so unwiderstehlich auf Dolores wirkte, daß sie das Lachen nicht unterdrücken konnte. Aber das reizte die kleine, blonde Furie nur noch mehr.

»O Sie! Sie!« schluchzte sie. »Sie Scheinheilige, Sie Füchsin! Mir lachend *seine* Liebe zu rauben – ich hasse Sie, denn er hat nur Augen für Sie –!«

Jetzt wurde Dolores aufmerksam.

»Wessen Liebe raubte ich Ihnen?« fragte sie kühl.

»Seine – Alfred Falkners!« rief die Prinzeß, den Boden stampfend.

»Durchlaucht träumen,« entgegnete Dolores stillstehend mit soviel Hoheit, daß der mehr vor Zorn als vor Herzensjammer schluchzenden Prinzeß plötzlich die Thränen versiegten und sie fassungslos ihrer Gefährtin in das blasse Antlitz mit den seltsam flammenden Augen sah.

»Ich dachte, Sie sollten oder müßten ihn heiraten wegen des Testaments oder – was weiß ich –« stotterte sie purpurrot hervor.

»Durchlaucht sind in ersterem wohl informiert,« gab Dolores gleichgültig zurück. »Was das ›müssen‹ anbetrifft, so steht davon aber nichts geschrieben, und Baron Falkner ist mit mir dahin übereingekommen, daß das berührte Testament in diesem Punkte unvollzogen bleibt!« –

Mit einem Freudenschrei flog Prinzeß Lolo der eben so wenig Geschmeichelten um den Hals.

»Sie sind ein Engel,« rief sie lachend und weinend, »ach, Sie haben mich erlöst, denn ich wollte mir schon das Leben nehmen, weil ich dachte, Sie wollten ihn mir rauben – ihn, den herrlichsten von allen –«

»Wodurch hab' ich Ihnen zu diesem Verdacht Veranlassung gegeben, Prinzeß Eleonore?« fragte Dolores scharf hinein in diesen Redestrom.

»Ich weiß nicht – ich dachte nur – Sie gingen doch mit ihm nach dem Musikabend nach Hause –«

»Und –?« –

»Und indes bin ich beinahe gestorben vor Eifersucht und Zorn und Gram – und ich hörte ihn noch so lange in seinem Zimmer auf und ab gehen wie ein gefesselter und gefangener Löwe –! Und es ist wirklich wahr, daß Sie ihn mir lassen – *mir*?« schloß sie naiv.

»Von Lassen ist gar keine Rede, Prinzeß, denn ich habe sein Herz nie besessen,« sagte Dolores herb.

»O wie wunder – wunderschön!« jubelte das Fürstentöchterlein, ohne zu ahnen, wie weh sie ihrer Begleiterin that. Die aber fragte in den Jubel mitten hinein:

»Und sind Sie der Liebe Alfred Falkners so sicher?«

»Ei, wenn er Sie nicht liebt, wird er mich schon lieben,« erwiderte die Prinzeß mit eigentümlicher Logik – Herzenslogik – aber mit unbedingtem Selbstvertrauen.

»Und der Herzog, und der Erbprinz, und Prinzeß Alexandra –? Was werden sie zu der Mesalliance sagen?«

»Ist mir Wurscht!« erklärte die kleine Blonde sehr entschieden. Sie hatte den klassischen Ausdruck erst heut' aus einem Gespräch zwischen zwei Dienern belauscht und war stolz auf denselben. »Ich mag keinen Prinzen heiraten – das ist *zu* langweilig,« fuhr sie fort, »Sie können mir's wirklich glauben, es ist gräßlich, wenn man stets in Watte gepackt auf einem silbernen Präsentierteller sitzt. Papa? Papa thut doch immer, was ich will, und um Emil und Alexandra kümmerte ich mich schon gar nicht. Und der Titel, der Name? Bah, was ist daran Großes? Wir sind doch bloß kleine Kläffer, auf die niemand hört, und wenn wir zu laut bellen, steckt uns der große Herr Nachbar einfach – als Provinz? i Gott bewahre, als Kreis Nordland in die Tasche!«

»Es ist nur gut, daß der Wind diese lästerlichen Reden nicht allzuweit tragen kann,« bemerkte Dolores spottend auf diesen Erguß von Backfischpolitik.

»Papa würde lachen, Emil die Achseln zucken und die Drusen mit dem Kammerherrn Kopf stehen,« lachte Prinzeß Übermut.

»Und Prinzeß Alexandrine?«

»Ach Sascha –? Ja, Sascha würde eine Predigt halten und mir höllisch den Kopf waschen. Aber das ist gesund.«

»O, wenn Sie's als Vergnügen auffassen – va bene!« –

»So, und nun muß ich zurück, sonst schreien sie in Monrepos Zeter,« plapperte das rosige Mündchen weiter, und indem die Sprecherin Dolores die Hand reichte, setzte sie im gleichen Tone hinzu: »Also, das ist abgemacht, nicht wahr? Und Sie sind nicht böse, gar nicht? Nein? Ach, was sind Sie nett! Und verklatschen werden Sie mich in Monrepos auch nicht? Famos. Und wenn Sie ihm, den herrlichsten von allen, mal mit dem Zaunpfahl zeigen wollen, daß man doch auch ganz ansehbar ist – Gott, schaden könnte es ja nicht! Aber sehen Sie, er ist kein Krösus, und wir armen Herzogsmädel von Nordland haben auch das Geld nicht so haufenweise liegen, aber wenn ich recht reich wäre, wenn ich bloß den Falkenhof hätte –« –

»Sie sollen ihn als Hochzeitsgeschenk von mir haben,« unterbrach Dolores die entfesselte Redeschleuse der Herzogstochter.

Prinzeß Lolo sah ordentlich erschrocken aus.

»Ja, Sie haben gut spotten,« schmollte sie.

»Ich spotte gar nicht. Wenn Sie ihn annehmen, schenke ich Ihnen den Falkenhof als Hochzeitsgabe,« nahm Dolores ihren impulsiven Einfall mit Ernst auf.

»Nicht annehmen? Wer würde denn solch' ein Esel sein?« rief Prinzeß Lolo entsetzt, ohne zu ahnen, daß sie damit eine unfreiwillige Kritik an dem Manne ihrer Wahl übte, über die er jedenfalls nicht sehr erbaut gewesen wäre. »Aber nicht wahr, Sie sind nicht böse, wenn ich sage, daß Sie verrückt sein müssen, einen solchen Besitz zu verschenken!«

»Doch nicht ganz so, wie Durchlaucht denken!«

»Wirklich? Na denn man tau, wie sie oben bei uns sagen?« lachte das Prinzeßchen, jetzt ganz Glück und Sonnenschein, als hätte sie »seinen« Verlobungsring schon am Finger. Noch eine Kußhand warf sie der vordem so gefürchteten Rivalin zu und flog dann die Allee herab, Monrepos zu.

Dolores sah der weißen Gestalt nach, die so zierlich und graziös wie ein Schmetterling dahinflatterte, und eine ihr fremde Bitterkeit zog ihr durchs Herz und machte ihre Augen trübe.

»Was hab' ich denn gethan, daß aller Schmerz der Erde über mich kommen muß?« murmelten ihre zuckenden Lippen, und unwillkürlich fielen ihr die Worte aus der Prophezeiung in dem alten Missale ein:

»Die letzte Falkin muß in Schmerzen büßen,
Die Grabesruh' der Ahne zu versüßen.«

Und sie war die letzte Falkin. Ein Schauer überrieselte sie
trotz des warmen Spätnachmittages, als sie dieser Stimme
aus dem mehr als zweihundertundfünfzigjährigen Grabe
gedachte, trotzdem diese Stimme einer armen Wahnsinnigen
angehörte, der tiefstes Herzeleid die Sinne verwirrt.

Und als sie sich seufzend zum Gehen wandte, kamen ihr
aus einem Seitengange Keppler und Falkner entgegen, beide
in eifrigem Gespräch.

»Ah, Fräulein Dolores!« rief ersterer heiter aus. »Thun Sie
ein gutes Werk und bekehren Sie diesen Vandalen –!«

»Ach, ich scheine kein Talent zum Missionär zu haben,«
erwiderte Dolores, bemüht, ihr frohes Temperament wieder
zu gewinnen. »Handelt es sich um Renaissance oder
Rokoko?« setzte sie fragend hinzu, da sie sich eines ziemlich
heftigen Diskurses über dieses Thema zwischen Keppler und
dem Erbprinzen erinnerte. »Doch da muß ich zu meiner
Schande gestehen, daß ich's mit beiden halte, denn aus der
Renaissance will ich die Kostüme, aus der Rokokozeit aber
die graziösen Linien der Möbel.«

»Ach, es handelt sich nicht darum,« rief Keppler. »Wir
streiten – ja *streiten* über die Berechtigung der Frauen für den
Künstlerberuf.«

»Die Berechtigung beginnt mit dem Talent und gipfelt im
Genie,« meinte Dolores fein. »Aber,« setzte sie hinzu, »Sie
werden Herrn von Falkner nicht überzeugen.«

»Keppler *will* mich mißverstehen,« entgegnete Falkner.
»Ich verteidige nur meine Überzeugung, nach der die
Bühnenlaufbahn der Frauen nicht im Künstlerberuf mit

267

inbegriffen werden dürfe. Wenigstens nicht bei allen. Auch der Konzertsaal bietet der Sängerin ein Feld für schöne Siege und Triumphe.«

»O ja. Aber wer ums liebe Brot singt, wird es auf der Bühne eher finden und reicher,« sagte Dolores leise.

»Ums liebe Brot! Man soll aber nicht daran denken, wenn man ein Künstler sein will,« rief Keppler heftig. »Nur frei und losgelöst von den elenden Miseren des Lebens kann der Genius sich entwickeln. Beim einfachen Brotverdienen muß er verkrüppeln.«

»Und doch hat auch mich die Sorge ums Brot in die Künstlerlaufbahn gedrängt,« erwiderte Dolores leicht, und als sie dem überraschten Blicke Alfred Falkners begegnete, fügte sie hinzu: »Freilich fühlte ich meine Schwingen im Fluge wachsen, und verklärt wurde mir im Siegen der erste schwere Entschluß. Tempi passati.«

»Nicht doch – Zeiten, die Ihnen wiederkehren sollen und werden,« rief Keppler.

»Nein,« entgegnete Dolores fest. »Ich werde die Bühne niemals mehr betreten.«

Sie wußte selbst nicht, warum sie aussprechen mußte als Faktum, was sie vor einer halben Stunde noch nicht um die Welt versprochen hätte. Aber es drängte sich auf die Lippen, und nun war es hinausgehallt, und sie wußte, daß sie ihren Worten treu bleiben würde.

»Leben Sie wohl für heute, Donna Dolores,« sagte Keppler nach einer Pause. »Denn daß Sie ein Renegat der Kunst geworden sind, das ist eine Nachricht, die ich erst verwinden muß, ehe ich der Abtrünnigen wieder begegne.«

Und damit kehrte er kurz um und war bald ihren Blicken

entschwunden.

»Es hat ihn getroffen – aber er wird es schon überwinden, denn tout lasse, tout casse, tout passe,« meinte sie seufzend.

»Darf ich denn meinen Ohren trauen?« fragte Falkner nach einer Weile. »Erst Ihre – übrigens vollberechtigte – Verteidigung eines Berufes, den Sie zu dem Ihren gemacht aus Gründen, die ich zu verstehen beginne, und heut' – heut' diese Resignation auf fernere Lorbeeren –«

»O behüte,« entgegnete sie fast heiter. »Sie wissen, Geibel sagt zwar:

> Lorbeer ist ein bittres Blatt
> Dem, der's sucht, und dem, der's hat.

Aber es ist auch dabei das begehrenswerteste Blatt, und ich will's auch zu erringen suchen durch mein bißchen Talent, Melodien zu erfinden. Lieder und kleine Albumblätter – vielleicht auch wieder einmal eine Oper von ›dem Komponisten der Satanella‹ – sind wohl mindestens der Beachtung sicher. Meinen Sie nicht?«

»Was liegt Ihnen an meiner Meinung?«

»O, man müßte ja natürlich eine merkwürdige Bettelsuppe von Charakter sein, wollte man sich nach jedes Menschen Meinung richten. Aber hören kann man sie doch und sich die Goldkörnchen daraus lesen.«

Falkner antwortete nicht, und schweigend schritten sie weiter. Zuletzt aber nahm er doch wieder das Wort.

»Welch' guter Engel mag es gewesen sein, der Ihren Entschluß in diese Bahn gelenkt hat?« sagte er sinnend.

»Ein *guter* Engel war's in der That, der mich eben erst zu überreden suchte, und sein Name ist Prinzeß Alexandra,«

erwiderte Dolores. »Und auf der anderen Seite deutete Herr Keppler mir als Genius des Ruhms mit einer Lorbeerkrone hinauf – zur Sonne. Da stand ich denn:

Prophete rechts, Prophete links,
Das Weltkind in der Mitten.«

»Aber der Engel siegte –?«

»Nein. Es war etwas anderes – ich bin müde – und ich habe wohl auch Verpflichtungen als Herrin des Falkenhofes, solange er mein ist. Die *arme* Dolores Falkner konnte thun, was ihr beliebte, oder was sie mußte, um ihre Gaben zum Kampfe ums Dasein zu verwerten; die *reiche* Dolores Falkner konnte sich dann auch noch echte Diamanten statt der falschen in ihre Theaterprinzessinnen-Kronen fassen lassen – aber die Lehnsherrin vom Falkenhof ist's wohl dem alten Stamme schuldig, daß sie ihn nicht von den Brettern aus verwaltet, trotzdem höchstes Künstlertum nicht schändet, sondern auszeichnet.«

»Ja,« sagte Falkner mechanisch – und setzte dann hinzu: »Ich danke Ihnen aber trotzdem, Dolores!«

Mit jähem Erröten, fast erschreckt, sah sie auf, als er ihren Namen nannte.

»Verzeihen Sie – es geschah ohne Absicht,« rief er, gleichfalls erschrocken über eine Kühnheit, die ihm, nach allem, nicht zustand, deren Erfolg er aber nun atemlos, gierig erwartete.

»O, es macht nichts – wir sind ja Vetter und Base,« sagte sie mit jenem Lachen, das ihn früher so sehr gereizt. »Und wenn ich mir's bedenke, so ist's ja überhaupt nur spaßhaft für die anderen, wenn wir uns so furchtbar steif als ›Herr Baron‹ und ›gnädigste Baronesse‹ titulieren. Also lassen wir's doch dabei und nennen wir uns mit unseren

Vornamen. Das spricht, wenigstens nach außerhalb, mehr für die Komödie ›Die zärtlichen Verwandten‹ als für die Tragödie ›Ein Bruderzwist im Hause Habsburg.‹«

»Gewiß,« bestätigte er kühl, ernüchtert.

»Falls es Ihnen nämlich recht ist, wenn wir das Kriegsbeil vergraben,« schloß sie, nicht ohne den alten, leisen Spott im Tone.

»Recht? Nur *recht*? Ich legte Ihnen mein ›peccavi‹ schon früher zu Füßen,« erwiderte Falkner beziehungsvoll.

»Ich weiß es und hab's nicht vergessen,« gab Dolores ernst zurück. »Denn Sie können mir glauben, Vetter, daß es mir Ernst ist mit unserem Friedensschluß –«

»Wirklich?« fragte er stehenbleibend und ergriff ihre beiden Hände. Sie wurde um einen Schatten blässer, aber sie litt es ohne Widerstand.

»Ich bin so gut als mein Wort,« sagte sie ohne zu zucken, »und daß wir unsere heterogenen Naturen im Interesse des guten Tons zu einem ungezwungeneren Verkehr zwingen, kann für uns und andere nur von Vorteil sein. Auch bekenne ich gern, daß ich Ihr ›peccavi‹, wie Sie es selbst nannten, bei Ihrer Abneigung gegen meine Person, als eine besonders schwere Selbstüberwindung, auch besonders hoch schätze.«

Heftig ließ Falkner die beiden schmalen, langen Hände los, die so ganz regungslos in den seinen gelegen hatten.

»Wer sagt Ihnen, daß ich eine Abneigung gegen Ihre Person hege?« fragte er rauh.

»Nun, dazu gehörte wohl nicht viel, um es selbst zu merken!« lachte Dolores mit jener Schelmerei, die ihr so reizend stand. »Also passons là-dessus. Um so mehr, als ich heut' die Rolle Ihres Schutzgeistes übernommen habe. Das ist komisch, nicht wahr?«

»Meines Schutzgeistes?«

»Ja. Mehr darf ich aber nicht verraten, denn das sind Herzenssachen! Und nun trenne ich mich von Ihnen, denn ich muß Engels noch sprechen. Adieu, Vetter Alfred! Sie kommen doch morgen auch mit den Herrschaften aus Monrepos herüber, ja? Also abgemacht und auf Wiedersehen?«

Und damit huschte sie durch eine Seitenallee dem Turm zu, wo Engels hauste, und ließ Falkner mit dem Gefühl eines Menschen zurück, der sein Geld verspielt hat und nun nicht weiß, woher das Geld zu einem letzten verzweifelten Einsatz zu nehmen.

Dolores verlangsamte ihren Schritt, sobald sie aus seinem Gesichtskreis war, und endlich ging sie gar hinein in das Haus, ohne Engels aufgesucht zu haben. In ihrem Turmzimmer stand sie still und legte die Hand auf ihr Herz.

»Es that vorhin weh bei dem Geplauder des eifersüchtigen fürstlichen Backfisches,« dachte sie, »und es fing an zu schlagen und zu klopfen, als er mich Dolores nannte. Aber jetzt ist es ganz still und ganz kalt. Überhaupt gar kein Herz –!«

Und sie setzte sich ans Fenster und sah hinaus, bis die Sonne untergegangen war, blaß bis zu den Lippen, aber trockenen Auges und mit dem Gefühl, als wäre in ihr alles ganz still und starr und kalt.

Endlich stand sie auf.

»Es ist Abend geworden, und der Tag hat sich geneigt,« sagte sie und setzte seufzend hinzu: »Und die Sonne ist untergegangen, und der Reif ist gekommen –

> Und fiel auf die zarten Blaublümelein –
> Die sind verwelket, verdorret.«

Da schloß sie das Fenster mit leisem Schauer und zündete ein Licht an und setzte sich an ihren Schreibtisch.

Doch ihre Hände waren kalt, so kalt, daß es ihr Mühe machte, die paar Zeilen der Einladung zum folgenden Tage an die Gräfin Schinga zu schreiben. Die Arnsdorfer hatten sie zwar noch nicht eingeladen, und daher bedurfte es noch ein paar liebenswürdiger Worte, um diesen Umsturz des betreffenden Artikels aus dem Codex der Gesellschaft zu motivieren, zu entschuldigen und auszugleichen.

Nachdem der Brief geschrieben war, ließ Dolores ihn sogleich bestellen, aß und trank gehorsam, was Ramo ihr auf einem stummen Diener serviert als Abendimbiß gewohntermaßen pünktlich ins Zimmer brachte, und stieg dann herab nach den Gemächern, welche Doktor Ruß mit seiner Frau bewohnte, um auch diese beiden zu ihrem Fest zu bitten.

»Ich habe keine passende Toilette,« erwiderte Frau Ruß kurz und nicht gerade höflich.

»O, ich trage ja auch nur schwarz,« wendete Dolores freundlich ein.

»Natürlich, natürlich,« beeilte Doktor Ruß sich einzutreten. »Du hast dein neues Trauerkleid, liebste Adelheid, und dies bedarf keiner Eleganz.«

»So mein' ich's,« redete Dolores der heftig strickenden Frau zu. »Ich lasse Ihnen durch Therese einen Kreppbesatz aufheften und ein Häubchen bauen – sie macht das wirklich sehr hübsch und elegant.«

»Ich habe keinen Krepp und werde in der Kreisstadt auch keinen bekommen. Außerdem ist er mir zu teuer,« erwiderte Frau Ruß auf das freundliche Anerbieten.

»O, ich habe noch viel davon – Therese brachte mir vom besten aus B. mit,« meinte Dolores.

»Was kostet das Meter?«

»Ich habe keine Ahnung mehr,« lachte Dolores, »das Stückchen Zeug werden Sie doch von mir annehmen, nicht wahr?«

»Selbstverständlich,« schnitt Doktor Ruß eine schroffe Ablehnung seiner Ehehälfte ab. »Wir schätzen Ihre freundliche Hilfe gewiß sehr hoch, liebste Dolores, und ganz besonders ich, da Ihr trefflicher und geschulter Geschmack für meine arme Frau, die ganz außer allen Konnex mit der Mode gekommen ist, nur vorteilhaft sein kann. Und ich liebe es doch so sehr, deine natürliche Schönheit durch die unentbehrliche Folie der Kleidung gehoben zu sehen, meine teure Adelheid!«

Frau Ruß warf ihrem Gatten einen dankbaren Blick zu. Sie war ja, obgleich an Jahren älter als er, doch immer noch eine sehr stattliche Erscheinung, die sich leider äußerlich sehr vernachlässigte – eine Folge des einsamen Lebens im Falkenhof, in dem »einen doch keine Seele sah,« und »für den jeder Fetzen noch gut genug war,« eine Ansicht, welche Doktor Ruß nicht teilte, da er sich stets tadellos kleidete und ihm die saloppe Toilette seiner besseren Hälfte ein Greuel war.

»Was soll ich dabei? Ich verderbe euch nur eure feine Gesellschaft,« brummte Frau Ruß mürrisch, aber nur noch der Form wegen.

»Das thun gebildete Menschen nie, mein Herz,« erwiderte

Doktor Ruß taubensanft. Denn abgesehen davon, daß jeder Mensch die Abwechslung liebt, lag ihm thatsächlich viel an ferneren Begegnungen mit dem »Hofe« von Monrepos, um so mehr, als der Erbprinz sich sichtlich für ihn zu interessieren schien.

»Also Sie kommen – und morgen früh mag Therese sich das Kleid holen,« beendete Dolores die Unterredung und erhob sich wieder.

»Wie, Sie gehen schon?«

»Ja – ich bin zwar müde, habe aber Kopfschmerzen und muß im Freien noch etwas umhergehen, ehe ich zu Bett gehe.«

»Ich begleite Sie,« sagte Doktor Ruß, sehr zum Mißvergnügen seiner Frau, während Dolores sich mit einem leisen Seufzer in ihr Schicksal ergab.

Und so traten sie denn hinaus in die warme und doch erfrischende Nachtluft, gefolgt von zwei eifersüchtigen, kalten, blauen Fischaugen, denen kein Blick des Mannes entging, welcher an der Seite des schönsten Weibes hinabschritt ins Dunkle.

»Ich hasse sie – und er mag sich hüten,« knirschte Frau Ruß – und strickte weiter. Was hätte sie gesagt, wenn sie gesehen hätte, wie Doktor Ruß draußen seiner Gefährtin den Arm reichte und Dolores sich wirklich auf denselben lehnte. Sie wollte die gebotene Stütze nicht zurückweisen, denn sie war sich bewußt, daß sie sich vor diesem Manne zu einer Heftigkeit hatte hinreißen lassen, welche ihr jetzt als unpassend und – unnötig erschien. Und Doktor Ruß schien ihre Gedanken zu lesen, denn im Einklange mit denselben begann er nach wenigen Schritten:

»Was müssen Sie von mir gedacht haben, liebste Dolores,

als ich Ihnen gestern oben im Ahnensaal von Dingen redete, welche Sie so tief alterieren mußten! Verzeihen Sie mir mit dem Worte der Staël: Tout comprendre c'est tout pardonner. Und Sie werden mich verstehen, oder haben vielleicht schon verstanden, was ich in Worte zu kleiden suchte, die Sie erregten?«

»Ganz überflüssigerweise erregten,« erwiderte Dolores freundlich. »Sie kennen ja die Sage von der Achillesferse – nun, Sie hatten das Mißgeschick, mich gerade an der meinigen zu treffen. Also gleichfalls: nichts für ungut, wenn meine Worte allzu gereizt geklungen haben!«

»Nur mit Recht, nur mit Recht!« rief Doktor Ruß. »O, ich bin so froh, daß meine *scheinbare* Taktlosigkeit vor Ihren Augen den Entschuldigungsgrund reiner Menschlichkeit gefunden hat. Denn Sie wissen, liebste Dolores, daß wir armen Menschenkinder stetig hoffen, stetig planen, weil unserem Blick die Zukunft verborgen und das Herz der anderen verschlossen ist, daß wir darin nicht zu lesen vermögen –«

»Das ist eigentlich sehr schade,« meinte Dolores heiter und nicht ohne Beziehung, denn sie hätte gern gesehen, ob im Herzen ihres Kavaliers dessen feine Entschuldigungen so ernst gemeint waren, als seine Attacke auf ihr Vertrauen gestern.

»Gott behüte, das wäre schrecklich,« entgegnete Doktor Ruß gleichfalls heiter, denn er hatte wieder Terrain erobert. »Denken Sie nur, was man da alles zu sehen und zu lesen bekäme: alle Liebesnamen, welche die Sprache so freundlich für diese Zwecke leiht, Berechnung, Hinterlist, Abneigung –«

»Aber auch wirkliche Freundschaft und Wohlwollen –«

»Das wollt' ich eben als den besten Bissen nennen. Aber

Hand aufs Herz, liebste Dolores – es lächelt hinter dem stärksten Wohlwollen, der wärmsten Freundschaft *der* Kobold, welcher uns zuflüstert: Wenn es nur nicht *die* lächerliche Seite hätte, oder so verboten aussähe, oder so wäre und so –«

»Dafür sind Freundschaft und Wohlwollen auch nur mit Verlagsrecht versehene und blässere Abzüge des einen großen und einzigen Gefühls – der Liebe, welche keine Nebengedanken hat und taub ist gegen das boshafte Geflüster aller Kobolde der Welt,« erwiderte Dolores warm, aber doch im heiteren Konversationstone. Und aus diesem Tone hörte Doktor Ruß auch nichts Besonderes heraus und konnte auch im Dunkeln nichts lesen aus den Zügen, die nur hin und wieder ein Streif des Mondlichtes traf, der zwischen den Bäumen durchhuschte und sich in dem wie poliertes Kupfer gleißenden Haar der Herrin vom Falkenhof fing.

»Also liebt sie und will darum nichts wissen von einer Verbindung mit Alfred,« fuhr es durch das thätige Hirn des Doktor Ruß. Und laut sagte er träumerisch: »Ja die Liebe! Lebenssonne, Lebenslicht! Ach, wo bist du hin!«

Es stieg verführerisch auf nach den Lippen und reizte Dolores zu sagen: »Sie sitzt ja drinnen, deine Sonne, und strickt Socken für dich,« aber die angeborene Großmut ihres Herzens drängte dies schnöde, kalte Sturzbad auf die Mondscheingefühle des Doktor Ruß siegreich zurück.

Der in seiner Verteidigungsrede für die Unlesbarkeit der Gedanken entschieden in diesem Falle rechthabende Doktor Ruß schritt indes neben Dolores her und gestattete sich offenen Auges eine kleine Exkursion in das Reich seiner Gefühle.

»Die Liebe! Die Liebe!« wiederholte er. »Es bringt einem

die ganze schöne Zeit zurück, da man noch jung war und das Herz seinen Tribut verlangte. Aber nicht jedem Herzen wird er entrichtet, und manch' ein Herz ist schon verhungert und verdurstet, oder verknöchert aus Mangel an Liebe oder – Gegenliebe, oder an dem gebieterischen ›Zurück,‹ mit welchem das Schicksal einem für immer die Pforten des Paradieses verschloß. Wie sagt der Dichter?

> Ein ewiges Gesetz, den Frevel richtend,
> Gebeut: Willst du dein Erdenlos bestehen,
> Mußt du geschlossnen Auges und verzichtend
> An manchem Paradies vorübergehen.«

»So scheint es,« sagte Dolores ruhig, aber innerlich bewegt von Lenaus Worten, welche gut gesprochen, auch mächtig an ihr Herz klangen.

»So ist es,« vollendete Doktor Ruß. »Glück – Liebe –! Für die Menschen geschaffen und doch nicht für jedermann. Vorbei, verweht, verloren für immer,« schloß er, beinahe flüsternd, und Dolores ergriff ein warmes Mitgefühl für den Mann, der seine Jugend durchkämpft um den kargen Bissen Brot, den er sich sauer verdiente im geistigen Tagelohn, und endlich um Verdoppelung dieses kargen Stück Brotes eine Ehe einging mit einer Frau, die nicht nur älter war als er, sondern auch sein geistiger Antipode, mit dem ein Wort inneren Verständnisses unmöglich war für alle Zeiten.

»Das ist schlimmer als der Tod,« dachte sie, »schlimmer als Entsagen.«

Ja, tausendmal schlimmer. Und Dolores mit ihrem reichen und reinen Herzen ahnte nicht einmal, daß der verknöcherte, schnödeste Egoismus und der verbrecherische Gedanke und der Eigennutz geboren werden aus den Herzen derer, welche nicht verzichtend, sondern begehrend vor dem geschlossenen Paradiese stehen.

»Was doch der Mondschein nicht aus uns herauslockt, alles, was wir längst tot und begraben meinten,« sagte Doktor Ruß dann nach einer Pause in leichterem Ton. »Auch Sie sind ernst geworden, Dolores.«

»Das ist der Grundzug meines Charakters, lieber Freund,« erwiderte sie.

»Aber ein natürlicher Frohsinn läßt ihn nicht herb werden,« meinte er. »Das ist eine Gottesgabe!«

»Ich weiß es und bin dankbar dafür.«

Nach einer abermaligen Pause nahm Doktor Ruß wieder das Wort.

»Ich habe viele Bühnenkünstler gekannt und von vielen gehört, welche von Natur ernst veranlagt waren – und zwar je ernster, je heiterer die Rollen waren, die sie verkörperten. Das ist auch solch' ein Naturrätsel, das noch keine Lösung gefunden hat, aber ich wundere mich nicht, es in Ihnen zu finden, liebe Dolores. Es frägt sich nur, ob man diese inneren und äußeren Gegensätze immer zur Begegnung zwingen kann, das heißt ob es auch Ihnen auf die Dauer gelingen wird, den Ernst Ihres Charakters mit der notwendigen inneren Heiterkeit der Kunst zu verschmelzen.«

Es war eine wohlgesetzte kleine Rede und, was das beste daran war, sie brachte ihren klugen Verfasser auf den Punkt, den er im Auge hatte.

»O doch,« sagte Dolores arglos. »Da ich zur Bühne nicht zurückkehren werde, sondern meine künstlerischen Kräfte nur noch dem Studium der Musik und der Komposition widmen will, so kann dieser gefürchtete Ernst meiner angeborenen Heiterkeit nur von Nutzen sein!«

»Oder die Heiterkeit dem Ernste,« erwiderte Doktor Ruß fein. »Doch Ihr Entschluß überrascht mich nach Ihrer gestrigen Erklärung, den Falkenhof schnöde verlassen zu wollen.«

»O – eins hat mit dem anderen nichts zu thun. Ich will bei einem großen Meister in die Lehre gehen – kann ich das hier?« fragte sie zurück und setzte heiter hinzu: »Da der Berg nicht zum Propheten kam, ging der Prophet eben zum Berge. Das ist mein Fall, der noch lange keine Schnödigkeit gegen den Falkenhof in sich birgt, denn den denke ich mir als Erholungswinkel und buen retiro zu reservieren.«

»Aber doch inzwischen ganz zuzuschließen für unbestimmte Zeit,« warf Doktor Ruß ein.

»Das ja!« erwiderte Dolores und fuhr harmlos fort: »Und denken Sie nur, wie sonderbar der Mensch doch ist – ich denke gar nicht gern an das Scheiden aus dem lieben, alten Hause, in dem ich meine schönsten Kinderjahre, weil meine ungebundensten, verträumt und mit den Märchengestalten meiner Bücher und meiner Phantasie bevölkert habe. Sie freilich werden den Ort gern verlassen, der Ihrem Geist so wenig oder gar nichts geboten hat, und ich kann mir denken, mit welch' geistigem Hunger es Sie hinaus und nach einem Felde der Thätigkeit verlangt. Sie haben dem verstorbenen Onkel in der That ein großes Opfer gebracht!«

»O – Sie beschämen mich!« murmelte Doktor Ruß bescheiden. Es war gut, daß es dunkel war – es hätte Dolores sonst auffallen müssen, wie blaß er geworden war. »Daß Sie recht haben wie immer, kann ich ja in Bezug auf mich nicht leugnen,« sagte er im gleichen, ruhigen Gesprächston, aus welchem höchstens die scharfen und an jede Tonnuance gewöhnten Ohren seiner Frau eine leise Schwankung herausgehört hätten.

»Nein, denn nur das Gegenteil hätte bei einem Geist, wie der Ihrige ist, verwundern können,« entgegnete Dolores freundlich.

»Ich danke Ihnen,« sagte er innig und beugte sich herab, ihre Hand zu küssen. Doch das gelang ihm nicht, denn lachend verbarg sie beide Hände auf dem Rücken und erlangte dadurch die ersehnte Freiheit des Alleingehens.

»Und wann gedenken Sie den Falkenhof zu verlassen?« nahm Doktor Ruß den Faden des Gesprächs wieder auf.

»O, erst im Herbst, wenn es anfängt rauh und kalt zu werden. Ich möchte doch noch den schönen, heiteren, unvergleichlichen deutschen Sommer genießen.«

»Sicher. Ich fragte nämlich nicht ohne Grund und ohne persönliches Interesse,« sagte Doktor Ruß mit gewinnender Offenheit. »Es läßt sich für mich nichts Annehmbares vor dem Beginn des Wintersemesters erwarten, das liegt auf der Hand –«

»Gewiß,« bestätigte Dolores, als er einhielt.

»Ich muß also bis dahin gezwungenermaßen noch unthätig bleiben,« fuhr er fort, »hangend und bangend in schwebender Pein – und obdachlos obendrein –«

Wieder hielt er ein – aber die gewünschte Einladung kam nicht. Dolores, der sie in ihrer Güte schon auf den Lippen schwebte, fiel der gute Engels ein, sowie dessen wahrscheinliche Verzweiflung und zweifellosen Unhöflichkeiten gegenüber seinem Feinde, und am Ende, dachte sie auch, habe der Besuch sich schon lange genug ausgedehnt – kurz, sie schwieg.

Langsam zog Doktor Ruß sein Taschentuch hervor und fuhr damit über seine Stirn – sie war feucht geworden.

»Nun denn, liebe Dolores – dürfen auch wir bis zum Herbst bleiben?« fragte er und legte den ganzen Wohllaut seiner Stimme in die Frage.

»Aber gewiß – ich *bitte* darum!« rief sie, doch die Ironie, welche aus ihrer Bitte klang, war nicht beabsichtigt, denn sie war viel zu sehr überrascht und viel zu sehr auf die einzige Antwort, die sie geben konnte, gedrängt, als daß ihr Zeit geblieben wäre, der unwillkommenen Bitte eine eben solche Antwort entgegenzusetzen.

Doktor Ruß aber hörte eine Ironie heraus, denn wer viel riskiert, hat feine Ohren, die oft mehr hören als zu hören ist. Das Blut, das ihm Wangen und Stirn flammend rot färbte, verbarg die Dunkelheit und auch den raschen Griff, mit der seine Hand sein Taschentuch in Fetzen riß, machte der tiefe Schatten unkenntlich – nur das Geräusch, das das reißende Leinen verursachte, drang zu Dolores' Ohren und erregte ihre Nerven unangenehm. Nun aber war's geschehen – Doktor Ruß und Frau blieben bis zum Herbst auf dem Falkenhof, und der Humor, mit dem Dolores gesegnet war, führte sofort den entsetzten Engels vor ihr geistiges Auge, daß sie lächeln mußte, was freilich auch die nivellierende Dunkelheit verbarg. Nun machte sie gleich das Beste aus der Situation, und da nur ein undeutliches Gemurmel die Antwort des Doktor Ruß war, so setzte sie hinzu:

»Ich bitte Sie schon aus Egoismus, bis zum Herbst bei mir zu bleiben, denn ich hoffe noch viel von Ihren Kenntnissen zu profitieren!«

»Ihre Güte ist größer als mein Wissen,« erwiderte Ruß mit vollkommen wiedergewonnener Ruhe und echt chinesischer Höflichkeit.

Dolores aber lachte.

»Sagen Sie das nicht,« meinte sie, »wenigstens nicht eher,

als bis Sie *genau* wissen, daß ich wirklich keinen Pferdefuß in meinen Wiener Schuhen verberge. Doch jetzt gute Nacht – und auf morgen!« –

Damit ging sie hinein ins Haus.

Doktor Ruß aber stand unter den Bäumen und sah ihr nach, als sie schon längst nicht mehr zu sehen war.

»Deinen Pferdefuß kenne ich, du noli me tangere,« murmelte er.

»Nun wohl – du hast es so gewollt, und so falle der Würfel denn. Doch nein – noch einen Gnadenweg giebt es, und wenn du einen guten Engel hast, so mag er dich darauf hinführen.« –

Hinweise zur Transkription

Das Originalbuch ist in Frakturschrift gedruckt. In dieser Transkription wird gesperrt gesetzte Schrift *"kursiv"* wiedergegeben, und Textanteile in Antiqua-Schrift sind in "Grotesk-Schrift".

Im Rahmen der Transkription

– wurde der Halbtitel entfernt;

– wurden Reihen von Gedankenstrichen, die im Original bis an das Zeilenende laufen, auf fünf Gedankenstriche begrenzt.

Der Text des Originalbuches wurde grundsätzlich beibehalten, mit folgenden Ausnahmen,

Seite 14:
"«" eingefügt
(wenig von den Künstlern wissen.«)

Seite 42:
"Titians" geändert in "Tizians"
(eine Künstlerfrau wie zu Tizians Zeiten)

Seite 58:
"langezogenen" geändert in "langgezogenen"
(häßliche und bartlose Gesicht mit den langgezogenen Zügen)

Seite 86:
"»" eingefügt
(las er, »und meine Nichte, Dolores Freiin von Falkner)

Seite 89:
"dem" geändert in "den"
(und öffnete, in den Westflügel einbiegend, dessen erste Thür)

Seite 120:
"«" eingefügt
(»Sie vielleicht vor allen anderen,« fügte sie hinzu)

Seite 122:
"da" geändert in "daß"
(sie hätte darauf schwören mögen, daß sich die Boiserie)

Seite 131:
"!" geändert in ":"
(war in zierlicher Rundschrift mit Tusche gemalt:)

Seite 133:
"Schrifzüge" geändert in "Schriftzüge"
(sah bleich und starr auf die vergilbten Schriftzüge herab)

Seite 140:
"»" eingefügt
(nickte sie, »besonders aber der Ruine)

Seite 141:
"meine" geändert in "meinte"
(meinte Ruß in scherzendem Tone)

Seite 141:
"Zuckerohr" geändert in "Zuckerrohr"

(»Und Reis, Zuckerrohr und Tabak,« nickte sie harmlos.)

Seite 175:
"»" eingefügt
(sagte der Herzog, »es wäre taktlos)

Seite 176:
"»" eingefügt
(rief die kleine Prinzeß entsetzt, »eine Komödiantin – –«)

Seite 179:
"," geändert in "."
(ich will der Baronin Dolores meinen Besuch machen.«)

Seite 192:
"»" eingefügt
(und schloß dessen Deckel. »So, nun sind sie gefangen)

Seite 208:
"«" hinter "singen?" entfernt
(wie läßt sie ihre ›Satanella‹ singen?)

Seite 215:
"." eingefügt
(Fräulein von Drusen neigte sich entrüstet zu Dolores.)

Seite 222:
"Coppés" geändert in "Coppées"
(Lassens herrliche Komposition zu François Coppées Gedicht)

Seite 224:
"Und" geändert in "Um"

(Um die peinliche Scene nicht zur Spitze zu treiben)

Seite 228:
"Dolorer" geändert in "Dolores"
(erwiderte Dolores leise)

Seite 240:
"»" vor "Übrigens" entfernt
(Übrigens empfand Dolores bei dem Gedanken)

Seite 273:
"»" eingefügt
(»Ich mag keinen Prinzen heiraten)

www.ingramcontent.com/pod-product-compliance
Lightning Source LLC
Chambersburg PA
CBHW030627030726
47497CB00006B/1668